新 潮 文 庫

屍衣にポケットはない

ホレス・マッコイ
田 口 俊 樹 訳

新 潮 社 版

11848

ヘレンへ

屍衣《しい》にポケットはない

主要登場人物

マイク・ドーラン…………『コスモポライト』誌創刊者
マイラ・バーノフスキー…ドーランの秘書
エディ・ビショップ………『コスモポライト』誌記者
リリアン・フリード………　　〃
ジョージ・ロレンス………キーストーン印刷会社社長
エイプリル・コフリン……ドーランの元恋人
ロイ・メネフィ……………エイプリルの婚約者。のちに夫
バド・マクゴナギル………コルトン郡の保安官
グリソム……………………印刷会社経営者
クックソン少佐……………リトル・シアターの演出家
デイヴィッド………………　　〃　　制作スタッフ
ユリシーズ…………………ドーランの家の黒人雑用係
トマス………………………〈タイムズ・ガゼット〉紙編集長
ハリー・カーライル………医師
ジャック・カーライル……ハリーの兄。コルトン郡の権力者

I

編集長から内線電話で呼び出され、ドーランは思った――自分の書いた記事がまたボツにされるのだろう。階段をあがりながらさらに思った――圧力に屈しない新聞がもうこの世に存在しないというのはなんと嘆かわしいことか。こうも思った――ホレス・グリーリー（〈ニューヨーク・トリビューン〉紙の創刊者）やチャールズ・デイナ（〈ニューヨーク・トリビューン〉紙の編集主幹）が活躍した時代に生まれたかった。あの頃の新聞は〝新聞〟だった。クソ野郎のことをちゃんとクソ野郎と呼んで、そのあとそいつの顔色をうかがったりしなかった。あの頃の新聞記者は毎日やりがいを感じながら仕事をしていたことだろう。そのあと新聞はすっかり変わってしまった。今の新聞界は、新聞王ウィリアム・ハーストやベルナール・マクファデン（『フィジカル・カルチャー』誌を創刊。健康的な食生活を提唱したが、医学界からは非難された）を小さくしたようなやつばかりだ。独裁者のために太鼓を叩《たた》き、紙面いっぱいに国旗を印刷する。彼らに言わせれば、ムッソリーニは（飛行機と毒ガス付きの）現代のシーザーであり、ヒトラーは（戦車といかれた狂信者付きの）現代のフリードリヒ大王なのだ。愛国心を割引き価格で売って、発行部数のためならなんでもする。（紳士のみなさま、郡庁舎からみなさまの略奪品を運び出したいというお申し出ですが、申しわけありません。弊社のトラックをお貸しすることはできません。今日の午後には最終版を配送しなければなりませんので。もちろん、午後六時以降でしたらどうぞどうぞご自由に。あるいは……こうだ。もちろんでございますとも、ミスター・デランシー、事故の原因は弊社もよく承知しております。あのふたりの女性のほうがご子息の車のまえにふらふらと飛び出してきたんです。もちろんですとも、はははは！　ご子息の体からはアルコールのにおいがぷんぷんしておりますが、それはたぶん誰かがご子息のスーツにカクテルを吐いてしまったせいでございましょう。）

「腰抜けども！」とドーランは心の中で罵《ののし》りながら、編集長のトマスのオフィスのドアを開けた。

「この記事のネタはどこで仕入れたんだ？」トマスはタイプ打ちされた二枚の原稿を掲げていきなり訊《き》いてきた。

「その記事なら大丈夫です」とドーランは答えた「ちゃんと裏を取ってある」

「そんなことは訊いてない。どこでネタを仕入れたのか訊いてるんだ」

「一昨日《おととい》、シリーズ最終戦の現場でだけれど、どうして？」

「途方もない話のようだが――」

「途方もない話のようじゃなくて、途方もないスクープです。いいですか、リーグ優勝をしたチームがワールドシリーズでわざと負けたんですよ。八百長《やおちょう》試合をしてほんの一握りの賭博師《とばくし》を儲《もう》けさせた。これが途方もないスクープじゃなければ、何がスクープなんです？　まあ、この記事もボツになるんでしょうが」

「もちろんボツだ――この記事のことは忘れろ。だけど、ここに来てもらったのはこのことだけじゃない。営業部が――」

「ちょっと待ってください」とドーランは言った。「こんな大スクープを忘れるなんてできませんよ。あのチームは腐ってます。シリーズを見た人なら誰でも選手の動きがおかしいことに気づいたはずです。あいつらは隠そうともしなかった。ばればれの八百長試合だった。それに、この件はうちの独占記事じゃありません。ほかの新聞社もつかんでる――今日の午後には各社一斉報道になるでしょう。うちも出遅れるわけにはいかない」

「どこも報道しないさ」とトマスは言った「おまえが思ってるほど、ひどい話じゃないからな」

「昔のブラックソックス事件（一九一九年のワールドシリーズでシカゴ・ホワイトソックスの選手が買収されて故意に試合に負けた）と同じくらいひどい話だ。誰かが活字にしなければ、野球界は腐りきってしまう」

「そうなったらなったで、またランディス（ケネソー・マウンテン・ランディス。ＭＬＢの初代コミッショナー。ブラックソックス事件を裁定した）が球界をせいぜい浄化してくれるさ。いいか、マイク」とトマスは感情を抑えて言った。

「おまえが個人的な感情を誰かにぶつけて鬱憤《うっぷん》を晴らしたがるたび、おれたちはこんな言い合いを繰り返してるが、なんの意味もないことだ。おまえにだってこの新聞社の方針はわかってるだろうが――」

「もちろん方針ぐらいわかってますよ。この街のほかのすべての新聞社の方針も、この国のすべての新聞社の方針も。ついでに言えば、この国の新聞社の反骨精神を全部つなぎ合わせても一ミリにもならないってことも」

「どうしておまえはそういつもいつもよけいなことを言って、人を苛立《いらだ》たせるんだ？どうしてそういつもいつも騒ぎを起こしたがるんだ？」

「騒ぎを起こそうだなんて思っちゃいませんよ。あなたがボツにした記事には真実が書かれてる。そのことが言いたいだけだ。あなたはいつも真実をボツにする。先週もあのデランシーの息子の記事を――」

「あえて出さないことにしたんだ。前途ある若者の人生を台無しにする必要はないからな」

「何を夢みたいなことを言ってるんです？　あの馬鹿《ばか》息子は善良なふたりの人間の命を奪ったんですよ。大酒を食らって車を運転しただけじゃなく、安全地帯に突っ込んで、ふたりの女性を轢《ひ》き殺したんですよ。ふたりの人間を死体袋に押し込んだ。スピードもけっこう出してたんでしょう。もちろん、うちは大人の対応をして、記事にはしなかった。もちろん、そのことと彼の親父《おやじ》さんがうちと大きな広告契約を結んでいることとはなんの関係もないけれど――」

「おまえは正義の騎士を気取りすぎなんだよ」とトマスは言った。

「そういうことなんですか？」ドーランはそう言って、薄い唇をいっとき引き結んでから続けた。

「そうそう、二、三週間まえにクー・クラックス・クラン再結成についての記事を書いたけれど、あれはどうなりました？」

「クー・クラックス・クランなんてものはもう存在しない。あれはクランじゃない」

「ああ、そうだった、そのとおり、クルセイダーズだった――彼らが自分たちのことをなんと呼んでいようと、そんなことはどうでもいい。バラを別の名前で呼んでもやっぱり同じ香りがするのと同じだ。やつらはローブを身に着け、フードをかぶって、秘密集会を開いて――」

「まえにも話したことだ。この街でクルセイダーズのことに触れる新聞社はない。なぜなら、そんなことをするのはダイナマイトを抱えるのと変わらないからだ。だからおまえも改革主義者気取りは早いところやめることだ。わが身のためだ」

「おれのことを改革主義者なんて言わないでほしい」とドーランは苛立ちもあらわに言った。「誰かが道路のど真ん中で好き勝手なことをしようと何をしようと、そんなことはおれは気にもならない。そんなことはどうでもいい。だけど、腐敗した政治家のことや、誰の眼にも明らかな詐欺《さぎ》行為のことを活字にするのは、真実を大衆に知らせるのは、とても大切なことだ……いいですか、この州の知事も不正行為に手を染めてる。それはあなたもよく知ってますよね？　去年、酔っぱらった下院議員から聞いた話はどうなりました？　宣誓供述書まで取った話です。あなたはあれも握りつぶした。でも、まあ、あの記事は忘れてもいい。だけど、今、あなたが握りつぶそうとしてるのはメジャーリーグの八百長です。それを活字にしてくれとおれが言ったら、あなたは昔ボツになったほかの記事のことまで持ち出して、おれのことを改革主義者呼ばわりした。毎日野球場に足を運ぶ子供たちはどうでもいいんですか？――子供たちは八百長に関わった選手たちのことを自分たちの英雄だと信じて、彼らがプレーするグランドを文字どおり崇拝してる。そういう子供たちのことはどうでもいいんですか?」

「そういうことを言うから、おまえは正義の騎士気取りだと言ってるんだ」とトマスは言った。「いいから坐《すわ》れ。坐って頭を冷やせ」

「何を言ってるんです? これが黙っていられますか? こんなのは新聞じゃない。ただの社内向け定期刊行物だ」

「もういい」とトマスは厳しい表情で言った。「おまえには自由に意見を言わせてきた。今日みたいにな。チャンスさえやれば、いつかはまともになってくれると思ったからだ。今日の今日までおまえには見込みがあると思ってた。だから、おまえの反抗的な態度も口汚い罵りも大目に見てきた。いずれ、おまえも成長して大人になってくれると思ったからだ。いいか、こっちもおまえと同じくらい必死で闘ってきたんだ——営業部がいちゃもんをつけてきても、おまえが馘《くび》になったりしないよう一生懸命闘ってきたんだ。営業部が何度おまえを馘にしろと言ってきたかわかるか? おれが嘘《うそ》をついてると思うか? だったらこれを読め」そう言うと、トマスは文書ボックスからメモを一枚取り上げてドーランに渡した。「さあ、読んでみろ」

〈デイリー・タイムズ・ガゼット〉社——部門間連絡

日付：十月三日
発信者：ミスター・ウーマック
受信者：ミスター・トマス
件名：マイケル・ドーランについて

新聞広告デザイン部のミスター・ラディは昨日、オハーンスポーツ社を訪問し、契約更新についての話し合いをおこなった。言うまでもなく、オハーンスポーツ社はわが社の重要顧客だが、オハーン社長は契約更新に関する話し合いを拒否した。理由は貴部所属のドーランがゴルフボールやテニスラケット、ゴルフクラブなどの商品代金、合計百五十四ドル五十セントの支払いを一年以上にわたり、滞らせているためだ。契約を更新したいなら、当社の従業員が速やかに代金を支払うべきだというのがオハーン社長のもっともな主張である。この件については貴君と私とで速やかに話し合う必要がある。

「おまえが広告掲載企業への支払いを滞らせている件について、営業部から何度も苦情を受けてるんだ」とトマスは言った。

「なんとも皮肉な」メモを文書ボックスに戻してドーランは言った。「営業部長は借りたものは返せとおっしゃる——なのに、自分はこの新聞社の借りについては無視するんですか？　この新聞社が一般大衆に負ってる借りについては——」

「もうこれ以上話し合っても意味はない」とトマスは言った。その声からは並々ならぬ決意がうかがえた。「おまえとはどこまで行っても平行線のままだ。馘にしてやったほうがおまえのためにもなるんじゃ——」

「おれを馘にするなんてあなたにはできない」とドーランは言った。「おれはもうここじゃ働いてないも同然なんだから——」

ドーランが机の上の私物を片づけていると、ドアが開いてエディ・ビショップがはいってきた。ビショップは警察担当の記者としてもう十五年以上働いている。俳優のパット・オブライエン（映画『犯罪都市』で新聞記者役を演じた）が本物の新聞記者だったら、きっとエディにそっくりだろう。今日は女性を連れていた。

「おいおい、どうしたんだ？」とビショップは言った。「おまえが辞めたって噂《うわさ》になってるけど」

「ああ、辞めてやったよ」とドーランは言った。ビショップの横にいる女性が眼にはいった（彼のオフィスは狭く、大人が三人もはいるとぎゅう詰めといってもいいほどになる）。そしてまず思った――なんて赤い唇なんだろう。こんなに赤い唇はこれまで見たことがない。

「こちらは、マイラ・バーノフスキー」とビショップはドーランに言い、そのあとマイラに言った。「マイクのことは知ってるよな」そう言って、意味ありげにウインクしてみせた。

「リトル・シアター（大学や地域社会のための実験的な劇場）の舞台で見たわ」とマイラは握手を求めて手を伸ばしながら言った。「あなたの演技、悪くなかった」

「それはどうも」とドーランは礼儀正しく丁重に応じた。が、実のところ、彼女と手が触れ合った瞬間、全身に震えが走った。肩がびくっと痙攣《けいれん》するほど。ドーランはそのことを恥ずかしく思った。マイラのほうは見るかぎり少しも気にしていないようだった……

「トマスとの喧嘩《けんか》の原因は？」とビショップが訊いてきた。

「いつものことだ。また記事をボツにされた」

「なるほど。でも、おれはおまえが羨《うらや》ましいよ。辞めるには誰にだって勇気が要るものな」とビショップは言った。「ほんとうに。おれだって妻と子供さえいなければ、何年もまえに辞めてるよ。こんな腰抜け新聞なんぞクソ食らえってトマスのクソ野郎の顔に捨て台詞《ぜりふ》を吐いて――」

「お邪魔しちゃった?」とマイラがドーランに言った。「わたしたちのことは気にしないで片づけを続けて」

「片づけはだいたい終わった」とドーランは言った。「もともと私物なんてほとんどないし――」

「これからどうするんだ?」とビショップが訊いた。

「わからない。でも、まずはおれは喜んでるのか、それとも後悔してるのか、それを決めることから始めないと」

「ことばには気をつけて……」そう言うと、マイラは真っ赤な唇に人差し指をあて、その指をドーランに向けて続けた。「弱気になっちゃ駄目――」

「おまえはもちろん喜んでるのさ」とビショップは言った。「おれが言うんだからまちがいない。おまえは喜んでる。そう、少なくとも、おまえは自分の誇りを取り戻した」

「まあな。ぼろぼろの誇りながら」とドーランはビショップを見て、笑みを浮かべた。ドーランはビショップが好きだった。最初から好きだった。ビショップはほんとうの友達だった。ドーランには発音するのがむずかしい名前の発音——ゲーテやベートーベン——について気楽に訊ける相手だった。あとで陰で笑われる心配などすることなく。今さらながら、ドーランは部屋にはいってきたのがビショップだけならよかったのにと思った。マイラ・バーノフスキーと一緒でなければよかったのにと（それはそうと、彼女は何者なんだ？　どこから来たんだ？　彼女を見ていると、なんだか変な気分になるのはどうしてなのか）。マイラさえいなければ、こうして笑っているのも冷静な態度を取っているのも、ただの見せかけで、ほんとうはもうパニック状態で、不安でたまらないと、正直にビショップに話せたのに。新聞記者以外の仕事などできる気もしない、だからトマスのオフィスに戻って、彼に謝罪し、これからはいい子になる、よけいなことには首を突っ込まないと約束したほうがいいのではないか、と素直に話せたのに。しかし、ビショップはひとりではなかった。マイラ・バーノフスキーを連れてきた……「ああ、そのとおりだ」とドーランは言った。「なけなしの誇りだけは取り戻せた——」

「おまえなら大丈夫だ。あとで昼食を一緒に食べよう」ビショップはそう言うと、部屋を出ていきかけた。すると、マイラが言った。

「彼をひとりにしちゃ駄目よ。だって今にも編集長のオフィスに戻って、謝罪して、馘にしないでくれって泣きつきそうな顔をしてるじゃないの。彼にそんな真似《まね》をさせちゃ駄目。一緒に出ましょう――」

ドーランは驚いてマイラの顔をまじまじと見た。

「そんなに驚かないでよ」とマイラは言った。「わたし、読心術ができるわけでもなんでもないから。今言ったとおり、あなたの顔に全部書いてあるんだから。でも、面白いわね」とマイラはビショップに言った。「もしわたしが今朝あと一分長くベッドにいたら、もしあと一分長くバスルームにいたら、もしあの路面電車に乗り遅れていたら、もしいつものようにコーヒーを飲んでいたら（どうして今朝にかぎって、コーヒーを飲まなかったのかしら？　変だと思わない？　もう長いこと、毎朝必ずその店でコーヒーを飲んでるのに）もしそういうことに一秒でも長く時間を使ってたら、エディ、あなたに会うこともなかった。もしわたしがあなたとここに来なければ、ドーランはまちがいなく、編集長の部屋に戻って、馘にしないでくれって泣きついてた。そして、仕事を取り戻していた。でも、もうこうなったらそんなことはしないわね。もうあと戻りはできない。そんなふうに考えると、すごい偶然だと思わない？」

「確かに……」とドーランは言って、彼女を見た。見るなり、また体に震えが走った。が、今度は彼女を見る彼の眼つきがちがっていた。誘われるのを待っている女を見る男の眼つきになっていた。ベッドの上で、彼の愛撫《あいぶ》を待つ彼女の裸体はきっと美しいにちがいない。それはもう疑いようがない。が、彼女を抱いても、その満足感は美しい死体を抱くのと変わらないだろう。それもはっきりとわかった。あるいは感じた（〝わかる〟も〝感じる〟も官能の世界では同じことだ）。

ドーランはそんなことを思っている自分に驚いた。同時に、彼女の手に触れたときに体に震えが走ったわけが今なら理解できた。さらに、今、自分はどうしてここにいるかについて――わかりにくい説明ではあったが――彼女自身が一生懸命説明しようとしたことも腑《ふ》に落ちた。彼女もまた混乱していたのだ。だから、うまく説明できなかった。が、今ならドーランにもわかる。マイラもドーランと同じ何かを感じたのだ。

彼女がいつものようにコーヒーを飲んでいたら……

「じゃあ、行こう」ドーランはそう言うと、私物を持ってオフィスを出ていこうとした。

ドアのところで、マイラ・バーノフスキーに引き止められた。「最後にもう一度この部屋をよく見ておくのね」と彼女は言った。「もう二度とここに戻ってくることはないんだから……」

三人は地下のドイツ風ビヤホールで昼食をともにした。そのあとドーランは午後遅く、キーストーン印刷会社に出かけ、ジョージ・ロレンス社長と会った。この会社は主に保険や金属や自動車関連の業界紙を印刷していた……

「今日、面会をお願いしたのは、ミスター・ロレンス」とドーランは言った。「あなたは大きな印刷所を経営していて、おれにはとびきりのアイディアがあるからなんです。新しい雑誌を創刊しようと思うんです」

「新聞社の仕事はどうしたんだ？」

「どうもしません。辞めたんです。あそこにいても埒《らち》が明かないんで」

「どういう雑誌を出したいんだ？」

「『ニューヨーカー』みたいな雑誌です。もちろん、あれほど洗練された雑誌というわけにはいかないだろうけど。まだ全体の構成を決めてはいないんですが、社交欄と娯楽面を充実させようと思ってます――それから、その時々の時事ネタも取り上げて、真実を追求する」

「なんの真実を？」

「その時々に起こる事件の真実です。政治でもスポーツでも。おかしな動きに眼を光らせて、何かあったら必ずそれを大衆に伝える」

「そういうことは新聞の仕事じゃないのか？」

「理屈としてはそうです。でも、そんな仕事をちゃんとやってる新聞社がこの街に一社でもありますか？　要するに、あいつらは腰抜けなんです。〝外交術〟なんて自分たちじゃ言ってますが」

「ものは言いようだな」とロレンスは言った。「いずれにしろ、何部刷りたいんだ？　紙質は？」

「ちょっと待ってください」とドーランは言った。「どこか行きちがいがあったみたいだ。おれが金を出して、新しい雑誌を出版するんじゃないんです。雑誌を出版するのはあなたで、おれは記事の執筆と編集を担当する」

「なんだって？　まるっきり誤解してたよ」とロレンスは言って顔をしかめた。「私としては雑誌の出版なんぞとんでもない。そんな責任は負いたくない。頭痛の種を自分から背負《しょ》い込むようなものだ」

「あなたが責任を負う必要はありませんよ」とドーランは言った。「責任は全部おれが負います」

「でも、私が金を出すんだろ？　そういうのはなんだかなあ」

「あなたは紙を用意して印刷する。それ以外は全部おれがやります。販売も広告も記事の取材も――」

「悪いな、ドーラン。そういう話には乗れないよ」

「でも、ミスター・ロレンス、この街でこれほどの印刷機を持ってるのはあなただけです。それに、それほどの出費にはならないはずです――紙も機械ももうあるんだから――それにこういう雑誌はすごく儲かる。正義を求めるこの街四十万の人々のための雑誌なんだから。だからと言って、そういう小むずかしい話をするつもりはありません。あなたはビジネスマンだ。だからこれはあくまで新しいビジネスの提案です。もしこの話に乗ってくれたら、創刊号は二千部は売れるでしょう。二千部というのは馬鹿にはできない数字だ、でしょ？」

「ああ、かなりの数だな」とロレンスは認めて言った。

「二千部以上だって夢じゃない」とドーランは言った。「この街の真実を暴《あば》いていくんだから、誰だって飛びついてくる」

「なんだかおまえさんは身の丈以上のことをしようとしてるみたいに聞こえるが」とロレンスは言った。

「誰かがそういうことをする必要があるんです」とドーランはきっぱりと言った。「大物をたくさん敵にまわすことになるぞ――」

「ええ、まちがいなく。でも、いいですか、ミスター・ロレンス、この雑誌はいずれスミソニアン学術協会に保存されて、後世の人まで読めることになる。どうしてか？　この国にはもう読者に真実を伝える新聞や定期刊行物がひとつも存在しないからです！　どの報道機関も広告主や政党から金をもらって、彼らの言いなりになってる――いいですか、このチャンスを逃したら、もう二度と成功するチャンスは巡ってこない！　もちろん、われわれは敵をたくさんつくることになる。悪党やコソ泥を敵にまわすことにね。でも、まっとうな人たちはわれわれの側に立ってくれるはずです」

「味方になってくれたところで、だいたいのところ、まっとうな人たちには力がないがな」とロレンスは皮肉を言った。

「まさにそこです！　だからわれわれがまっとうな人たちに力を与えるんです！　でも、勘ちがいしないでください……」とドーランはそこで慌《あわ》てて言った。ロレンスが困ったような顔をしたのだ。「全ページ批判だらけ文句だらけの雑誌をつくろうというんじゃありません。メインはウェストン・パークの上流階級が喜びそうな穏健な記事です。それでも時には腕まくりして事件の真相に迫る。そういう雑誌です」

「ドーラン、きみの野心にはつくづく感心するよ。だけど、私には雑誌を発行するような金銭的余裕はないんだよ。チャンスをつかみたくてもな。先立つものがない」

「創刊号にはいくらぐらいかかると思います？」

「さあな、なんとも言えん」

「だいたいでいいです。いくらくらいになります？」

「雑誌の大きさは？」

「大きさは『ニューヨーカー』と同じで、ページ数は二十四ページばかり」

「そうだな……」ロレンスは眉《まゆ》をひそめて暗算した。「二千部なら、ざっと千五百ドルといったところかな」

「だったら、おれのほうで千五百ドル都合して、創刊号を発行したとして、しかも売れ行きがよかったとします。そうなったら、おれがまちがってないことの証明になりますよね？」

「まあな――」

「もし創刊号の売れ行きがよかったら、話に乗ってくれます？」

「ああ、乗るかもしれない――」

「じゃあ、またあとで」そう言うと、ドーランは印刷所を飛び出した。

その夜は『メテオ』のリハーサルがおこなわれており、その幕間《まくあい》にドーランは楽屋でジョニー・ロンドンを説き伏せようと試みた。ロンドンの祖父は開拓時代にこの地に移住した開拓者で、以来この地は繁栄を続け、今では〝コルトン〟と呼ばれる都市に成長した。彼の祖父が丸太小屋を建てた同じ場所に、今はジョニー・ロンドン所有の二十階建てのビルが建っている。

「千五百ドルなんておまえにははした金だろうが、ジョニー？」とドーランは言った。

「おまえは世界じゅうの金を持ってるんだから」

「おまえ、頭がいかれたか？」とジョニーは言った。「ほんとうにいかれたんだな。おれは破産寸前なんだぞ」

「おまえに泣きつくなんてことは金輪際したくなかったよ。だけど、実際千五百なんて金はおまえにはなんでもない金だろ？　それがおれにとってはこの世のすべてなんだ」

「その金で何をするんだ？　どうして金が要る？」

「新しい雑誌を創刊するんだ。金を用意してくれたら、利益の半分はおまえにやる」

「なるほど。おまえがどんな雑誌をつくるつもりなのか、まあ、だいたい想像はつくがな。新聞社の仕事はどうしたんだ？」

「辞めたよ」とドーランは言った。「今朝辞めた」

「ほんとに？」とジョニーは言った。「それはまた勿体《もったい》ないことをしたもんだ。おまえは有名になれる道を着々と歩んでたのに。この街のみんながおまえのコラムを愉《たの》しみにしてたのに――おっと、おまえのお友達のデイヴィッドのお出ましだ」とジョニーは声を低くして言った。

「おいおい、ふたりとも協力してくれよ」デイヴィッドは楽屋に駆け込んでくると言った。「最終幕のリハだ。みんなもう舞台にいて、きみたちが来るのを待ってる」

「仕事の話があったんで、ちょっと楽屋に戻っただけだ」とドーランは言った。

「だったら、その仕事の話とやらももうすんだことだろうから、早く舞台に戻ってくれ」

「いや、まだすんじゃいない」とドーランは言い――

「すぐ行くよ」とジョニーは言った。

「頼んだからな！」デイヴィッドはそう言うと、楽屋から出ていった。

ドーランがうんざりしたように言った。「あいつはここがリトル・シアターだということを忘れてる。おれたちは金をもらってるわけじゃないってことを」

「そう言うなよ。あいつはああいうふうにしかできないんだから」

「あいつがゲイだからってそのことをとやかく言ってるんじゃない。あいつのああいう傲慢《ごうまん》な物言いが癇《かん》に障《さわ》るんだ」

「傲慢に聞こえるかもしれないが、あいつに悪気はないんだよ。それに、あいつはおまえのことを大いに認めてる。そんなことよりもう行こう。忘れるなよ、おまえは大スターだってことを。素人《しろうと》役者たちに手本を見せなきゃいけない立場にいるってことを」

「金は？　貸してくれるよな？」

「金のことはリハーサルのあとで話し合おう」

「おれにとってこれはこれ以上ないほど重要なことなんだ、ジョニー」

「ドーラン！」と誰かの呼ばわる声がした。

「今度は少佐のお出ましだ」とジョニーは言った。「さあ、行こう……」

「ちょっといいかな、ドーラン？」と少佐が客席から言った。

「ああ、もちろん」ドーランはそう応じて、足元の照明具をまたぎ、舞台から客席に降りた。客席には、演出を務める少佐とデイヴィッド、それにほかの役者も数人いた。

「リハーサルがやれるのはあと六日だけだ。きみにはそれがわかってるのか？」と少佐は言った。

「わかってるさ」とドーランは答えた。

「やらなきゃならないことがまだまだたくさんある。きみも自分の役割を果たしてくれ」

「もちろん――」

「――いいか、この芝居はきみのために上演するんだぞ。この二シーズン、きみは『メテオ』をやりたいってずっと言ってたじゃないか。少なくとも幕が上がるときには、自分の出番のときには、きちんと舞台の袖《そで》でスタンバイしていてくれよ。それくらいやってくれても罰《ばち》はあたらない」

「ちょっとジョニー・ロンドンと話してただけだ――」

「そんなことは言いわけにはならない」

「言いわけじゃない。こっちもいろいろ大変なんだ」

「それでもだ。よし、舞台に戻って芝居に集中してくれ。いいな？」そう言うと、少佐は舞台の上の役者たちに向かって叫んだ。「最終幕！」

リハーサルは日付が変わる少しまえに終わった。

「今日の出来はよくも悪くもなかった」と少佐は言った。「みんなもっと上手《うま》くできるはずだ。自分の台詞にもっと磨きをかけてきてくれ。特にきみ、エイプリル。明日のリハの開始時間は午後七時三十分。じゃあ、今日はここまで。おやすみ」

「〝特にきみ、エイプリル〟」とドーランは少佐の真似をしてエイプリルをからかった。役者たちは三々五々家路に着いた。

「あなたの出来だってそんなによくなかったんじゃない？」とエイプリルは言い返した。「もちろんいい場面もあったけど。いい場面はあとひとつ残ってるわね。そう、あの場面の演技はいつもとってもいいわ」

「ああ、あの場面なら自信がある」とドーランは素直に認めた。「完璧《かんぺき》な死体だ。あの場面のきみのモノローグもいい。胸が張り裂けそうになる。だけど、泣くのはおれの顔の上じゃなくて胸の上にしてくれないかな。まえにも言ったけど、涙の味はちょっと……」

「覚えておくわ、マイク」とエイプリルはむしろ嬉《うれ》しそうに言った。

「少なくとも初日だけは絶対に胸の上で泣いてくれよな。顔の上で泣いたら、きみの大事なモノローグを台無しにしてやるからな。本気だぞ」とドーランは真面目《まじめ》な口調で言った。「今夜も送ろうか？　きみの家の車寄せに車を停めても、親父さんに見つからないように気をつけて車から降りれば大丈夫だ。そうする？」

「ここに来るのには乗せてくれたんだから、帰りも送ってよ」

「ここに来るときはドラッグストアで待ち合わせたじゃないか。でも、今訊いたのはそういうことじゃない。名家の出《で》のきみのフィアンセが迎えにきてくれることになってるのかどうか、わからなかったからだよ。それとも彼はまだ仕事だったりするんだろうか？」ドーランは笑いながら言った。「いずれにしろ、あいつはエリート街道まっしぐらだな。そういう人間は誰も止められない」

「今夜はどこに行く？」ジョニー・ロンドンがやってきて言った。

「家に帰るよ」とドーランは答えた。「エイプリルは頭痛がするそうなんで」

「わたしが？」とエイプリルはわけがわからず正直に訊き返した。

「そう言ってなかった？」とドーランは訊きながら、ジョニーの見えないところでエイプリルに片眼をつぶってみせた。

「そうよ。そうなの、頭痛がするの——」

「そいつは気の毒に」とジョニーはエイプリルに言った。「遊びにいけるのは今夜だけなのに」

「ちょっと待っててくれるか？」とドーランはエイプリルに言った。「ジョニーに話があるんだ」

「いいわよ——」

「ジョニー」とドーランが声をかけ、ふたりは並んで舞台の袖に行った。「金のことだが、都合してくれるんだろうな？」

「おっと、またおまえのお友達のお出ましだ」とジョニーは言った。

「……ちょっと、いいかな」とデイヴィッドがドーランに言った。「少し話せるかな、マイク？」

「もちろん。マイクもおまえと話がしたいそうだ」とジョニーがかわりに答え、足早に立ち去った。

「あの——マイク。きみが金策に走ってるって聞いたんだけど」とデイヴィッドは言った。「千五百ドル必要だって」

「ちょっと待ってくれ」とドーランは驚いて言った。「ジョニーがみんなに言いふらしてるのか？」

「いや、ぼくだけに教えてくれた」とデイヴィッドは言った。「まだ千五百ドル必要なのか？」

「もちろん、必要だよ。だけど——」

「じゃあ、もう心配は要らないよ。明日の朝までに千五百ドル用意しよう」

「それはありがたいけど、デイヴィッド。なんだか申しわけない気がする……」

「どうして？」

「つまり、その——きみとおれは——大金を貸し借りするような仲じゃない。ちがうか？」

「それはただきみがぼくから距離を取ってるからだよ」とデイヴィッドは言った。

「みんながぼくのことをどう言ってるか知らないけど、ぼくは悪人じゃない」

「そうとも、きみは悪いやつじゃないよ」とドーランは言った。「おれが金を必要としている理由は知ってるのか？」

「ああ、ジョニーが教えてくれた」

「利益の半分はきみに——」

「いや、そんな心配は要らないよ」

「でも——おれは払いたい。契約書みたいなものも残しておきたい。もちろん、雑誌が失敗する可能性もある——反対に成功する可能性もある」

「きみと同じリスクを背負うよ」とデイヴィッドは言った。「明日の朝、ここに来てくれ。小切手を持ってくる。それとも現金のほうがいいか？」

「どっちでもいい」そう答えたものの、ドーランはまだ驚いていた。「おれにはその金がどうしても必要だ。でも、そのまえにきみはおれの評判をちゃんと知っておいたほうがいいんじゃないか――」

「きみの評判なら知ってるよ」とデイヴィッドは笑って言った。「きみは街じゅうのみんなから金を借りてる。今はもうきみの友達全員に頼んでも、十ドルだって集められない。それに、この街のどの店もきみにはもう五セントだって掛け売りしてくれない。それでも、そう、これだけは覚えておいてくれ。ジョニーはぼくに〝きみに金を貸してやれ〟と言ったわけじゃなくて、〝きみから金を貸してくれと頼まれた〟と言っただけだ。ジョニーにしてみれば、都合のいいきみの金づるだなんて思われるだけでも癪《しゃく》なんだろう」

「おれの評判をなんで知ってる？」

「誰だって知ってるよ。きみはウェストン・パークのお嬢さまとはつき合えない。社交界にデビューする若い娘を持つ金持ちの父親たちはみんな、きみとだけはつき合うなって口を酸《す》っぱくして娘に言ってるそうだ。きみのほうこそそういうことを知ってるのかな？」

「ああ、小耳にはさんだことは――」

「いい意味でも悪い意味でもきみは有名人なんだよ。〝恐るべき子供《アンファン・テリブル》〟で、トラブルを起こすのが好きで、いつも反抗的で、自分の環境を抜け出したくてぎらぎらしてる野心家ってことで」

「おいおい、ちょっと待った」とドーランは呆気《あっけ》に取られて言った。

「全部ほんとのことだろ？」とデイヴィッドは落ち着いた調子で続けた。「でも、そんなふうに言われながらも、きみはどうにかここまでやってきた。きみには〝色《カラー》〟がある。人を惹《ひ》きつける魅力がある。それにギリシャ神話の神さまみたいな体つきをしている。そうそう、ひとつ教えてくれないか。きみはどうしてリトル・シアターに出入りするようになったんだい？」

「よく覚えてないけど――」

「だったら、ぼくが教えよう。きみがここに来るようになったのは、リトル・シアターに来ると、得をすると思ったからだ。本能的にきみにはそれがわかったからさ」

「マイク！」エイプリルの声がした。

「今行く！」とドーランは言った。「デイヴィッド、いろいろ話してくれてありがとう。話ができてよかったよ――」

「ぼくが言ったことに感謝はしても注意は払わない。それがきみという人だ」とデイヴィッドは苦笑しながら言った。「エイプリルが待ってる。明日の朝、ここに寄ってくれ、金を用意しておくよ」

「ありがとう」ドーランはそう言って手を差し出した。「ほんとうにありがとう」

「明日の朝、十時にここで」

「ありがとう」とドーランは繰り返した。「ほんとうに恩に着るよ……」

「あいつに金を貸してもらうなんて。なんだか悪党にでもなった気分だ」とドーランはウエストン・パークに車を走らせながらエイプリルに言った。

「どうして？　ただお金を借りるだけじゃないの」

「あいつに借りるしかないんだけど、あいつのことはずっと気に入らなかったんだ。そんな相手に借りができるなんてね。最悪な気分だ」

「彼がゲイだから？　それってしょうがないことじゃないの」

「あいつがゲイだからじゃない。なんて言えばいいのか――そう、おれに金を貸すなんて、あいつ自身、驚いてるんじゃないか？　こっちもあいつに無心するなんて夢にも思わなかったんだから」

「でも、デイヴィッドってお金持ちでしょ？　ご両親も旧家の多いロードアイランド出身だし。それよりどうしてわたしから借りないの？」

「きみからはもういっぱい借りてる」

「でも、あなたにお金を貸して、ちゃんと回収もしてるのは、ひょっとしてわたしだけじゃない？」とエイプリルは言って笑った。

「そうかもしれない」ドーランも笑った。「でも、きみが分割払い金を貸してくれなかったら、この車もクレジット会社に没収されてた。ハンバーガーでもどう？」とドーランは首を振って〈ホットスポット〉を示して言った。〈ホットスポット〉は車に乗ったままでも食事ができるファーストフード店で、深夜から早朝まで若いカップルでにぎわっていた。

「いいわね」とエイプリルは言った。

「……トッピングは全部？」とドーランはエンジンを切って尋ねた。

「ええ──ただ──」

「ハンバーガーとコーラをふたつずつ」とドーランはウェイトレスに言った。

「トッピング、両方とも全部入れます？」とウェイトレスは訊いてきた。

「いや、全部じゃなくて……」とドーランは笑みを浮かべて言った。「両方ともオニオン抜きで」

「ねえ……」ウェイトレスが立ち去ると、エイプリルが言った。「時々、どうしてあなたと結婚しなかったんだろうって思う」

「おれはできるだけのことはした」とドーランは言った。「でも、きみの親父さんは了承してくれなかった。きみの親父さんのオフィスに呼び出されて、こっぴどく叱《しか》られたときには、親父さん、脳溢血《のういっけつ》で倒れるんじゃないかって心配したくらいだ。親父さんがメネフィを選んだ。そういうことだったんだろ?」

「そういう言い方はやめて」とエイプリルは言った。「ロイはとても魅力的で――」

「その上、高給取りで、家柄も申し分ない。イェール大卒で、会員制のアスター・クラブの会長を務めてる。ファイ・ベータ・カッパ(アメリカ名門大学の成績優秀者だけが入会できる互助会)の会員でもある。そんなことは知ってるよ。おれが知りたいのは、誰があいつを選んだのかってことだ」

「彼とはわたしがニューヨークの学校にかよってたときに知り合ったのよ」

「そう、ここだけの話だけど、あいつはおれと同じくらいいいのかい?」

「どういう意味?」

「意味も何もないよ」とドーランは言った。「いちいち言わなくてもわかるだろ?」

「あなたって最低ね、マイク」とエイプリルは言った。「でも、言ってあげる。ここだけの話だけど——答はノーよ」

「それを聞いて少しは気分がよくなった」とドーランは言った。「二週間後にはもうきみは人妻だ。メネフィの野郎はきみの美しい体を抱いて、おれはひとり淋《さび》しく家にこもって、ありとあらゆる罵詈《ばり》雑言をあいつに浴びせてることだろうよ」

「こんなところでお芝居しなくてもいいから」

「芝居なんかしてないよ。今のは本気だ。なんとかしてきみとゴールインしたかったんだがな。きみに恋しちゃいないけど、エイプリル、きみはほんとうにすばらしい女性だよ。だけど、階級がね、きみとおれとじゃちがいすぎた。残念ながら」

「もうやめて、マイク。生まれは関係ないわ」

「ほんとうに？　真面目にそう思ってるのか？　おれには財産もない。親父は食料雑貨店のしがない店員だ。名家のご令嬢エイプリル・コフリンなんかと結婚できるわけがない。きみの親父さんに罵倒されたときには、もう少しで親父さんを殴り倒しそうになったよ」

「あなた、また芝居がかってる。わたし、そういうあなたは好きじゃない。あら、ジエス・アレンとリタがいる！」

「どこだ？」

「隣りの車よ——こんばんは」とエイプリルは声をかけた。

「ごきげんよう《ハウジュドゥー》、リン」とリタがふざけてイギリス風に発音して言った。「ごきげんよう、アルフレッド（イギリス出身の女優リン・フォンタンとアメリカの俳優兼演出家アルフレッド・ラント。ふたりは夫妻）」そう言うと、リタは車を降りた。ジェスも続いて降りてきた。「ミスター・アレン、ミス・フォンタンとミスター・ラントのおふたりのことはご存知よね？」

「ああ、こんばんは！」とジェスは言った。

「こんばんは、お二方」とドーランは言った。

「リハーサルはどうだった？」とリタが訊《き》いた。

「問題なかったわ」とエイプリルは言った。

「エイプリルが号泣する場面はなかなかの見物《みもの》だよ」とドーランは言った。

「マイク」とジェスがドーランに呼びかけ、車から降りるよう合図した。

「どうした？」ドーランは運転席から降りてジェスがいるところまで行った。ジェスは車のうしろに立っていた。

「マイク」ジェスは声を落とし、真面目な口調で繰り返した。「あのミーティングのことだ。今夜開かれた——」

「今夜？」とドーランは驚いて訊き返した。「明日の夜かと思ってた」

「いや、今夜だった」とジェスはおもむろに言った。

「そうか。だけど、きみがそんなふうに首を振っているところを見ると、結果は聞くまでもないってことか。いやいや、気にしないでくれ、ジェス」とドーランは言ったものの声には苦みがにじんでいた。「いや、ほんとうに気にしないでくれ」

「すまない、マイク――」

「かまわない。入会を断わられるのは今回が初めてというわけでもないし……」とドーランはほとんど自分に言い聞かせるように言った。「権威あるアスター・クラブにはおれのような人間はお呼びじゃない。ただそれだけのことだ」

「これだけは言っておくけど、マイク、ぼくはきみの入会に賛成した。でも、反対者がひとりでもいると――」

「もういいよ、ジェス。そもそも入会の申し込みをしたおれが馬鹿《ばか》だった」

「ジェス！」とリタが車の陰から顔をのぞかせて言った。「こっちに来て、注文しない？」

「いろいろありがとう、ジェス」とドーランは言った。

「エイプリルから聞いたけど、新聞社を辞めたんですって？」ドーランが運転席に戻ろうとすると、リタが訊いてきた。

「ああ」

「プロレスの実況アナウンスもやめるってこと？」

「たぶんそうなるな」

「まあ、がっかりだわ。あなたの実況があるときには、どこにも出かけず家でずっと聞いてたのに」

「ちょっと、すみません」サンドウィッチを運ぶウェイトレスがリタの脇《わき》をすり抜けていった。

「どうしてアスター・クラブなんかにはいりたいの？　お高くとまった嫌味なクラブなのに」とエイプリルは言った。ふたりの車はちょうどウェストン・パークの入口にある巨大な石のアーチをくぐり抜けたところだった。まさに〝約束の地〟への入口。

「あのクラブの会員なんて、ただ気取ってて、感じが悪い人ばかりよ――親がいなければ、何もできない人たちばかりなのに」

「わかってるさ」とドーランは言った。「それでもやっぱり――」

「もう忘れちゃいなさい」エイプリルはそう言って、ドーランの右手を自分の両膝《りょうひざ》の間にきつくはさんだ。「忘れちゃいなさいって」彼女はやさしく低く繰り返し、ドーランの右手をはさんだ両膝を動かしはじめた。

「わかった」とドーランはエイプリルの脚を指で撫《な》でながら言った。声が明るくなっていた。「きみといると何もかもがすばらしくなる。きみが結婚してしまったら、おれはどうすればいい？」

「あなた、忘れちゃったの？」とエイプリルは白い歯を少しのぞかせて言った。「わたしが色情狂だってこと……」

　ふたりは小川の畔《ほとり》にいた。横になっていた。ドーランがいつも車に載せている古いタータンチェックの毛布の上で。ふたりとも裸で。静かに横になっていた。十キロほど離れた市街地からのぼんやりとした喧騒と、かすかな川のせせらぎが聞こえていた。

ふたりは無言で夜空の星を眺めた。

「マイク……」とややあってエイプリルが言った。

「何？」

「何を考えてた？」

「別に何も……」

「いいえ、何か考えてた」

「笑わないか？」

「笑わない」

「エズラ・パウンドのことを考えてた」

「エズラ・パウンドって？」

「詩人だよ。水が流れる音を聞いて、その音をことばで表わそうとした」

「ふうん……」

ふたりともまた黙りこくった。エイプリルが頭を動かし、ドーランの胸にキスした。

そのあと彼女は満足げな小さな声を咽喉《のど》から洩《も》らした。

「マイク……」

「何？」

「わたしのこと、愛してる？」

「わからない。きみのことは大好きだけど。それは嘘《うそ》じゃない」

「わたしと愛し合うことは好き？」

「ああ……」

「こういうことはもうあまりできなくなるわね」

「わかってる――」

「わたしたちはどうなるの？」

「どうにもならない――」

「将来のことよ。何十年もさきのこと」

「そう、きみはあのイェール大卒のすばらしい男と結婚して、主婦になって家庭に落ち着く。可愛《かわい》い子供たちが生まれる頃には、アメリカは戦争に参加している。きみの可愛い子供たちは敵の毒ガスか爆弾か何かで殺される。おれは外国の戦場で今と同じように横になってる。今とちがうのは、おれの腹には榴散弾《りゅうさんだん》の破片が突き刺さってて、そのうちハゲワシについばまれるってことだけだ」

「そんなこと、本気で考えてるわけじゃないわよね？」

「いや、本気だ。実際、おれたちはもう戦争の準備を始めていて、くそったれどもがおれたちを頭から戦争に引きずり込もうとしてる。ムッソリーニはすでに戦争を始めてる。それにヒトラーも加わった。ムッソリーニはイギリスに言った、おれのケツにキスしろと。イギリスはそのとおりにした。国際連盟なんぞ腰抜けの集まりで、日本は棍棒《こんぼう》を構えて虎視眈々《こしたんたん》とチャンスをうかがってる――」

「アメリカが参戦するとは思えないわ。だってみんなが反対してるんだから」

「実際に参戦するまではみんな反対だって言うんだよ。だけど、いったん国歌が流れて星条旗が振られたら、みんな頭に血がのぼって反対してたことなど忘れてしまう」

エイプリルは手を伸ばして、ドーランの手を握ると、体をドーランに近づけた。エイプリルの髪のにおいがドーランの鼻をくすぐった。ドーランは肘《ひじ》をついて上体を起こし、エイプリルの体を上から眺めた。濃紺と赤のタータンチェックの毛布の上で、エイプリルの白い裸体が美しい曲線を描いていた。エイプリルは低い声を洩らして、もう一度彼を求めてきた。ドーランは彼女の上に重なり両腕で強く抱いた。

「マイク」とエイプリルが囁《ささや》いた。「もしほんとうに戦争に行くことになっても、絶対に死なないでね。絶対に……」

翌日の午前十時。ドーランはリトル・シアターでデイヴィッドを待っていた。二階の待合室の椅子《いす》に坐《すわ》り、雑誌を手に取ってページをめくっていた。が、頭には何もはいってこなかった。頭にあるのは千五百ドルのことだけだ。

「これはこれは」と少佐がオフィスから出てきて言った。「驚いたな。気分でも悪いのか、ドーラン」

「気分なら最高だよ」とドーランは答えた。「どうして？」

「別に。それよりこんなに朝早くきみがここに来るなんていつ以来だ？」

「昔の仲間はもう誰も来ないからな」とドーランは雑誌を置いて言った。「理由はわざわざ言うまでもないと思うが」

「それが気に入らないのか？　そんなことをまだ根に持ってるのか？」

「それはほかのみんなも同じだよ。ここは見てくればかり気にする俗物のたまり場になっちまった。この部屋を見ろよ。この絨毯《じゅうたん》を。今のリトル・シアターはまさに宮殿だ。昔の古ぼけた納屋《なや》とはまるでちがってしまった」

「ここは全米でも屈指のリトル・シアターだ」と少佐はむしろ誇らしげに言った。

「おれが言いたいのはまさにそのことだ」とドーランは言った。「〝全米屈指〟。それが問題なんだよ。ここはもうほんとうの意味のリトル・シアターじゃなくなってしまった。プロの劇団になってしまった」

「プロじゃない――セミプロだ」

「同じことだ。いいか、少佐、おれはこう思ってる、ニューヨークの大会で優勝したこと、それがこれまでにおれたちに起きた最低最悪のことだったって」

「どうして？　それがどうして最低最悪なことになる？　そんなことを言って恥ずかしくないのか？　きみもこのリトル・シアターの立ち上げに参加した仲間じゃないのか？」

「立ち上げに加わったからこそ、こんなことを言っても恥ずかしくないんだ。われわれは小さな納屋で上演してた。ベンチを座席にして。楽屋なんてなかった。それでも、近所に住んでる農家の若いやつらとドストエフスキーやイプセンを上演してた――」

「あの頃の芝居などまるで見られたものじゃなかった――」

「だからなんなんだ？　おれたちは地域の若いやつらに芝居をするチャンスを与えてたんだ。脚本を書くチャンスも。もしかしたら、第二のユージン・オニールやバーナード・ショーがここから生まれるかもしれない。資金がなかったからこそ、地元のやつらを、素人を、舞台に上げることができたんだ。こいつらの中から、次のベルナール（十九世紀フランスの有名女優）やドゥーゼ（十九世紀イタリアの有名女優）やアーヴィング（十九世紀イギリスの有名俳優）が出てくるかもしれないんだぞ」

「地元の役者は今でも使ってる」

「ほんの一握りだけな。今じゃ劇場お抱えのレパートリー劇団と変わらない。こうなっちまっちゃ、経験豊富な役者を雇って、人気のある作品ばかり上演しなきゃならない。劇場の経費を稼ぐために。それって地元の役者のためになってるか？　なんの役にも立ってない」

「きみがそんなふうに考えてるとはな。思いもしなかったよ、ドーラン。商工会議所がしてくれたことには誰よりきみが感謝してると思ってたよ」

「感謝してるだと！」ドーランは大声をあげると、椅子から立ち上がり、部屋の中を行ったり来たりしはじめた。「誰が感謝なんかする？　冗談じゃない。あいつらのことなど考えただけで虫酸《むしず》が走る。あいつらへの思いは軽蔑《けいべつ》しかない。古い納屋で上演してた頃、おれはあいつらのところに行って、なんとかして資金を出してもらおうと、何度も何度も頭を下げた。だけど、あいつらは五セントすら出してくれなかった。あいつらはおれの頭がいかれてると思ったんだろう。初めてニューヨークの大会に挑戦したとき、おれがどうやって金を工面したか、覚えてるよな？」

「ああ、もちろん、だけど――」

「ああ、あんたぐらいは覚えていてくれないとな。おれはウェストン・パークから川べりまで、街じゅうの家を一軒一軒まわって、この家からは二ドル、あそこの家から一ドル、また別の誰かから五十セントと集めたんだ。街のみんなのおかげで、あの大会で優勝することができたんだ。そのあとまたニューヨークに行って、ほかの大会でも二回優勝することができた。そうしたらどうだ？　商工会議所のやつらはおれたちを利用して金儲《かねもう》けすることに決めた。それだけじゃない。キワニスクラブやロータリークラブ、それ以外のくだらないランチ・クラブからも資金を調達して、十五万ドルもかけて、今のリトル・シアターを建てやがった。ギリシャ様式にビザンチン様式、ゴシック様式にマヤ文化とモロッコ文化をごちゃまぜにしたこの芸術の殿堂を。おかげで、今じゃ劇場の運営費をひねり出すのに四苦八苦してる。昔の仲間たちと一緒につくり上げたものは全部裏口から出ていっちまって、正面玄関からはランチ・クラブのいけ好かない女どもや、あいつらの安っぽい主義主張、それに街じゅうの同性愛者がはいり込んできた。おれが気に入らないのはそういうことの全部だ。考えるだけで腹が立つ。商工会議所のクソ野郎ども！」

「きみがそんなふうに思ってるなんてな、ドーラン、残念だよ。ほんとうに」少佐はそう言うと、ドーランの腕を軽くつかんだ。「きみはここのみんなに信頼されてるリーダーだ。私を支えてくれてるものと思ってたのに」

「あんたに含むところはないよ、少佐」とドーランは言った。「あんたとしてもほかにどうしようもなかった。あんたはすばらしい演出家だよ。でも、あいつらがこの豪勢な劇場を建てた以上、あとはもう劇場にふさわしい経験豊富なプロの制作責任者を雇うしかなかった——全米で高い評価を受けてるプロをな。おれが言いたいのは、もうおれたちの手には負えなくなったということだ。ただ、それだけだ。あんたに腹を立ててるわけじゃない」

「私はきみの友達だ。それだけは忘れないでくれ」

「おれもあんたの友達だよ、少佐。何度も言うが、おれが腹を立ててる相手はあんたじゃない。おれが怒ってるのは今のリトル・シアターのあり方だ。商工会議所の連中だ。どうしておれたちを放っておいてくれなかったんだ?」

「商工会議所をそんなに責めるなよ――彼らにしても自分たちが正しいと思ったことをやっただけなんだから。だからよけい残念なんだ、ドーラン、きみがそんなふうに思ってることが」と少佐は同じことばを繰り返した。「きみはその気にさえなれば世の中を変える力を持ってる男だ。冷酷で非情な鎧《ハードボイルド》《よろい》をまとっちゃいるが、その中には心やさしい少年が――」

「そういう話はやめてくれ、少佐。洒落《しゃれ》にならない」

「わかった、わかった、ドーラン」よかれと思って言いかけた少佐は傷ついたような顔をした。「少しでもきみの気分をよくしようと思っただけだ――」

「――おはよう」そう言いながら、デイヴィッドが階段をのぼってきた。「遅くなってごめん」

「おはよう」とドーランはおもむろに応じたものの、内心は落ち着かなかった。デイヴィッドは自分たちの会話をどこまで聞いていたのか。

「それじゃ、ドーラン、また今夜」少佐はそう言うと、ふたりに背を向け、自分のオフィスに戻った。

「何かあったのかい?」とデイヴィッドがドーランに尋ねた。

「別に。彼がどういうやつかは知ってるだろ?　また喧嘩《けんか》を吹っかけられただけだ」

「だったら、ぼくもきみに喧嘩を吹っかけないとな」とデイヴィッドはいたずらっぽく言った。「ゆうべ、夜中の三時頃、きみに電話したんだ。そうしたら、まだ帰ってないってラリーに言われた」

「ああ」とドーランは言った。「そうとも」

「さあ、はいってくれ」とデイヴィッドは言い、帽子を脱ぎながら自分のオフィスにはいった。

「少佐のオフィスよりこっちのオフィスのほうがずっといい」とドーランは言った。

「こっちのほうがずっと狭いからね」とデイヴィッドは応じて、帽子をソファの上に放り、そのあと机のまえの椅子に坐った。

「だからそう言ったのさ」とドーランはさらに言った。「昔の納屋にも小さなオフィスがあったけど——衣裳《いしょう》や日用品なんかを入れる箱に毛が生えたようなオフィスで、夜になると楽屋に早変わりした」

「昔の納屋の話はたくさん聞かせてもらったよ。きっと愉しかったんだろうね」

「ああ、愉しかった。あれ、これはまえからあったっけ？」ドーランはいきなり壁を指差して言った。

「ああ、全部ぼくが描いた」

「きみが？」ドーランは驚いたように訊き返し、壁に近づくと、とくと絵を眺めた。「すばらしい。きみが水彩画をやってるなんて知らなかったな」

「ぼくもきみが絵画に興味を持ってるなんて知らなかったよ」そう言って、デイヴィッドは笑った。

「自分の身を守るためだよ」とドーランも笑って言った。「おれは四人の画家とひとりの新進作家、それに旧ドイツ軍の英雄と一緒に共同生活を送ってるんだけど、だから徹夜で芸術議論を闘わせるなんてことが日常茶飯事なんだ」

「なかなか面白そうな集団だね」

「どれほど面白いかは別にして、互いに共通点がいっぱいあるのは確かだな。ところで、デイヴィッド、不躾《ぶしつけ》なことは言いたくないけど――」

「小切手だろ？」

「まあ――」

「まずは坐ってくれ、マイク」

「気が変わったなんて言わないでくれよな」ドーランは言って腰をおろし、デイヴィッドの返事を待った。

「気が変わったわけじゃないよ。でも、ぼくとしても確かめたい。きみは自分がいったい何に首を突っ込もうとしているのか、ちゃんとわかっているのかどうか」

「首を突っ込む？」

「ゆうべジョニーが全部話してくれた。きみがリハーサルしてるあいだに。ぼくはきみが失敗するところなんか見たくない」

「金ならちゃんと返すよ――」

「金のことを言ってるんじゃない。雑誌のことを言ってるんだ。きみが面倒なことに巻き込まれるところは見たくない」

「面倒なことに巻き込まれたりはしないよ」とドーランはすぐに否定した。

「きみは真実を伝えるつもりなんだろ？」

「おれは真実を伝えるつもりなんじゃなくて、真実を伝えるんだ」

「そんなに先走らないでくれ。ちょっと立ち止まって、もし誰かをまちがえて告発したらどうなるかとか、そういったこともちゃんと考えてるのか？　この街は田舎がそのまま大きくなったようなところだ。心の狭い人間も偏見だらけの人間も大勢いる――そういう者たちは〝今の街〟を変えようとするやつを快く思わない。ぼくはこういう街の本性をよく知っている」

「おれだって知ってるさ。この街で生まれたんだから」

「やつらはきみを再起不能なまでに叩《たた》きつぶすかもしれない――」

「いいか、デイヴィッド。説教は聞きたくない。どうしてみんなおれに説教したがるんだ？ 自分が何をしようとしてるかはおれが一番よくわかってる――結局、きみは金を貸してくれるのか、貸してくれないのか、どっちなんだ？」ドーランはそう言うと立ち上がり、残念そうに唇を嚙《か》んだ。

「……わかったよ」少し間をおいてデイヴィッドは言った。そして、引き出しを開けて小切手帳を取り出した。

印刷所の正面入口をはいったところで、ドーランはロレンスとばったり出くわした。ロレンスは使っていない二階のオフィスに案内して言った。

「これだけの広さがあれば充分じゃないか？ 午《ひる》までには掃除を終わらせるよ。昔はデザイン図やイラストの保管室として使ってた部屋だ」

「この広さで充分です」とドーランは言った。「オフィスに置くのは机ひとつとタイプライター一台だけだから。それよりこの部屋には鍵《かぎ》がついてますか?」

「そうだな。鍵もつくらせよう」とロレンスは請け合った。「それから、広告についてはここにいるミスター・エックマンと相談してくれ。彼はうちが印刷してる広報紙でも広告を担当してくれてる。おまえさんの雑誌も担当してもらおうと思ってるから、なんでも気楽に相談するといい」そう言うと、ロレンスは部屋を出ていった。

「創刊号はいつ頃発売する予定なんだ、ドーラン?」とエックマンが訊いた。

「一週間後くらいを考えてる——」

「広告を出してくれそうな伝手《つて》はあるのか?」

「今のところはない。そういう方面には疎《うと》くて」

「おいおい、広告は大切な分野だぞ。広告収入で経費を賄《まかな》うんだから。わかってると思うが——」

「もちろんわかってる」

「友達には声をかけたのか? どこかの店とかで働いてる友達がいれば、契約の口利《くちき》きをしてくれるかもしれない」

「店で働いてる友達はいないな」とドーランは言った。「まったくの新参者で申しわけない。でも、なんとかして見込みのあるお客さんを探してみるよ」

「そういうことなら、しばらくのあいだはこっちの馴染《なじ》み客にあたってみることにするか」とエックマンは言った。「雑誌の名前はもう決まってるのか？」

「うん、『コスモポライト』にするつもりだ」

「『コスモポライト』！　悪くない」とエックマンは言った。「ああ、悪くない」

「創刊号に広告を出してくれそうな会社を見つけられそうかな？」

「見つからないと決まったものでもない」そう言うと、エックマンはドアに向かった。

「もちろん、広告を出してくれる会社を見つけるのは簡単なことじゃないが、それでも、新しい雑誌ということで興味を持つ会社があるんじゃないかな」

「見つけてもらえたらずいぶん助かる」とドーランは言った。

「まあ、がんばってみるよ」とエックマンは笑いながら言った。「それじゃまた――」

「じゃあ、また」とドーランは応じて窓から通りを見下ろした。

「こんにちは」とマイラの声がうしろから聞こえた。

「やあ、きみか！」ドーランは驚いて振り向いた。彼女はどんな気配も感じさせることなくいつのまにか部屋にはいってきていた。

「調子は？」

「ねえねえ……」とマイラは言った。「椅子を勧めてくれたりはしないの？」

「ああ……問題ないよ」

「ああ、まあ、そうか——ちょっと待ってくれ」そう言って、ドーランは机から離れて椅子を運んでくると、マイラに勧めた。「さあ、どうぞ——」

「ありがとう……あらあら、その顔はどうしたの？」

「ああ、そうだった」そう言って、ドーランは無精ひげを撫でた。「今朝はひげを剃《そ》る気分じゃなかったんでね——」

「無精ひげのことじゃないわ」マイラは首を振りながら言った。「わたしが訊いてるのは——」彼女は身を乗り出すと、ドーランの頰を指で触れて言った。「これのことよ」

「痣《あざ》ができてるか？　何かにぶつかったんだろう」

「ぶつかったんじゃなくて、これは誰かに嚙まれた痕《あと》よ」とマイラは言った。「街に繰り出しちゃ、女の人に顔を嚙んでもらう趣味でもあるの？」

ドーランは顔を赤らめ、居心地悪そうにした……

「でも、いいオフィスじゃないの」部屋を見渡して、マイラは言った。「あれがわたしの机？」

「きみの机?」

「そうよ、あなたの仕事を手伝うの。言うまでもないでしょ——」と彼女は自信たっぷりに言った。

「手伝いなんて要らないよ」

「全部ひとりでできると思ってるなら大まちがいよ」

「あなたは自分が何と闘おうとしているのか、全然わかってない」

「そんなにひどいことにはならないよ」とドーランは笑みを浮かべて言った。「いずれにしろ、誰かを雇う余裕なんてないから。昨日も言っただろ? 今のところ、収入はゼロなんだから。記事も全部ひとりで書くつもりだ」

「度胸があればなんでもできる?」

「まあ、そういうふうに考えてくれても——」

「それと憎しみがあれば?」

「憎しみなんておれは持ってないよ——」

「憎しみを抱えてるのがあなたの一番いいところなのに」そう言うとマイラは、そのどこまでも赤い唇を開いて笑った。「あなたには憎しみがある。憎しみを持ちつづけていられる。それも生き生きと。いつかそれがあなたにものすごい力を与えると思う」

「きみは何者なんだ？」とドーランは訊かないわけにはいかなかった。体がまた震えだしていた。

「どうしてそんなことを訊くの？　わたしはマイラよ――」と彼女は言った。

「きみの名前がマイラだってことは知ってるよ。出身はどこだ？」

「ニューヨーク。この街に来て、二、三ヵ月ってところね」

「ビショップとはどこで知り合ったんだ？」

「この街よ。ニューヨークにいる彼の友達から手紙を預かったの。それで彼に会った。どうしてそんなことを知りたいの？」

「自分でもわからない」とドーランは言い、また窓の外に眼をやった。「おれは女に興味を持ったことがなくてね。体だけの浅い関係で充分だとずっと思ってた。だから、自分から女に訊きたくなったことなどこれまで一度もなかった。でも、きみは……きみには何か変なものを感じる」ドーランは振り返ってマイラを見た。「何か変なものを」

「あなたもようやく気がついたのね？」

「いや、昨日初めてきみに会ったときに気づいたよ。それじゃあ、あれからおれが何を考えてるかきみにはわかるか？」

「あたりまえでしょ、簡単よ。わたしがコーヒーを飲んでいたら、どうなっていたか――それがあなたの未来をどんなふうに変えることになるのか。そういうことでしょ？」

「そのとおりだ」とドーランは言った。マイラに心を見透かされても、もう驚くことはなかった。

「わたしも同じようなことを考えてた」とマイラは言った。「昨日も変だと思ったの。でも、あなたとの出会いそのものに衝撃を受けてたから、どうして変だと思ったのかは考えなかった。あなたもわたしも何かが変だと感じてる。どうして変なのか、うまく説明できないけど。たとえば、そう、ある男性が自分の勤めている会社のビルのロビーで新聞を買ったとする。この男性がそこで新聞を買うのは初めてなのよ。彼はビルに着くまで、何人もの少年たちが同じ新聞を売っていたのに、素通りして誰からも買わなかった。でも、そのビルのロビーでははっきりした理由は説明できないけど、とにかく新聞を買ったの。おかげで、新聞を買わなければ乗れるはずだったエレヴェーターは行ってしまった。そのエレヴェーターには、将来の結婚相手が乗っていたかもしれないし、仕事仲間が百万ドルの取引き情報をこっそり教えてくれていたかもしれない。反対に、エレヴェーターが落下して、乗っている人全員が死んでしまっていたかもしれない。だけど、その男性は立ち止まって新聞を買った——今までとはちがう行動をしたの。その男性がどうしてそんなことをしたのかわかる？」

「いや、わからない」とドーランは言った。「はっきりとは」

「そういうことよ。そういうことがわたしたちのあいだにも起きたのよ。わたしはいつもとちがって、コーヒーを飲まなかった——」

「おれは……」とドーランは言った。「……そのことがきみにとっては凶と出て、おれにとっては吉と出るのか、あるいは、おれにとっては凶と出て、きみにとっては吉と出るのか。そういうことを考えて——」

「それはわたしも考えた……」とマイラも言った。「でも、どっちに転ぶにしろ、わたしはあなたについていくことに決めたの。何時に出勤すればいい？」

「いや——」

「あなたは何時に出勤するの？」

「九時くらいかな——」

「じゃあ、わたしも九時くらいに出勤するわね、マイケル・ドーラン」そう言うとマイラは椅子から立ち上がり、部屋から出ていった。うしろを振り返ることもなく……

ドーランは夕方近くまで仕事をした。新しい雑誌の枠組みを考え、それぞれのコーナーにタイトルをつけた。それから「ザ・メイン・ステム」と名づけたコラムを書きはじめた。「ザ・メイン・ステム」は『ニューヨーカー』誌のコラム「ザ・トーク・オヴ・ザ・タウン」に相当するコーナーで、ドーランはそれをこだわりのコラムにするつもりだった。なのに、ドーランの心にはマイラ・バーノフスキーの面影が浮かんでは消え浮かんでは消えして、どうにも頭がうまく働かない。タイプライターに向かっても、マイラの赤い唇が眼に浮かんで、タイプミスを繰り返してはまた最初から打ち直すという体たらく。訂正箇所のある原稿が大嫌いで、一ページに一個所でもタイプミスをしたら、その用紙は捨てて、新しい用紙に打ち直さなければ気がすまない性質《たち》なのだ。やがて、太陽が西に傾きはじめ、その日の仕事は早めに切り上げることにした。一晩ぐっすり寝て気分を落ち着け、明日の朝もう一度仕切り直そう。とりあえず家に帰って一眠りしよう。昨夜は街はずれの小川まで車を走らせ、月明かりの下、岸辺でエイプリルと裸で抱き合った。充分な睡眠をとったとは言いがたい。

「彼女のことも少しずつ頭から消えていくさ」とドーランはひとりごとを言いながら、階段を降りて車に向かった――マイラのことを考えながら。「そう、明日になれば、彼女のことなど全然気にならなくなるだろう。仕事に集中できるだろう」

ドーランは家まで車を走らせた。三階建ての大きな家だが、そこに若い画家が四人、作家の卵がひとり、それに旧ドイツ軍の英雄がひとり、ドーランと一緒に生活している。ドーランは自分の部屋にあがると、一時間ほど仮眠をとった。夢も見ず熟睡して眼が覚めると、あたりはもう暗くなっていた。部屋の明かりをつけ、バスルームにはいった。が、すぐに出てきて悪態をついた。そのあと怒鳴った。

「ユリシーズ！　すぐ来い！」

「今行きます、ミスター・マイク」ユリシーズは大声で答えると、裏の階段からあがってきた。この家で働く黒人の雑用係だ。

「これはいったいなんなんだ？」とドーランは便器を指差して訊いた。便器の上に小さなキャンヴァスに描かれた絵が裏返しに置かれ、こちら側に〝故障中〟と活字体で書かれていた。

「ミスター・エルバートが置いたんです」とユリシーズは言った。「古い油絵だそうです」

「絵のことじゃない。便器のことを訊いてるんだ。どうして壊れたままなんだ？　ミセス・ラトクリフには電話したのか？」

「ええ、しましたよ、ミスター・マイク。ミセス・ラトクリフは、みなさんがただでこの家に住むのはかまわないけれど、家賃収入がはいってこない以上、下水の配管修理代までは出せないって言ってました」

「まいったな」とドーランは言った。「じゃあ、一階のバスルームを使うしかないか。ひげ剃り道具を出してくれ」

「はい、承知しました。それから、ミスター・マイク、今夜なんですが、ネクタイを貸してもらえませんか？　どんなやつでもいいです」

「それはどうかな、ユリシーズ。おれたちが毎月おまえに二十ドル払えなくなったら、ネクタイくらいは貸さないでもないが。そもそもおまえは背が低いから、おれの服は着られないよ」

「服は大丈夫です、ミスター・マイク。ミスター・エルバートがスーツを貸してくれますから。それにミスター・ウォルターは車を貸してくれます――」

「ということは、またガソリンがはいってないんだな？」

「はい。だから、二十リットル入れる約束で貸してもらうんです」

「ユリシーズ、ウォルターはどう考えてもおまえを利用してる。おまえは街でも評判の色男で、そんなおまえにはどうしたって車が要るんだから。今夜の相手も美人か？」

「はい、もちろん」ユリシーズはにやにやしながら、薬戸棚からひげ剃り道具を取り出した。

「好きなネクタイを使ってくれ、色男。それから、洗濯した靴下も持ってきてくれ。おれは階下《した》のシャワーを浴びるよ」そう言うと、ドーランは階段を降りて一階に向かった。

「ユリシーズ、階上《うえ》にいるのか？」ドーランが居間を通り抜けると、トミー・ソーントンがユリシーズを呼んだ。トミーは四人の画家のひとりだ。

「すぐ降りてくるよ」とドーランがかわりに答えた。

「あの黒人野郎《クーン》。キッチンのシンクを見たか？　汚れた食器でいっぱいだ」

「今夜はデートなんだよ」

「それは今夜にかぎったことじゃないだろうが。昼間は昼間で電話ばかりしてやがって。相手はみんな肌の色の薄い黒人女《ハイ・イエロー》だ。あいつの女好きにはほとほとうんざりだよ」

「誰でもいいから電話も使えるうちに使っておいたほうがいい。いつ止められてもおかしくないんだから」ドーランはそう言ってバスルームに向かった。

「はいっていいぞ」とバスルームの中からウォルターの声がした。手を拭《ふ》きながら、うしろを振り向き、ドーランを見ていた。

「階上《うえ》のトイレはまだ故障中だ」とドーランは言った。「ミセス・ラトクリフはおれたちが家賃を払うまで修理をしてくれそうにないな」

「ああ、ユリシーズから聞いたよ」

「でも、ミセス・ラトクリフに文句は言えないな。ずっとただで住まわせてくれてるんだから」

「明日になればなんとかなるかもしれない。絵が一枚売れそうなんだ」

「すごいじゃないか、ウォルター。絵さえ売れればきみの人生は大きく変わる。ああ、ユリシーズ、ひげ剃り道具と靴下はそこに置いといてくれ」

「わかりました」とユリシーズは言って、洗濯した靴下とひげ剃り道具を椅子の上に置いた。「ほかに何か要りますか?」

「いや、それだけでいい――」

「ミスター・ウォルター、何かご用は?」

「いや、大丈夫だ」

「じゃあ、おやすみなさい」そう言って、ユリシーズは出ていった。

「いいやつだよ、あいつは」とウォルターが言った。

「ああ、最高にな」とドーランも同意して言った。「おれたちのためなら地獄にだって行ってくれる。いや、トミーにはそれはないか。あいつはお高くとまってるからな。あいつはちゃんと描いてるのか？」

「その気になれば、描くだろうけど。今のところその気はないようだ」

「あいつは自分を天才だと思ってるからな。ただ坐ってれば、何もしないでも名声のほうからやってくるとでも思ってるんだよ」とドーランは服を脱ぎながら言った。

「そういえば、ゆうべはきみは女と一晩じゅうよろしくやってたんだって？」とウォルターは言った。「牛乳配達と一緒に朝帰りしたって聞いたけど」

「まあね」とドーランは言った。「でも、今日の午後は最高に刺激的な女性と一緒だった——」

「そういう話はまえにも聞いた気がするけど」とウォルターは笑いながら言った。

「今度は本気だ」とドーランは言った。「小麦色の肌、黒い眼に黒い髪。それに見たこともないような真っ赤な唇。残酷なサディストみたいな真っ赤な唇をしてるんだよ」

「謎《なぞ》めいた感じ？」

「ああ、ほんとうに謎だ、彼女は」とドーランは石鹼《せっけん》の泡を顔に塗りつけながら言った。「おれは昔から謎に弱くてね。でもって、なんでもくそドラマティックに考えるのがおれの悪い癖だ。自分の身に起こることはなんでもドラマティックに思えるんだよ」

「たぶんきみも天才なのかも」とウォルターは言った。「おれたちがみんな天才だったら、笑えると思わないか？」

「おれたちはみんな天才への道を歩んでる。トイレは故障中で、家賃も払えないけど。貧乏暮しは天才の条件だ」

「マイク」とトミーがドアから頭を出しながら言った。「上品な淑女がおまえに会いたいって」

「淑女？」ドーランは振り向きながら訊いた。「誰だ？」

「名前はマースデンだって」

「メアリー・マーガレット？」とドーランは訊いた。

「いや、メアリー・マーガレットの母親だそうだ」とトミーは答えた。

「今話をしてる時間はないんだけどな」そう言って、ドーランは顔をしかめた。「ひげを剃って、風呂《ふろ》にはいったらすぐリハーサルに行かなきゃならないんだ」

「そう説明したけど、きみに会わせろの一点張りでさ」

「わかった」とドーランはあきらめ顔で言うと、ひげ剃り用のブラシを置き、顔の泡を拭き取った。

「メアリー・マーガレットとは別れたんだと思ってたよ」とウォルターが言った。

「ああ、別れたさ。もう二、三週間は会ってない。このまえの夜中のちょっとした出来事を除けば」

「〝ちょっとした出来事〟？　おいおい、ずいぶんとひかえめな言い方だな」とウォルターは言った。「女がひとり夜中の三時に玄関先でおまえの名前を叫びつづけるのが〝ちょっとした出来事〟と言えるか？」

「彼女は酔っぱらってたんだよ」とドーランはシャツを着ながら言った。

「あれだけの大声だと、ウェストン・パークでも聞こえたんじゃないか？　なあ、きみはあそこの女たちを相手に何をしてるんだ、マイク？」

「知らないよ」とドーランは言った。「でも、おれはきっと呪《のろ》われてるんだと思う。おれに惚《ほ》れる女はどいつもこいつも色情狂なんだから。いずれにしろ、兄弟、いざというときにはすぐに助けにきてくれ」そう言って、ドーランはバスルームのドアを開けた。

「マイク、五ドル貸してくれないか？」

「貸せるものなら貸してやりたいけど、ウォルター」とドーランは言った。「今貸せる金はないよ」

「そうか。新聞社を辞めたって聞いたんで、退職金か何かもらったんじゃないかって思ったんだけど」

「一日分の給料はもらえるそうだが、出納係にその金でブランドンに新しい靴を買ってやってくれなんて言っちまったんだ」

「ブランドン？　誰だ、そいつは？」

「ブランドンを知らないのか？　慈善団体の責任者だ。さっき言ったことだけど、いいか、おれが大声を出したら、すぐ来てくれよな」そう言うと、ドーランはバスルームを出てトミーに訊《き》いた。「彼女はどこだ？」

「階上《うえ》だ。がんばれ、色男！」

「おいおい、おれはユリシーズじゃないって」ドーランはそう言って階段をあがった。

部屋にはいると、ミセス・マースデンは背すじをまっすぐに伸ばしてソファに坐り、暖炉の上にあるアフリカの黄金海岸の呪物《じゅぶつ》をじっと見ていた。

「こんばんは、ミセス・マースデン」とドーランは言った。

「こんばんは、ミスター・ドーラン」とミセス・マースデンは感情を抑えた声で言った。「娘のことでお話があります」

「メアリー・マーガレットがどうかしたんですか？」ソファに腰をおろしながら、ドーランは訊いた。

「あの娘《こ》は遠くに行かせました」とミセス・マースデンは言った。「それであなたにお願いがあります。娘から手紙が来ても返事は絶対に出さないでください。いいかしら？」

「もちろん、いいですとも」とドーランは内心ほっとして言った。「返事は絶対に出しません。街を離れたことも知りませんでした」

「街を出たのはつい先週のことです。それが一番いいと思ったんです。主人に先立たれて以降、メアリー・マーガレットのことは、わたしひとりで決めなければなりません。メキシコ・シティにはメアリーの姉がいるんで、そこに行かせることに決めたんです。あの娘《こ》はまだ若いし、世間知らずだから。よくご存知でしょうけど――」

「ええ」とドーランは言った。「いずれにしろ、ミセス・マースデン、わざわざおいでになることもなかった。手紙の返事を出すつもりなど金輪際ありませんから。約束します。でも、ああいうことがあったのに、どうしてメアリー・マーガレットがおれに手紙を出すなんて思ったんです？」

「わたしのことを何も知らない母親みたいに言わないでください。娘があなたにとことんのぼせ上がっていたことぐらいわたしだって――」

「今はもう彼女はとても冷静です」とドーランは言った。「あなたがおれたちの仲を引き裂いてくれたから。でも、ひとつ質問してもいいですか、ミセス・マースデン？　おれのどこが気に入らないんです？」

「まず第一に、ミスター・ドーラン、若い女性からお金を巻き上げる男性というのは――」

「おれがお嬢さんから金を巻き上げた？　どうしてそんなことを思うんです？」

「支払い済みの小切手を見つけました。全部で数百ドルはありました」

「確かに小切手については否定しませんが」とドーランは言った。「あなたがご存知とは知らなかったな。でも、百ドルはもう返しました。残りもできるだけ早く返します」

「それにしても」とミセス・マースデンは言って、首を振りながらドーランのほうに上体を少し傾《かし》げてきた。「近頃の若い娘ときたら！　あなたはこれまでつき合った娘たちをずいぶんと泣かせてきたんでしょうね」

「おれ自身はそんなふうに考えたことはないけれど」とドーランは言って壁掛け時計

を見た。「それより申しわけありませんが、ミセス・マースデン……」

「でも、どうして若い娘たちがあなたに夢中になるのか、それはわかる気がする」とミセス・マースデンは言った。どうやらすぐに帰る気はなさそうだった。「この自由奔放なボヘミア風の家に古い家具、古い絵——」

「では、そろそろ——」ドーランはそう言って立ち上がった。

「それに本」とミセス・マースデンは言って、コーヒーテーブルから本を一冊取り上げた。「あなたを待っているあいだ、ちょっと読んでみたけれど、あなたがお書きになったの？」

「いいえ、ちがいます」ドーランは言った。思わず顔が赤くなっていた。「こんな本がどうしてこんなところにあるのか——」

「イラストがすごいわ！　こんなエロティックな本、ここ何年も見てないわ」

「ほんとうにどうしてここにあるのか。いつも寝室の本棚にしまってあるのに」

「あなたのお部屋は？」ミセス・マースデンはそう訊くと、本を胸に抱えて立ち上がった。

「あそこです」とドーランは自分の部屋のドアを指差して言った。「あそこがおれの部屋です」

「この本はわたしが片づけてあげましょう」ミセス・マースデンはそう言って、居間を横切ると、ドーランの部屋へ向かった。「こういう本をそのへんに放り出しておくのは、あまりいいことじゃないわ」

「すみません、もう出かける時間なんです、ミセス・マースデン」ドーランはそう言いながら、ミセス・マースデンのあとについて自分の部屋にはいった。「もうすぐリハーサルが始まるんです」ドーランはそう言って、明かりのスウィッチに手を伸ばした。

「明かりはつけないで」とミセス・マースデンは囁いた。熱い吐息がドーランの耳にかかった。「明かりは要らないわ……」

「そんなことをしたら、おれは獣になっちまう」とドーランは彼女にというより自分につぶやいた。

ドーランがリトル・シアターに着いたのは、午後八時をすっかりまわった頃だった。客席の通路を通って急いで舞台に向かった。

「待った！」少佐の大声が轟《とどろ》いた。その声に舞台上の役者たちはリハーサルを中断した。通路を振り返り、ドーランを睨《にら》みつけて少佐は声を荒らげた。「いったいいつまでこんなことを続けるつもりだ？」

「すまん、少佐。どうにもならない事情があって」とドーランはいかにも申しわけなさそうに言った。

「ここでなら自分だけ特別扱いしてもらえるとでも思ってるんじゃないのか……ちがうか？　答えてくれ」

「もう謝っただろうが」ドーランはいささかむっとして言った。舞台のフットライトの照明具越しに、役者たちも彼をじっと見ていた。

「こういうことは金輪際やめにしてくれ。こんなことなら……」そこまで言うと、少佐は一緒に観客席に坐《すわ》っているデイヴィッドとそのほかの制作スタッフを見やった。

「こんなことなら、制作発表なんかしなきゃよかったよ。ここまで進んでいなけりゃ、中止にもできた。ドーラン、みんなに謝罪してくれ」

「だから、少佐、それはもう……」

「きみは仲間の役者たちにほんの少しでも敬意を持ってるのか？　きみはいつも無礼だ。傲慢《ごうまん》だ。大プロデューサー、大脚本家、大監督、大スターにでもなったつもりか？　まえにも言ったはずだ、そもそもきみ自身が言ってることだ、このリトル・シアターには上下関係なんてない。みんな平等なんだ」

「傲慢に振る舞ったつもりは少しもないがな、少佐」とドーランは低い声で言った。「いつも遅刻してきてほんとうにすまないと思ってる。どうしてもおれは遅刻――」

「みんなにちゃんと謝れよ！」

「……みなさん、申しわけありませんでした」ドーランは舞台の上の役者たちに謝罪した。「もう二度とご迷惑はかけません……さあ、これでいいか？」ドーランは少佐に尋ねた。

「ああ。ティモシーがきみの代役をやってた。ティモシー、もうあがっていいぞ」と少佐はティモシーに声をかけた。「舞台を降りてくれ。ドーランと交代だ」

「いや、ティモシー、きみがそのままおれの役を続けてくれ」とドーランは言った。「きみはずいぶん長いことおれの代役を務めてくれた――おれは降りるよ」ドーランは少佐にそう言うと、来た通路を戻り、ロビーを抜け、劇場をあとにした。

「ドーラン！　ドーラン！」少佐は劇場の外階段まで走って出てくると、一番上の段から呼ばわり、階段を駆け降り、歩道沿いに停めてあったドーランの車まで走り寄った。「ちょっと待てよ――」

「もういいんだ、少佐」とドーランは言って、エンジンを止めた。「気にしないでくれ――」

「いいか、来週はもう初日――」

「あの役はティモシーがやればいい。もう何年もがんばってきたんだ。あいつにもチャンスをやれよ」

「ドーラン――このまま私を見捨てる気か？　嘘《うそ》だよな――」

「おれが残ったら、もっとひどいことになる。おれには何もできないんだから、少佐。こうするのが一番いいんだ。実際のところ、今度の芝居のリハーサルが始まってから、なぜだかおれの人生が大きく変わっちまってね。だから、正直なところ、ここで芝居なんかしてる余裕がほんとにないんだよ」

「私としてもみんなのまえできみに恥をかかせるつもりはなかった――」

「ここでふたりとも馬鹿《ばか》になることはないよ、少佐」とドーランはむしろしみじみとした声音で言った。「これはおれの自業《じごう》自得だ。あんたの言うとおり、おれはほんとうに傲慢だった。そんなことさえ気づかなかったとはね」

「本気なのか？――きみにはどうしても劇場が必要なんじゃないのか？　劇場から多くのものを手に入れてきたんじゃないのか？　考え直してくれ――私のためにも」少佐は体を屈《かが》め、車の天井に頭をぶつけないように気をつけながら、車の中に頭を入れて懇願した。

「頭を引っ込めてくれ、少佐……もう行くから」とドーランは言った。声がかすれていた。キーをまわしてエンジンをかけ直した。「今辞めなきゃ、永遠に辞められない」そう言うと、クラッチをつなぎ、夜の闇《やみ》の中へ車を出した。

2

『コスモポライト』誌の創刊号は、翌週の水曜日の午後、ニューススタンドに一斉に配送された。明けて木曜日の朝、ドーランがオフィスに向かって階段をあがっていくと、エディ・ビショップが逆に階段を降りてきた。

「この野郎、ここにいたのか！」とビショップは嬉《うれ》しそうに言うと、握手を求めて手を差し出してきた。「やったな！」

「もう読んでくれたのか？」とドーランは握手しながら言った。

「〝読んでくれたのか〟だって？　あれをまだ読んでないようじゃ、新聞記者とは言えないよ」

「さあ、はいってくれ」そう言って、ドーランはビショップのまえを歩き、オフィスに案内した。「ここにいるのはくそ共産主義者《コミュニスト》のマイラだ。マイラの助けがなかったら、創刊号を発行することはできなかった」

「こんにちは、エディ」とマイラは挨拶《あいさつ》したあとドーランに言った。「何人かから電話があった。リストにして机の上に置いておいたから、あとで確認して」

「ニューススタンドをまわって、売れゆきを確認してたんだ。それで来るのが遅くなってしまった」

「で、どうだった？」とビショップが椅子《いす》に坐《すわ》りながら尋ねた。

「なかなかいい感じだった。まあ、数字的なことはまだよくわからないが、いい感じだと思う。なあ、エディ、正直な意見を聞かせてくれ。おまえはどう思った？」

「おれはすごくいいと思ったよ、マイク。お世辞じゃない。ただ、難を言えば、ちょっと『ニューヨーカー』に似すぎてないか？」

「この種の雑誌は、好むと好まざるとにかかわらずみんな『ニューヨーカー』に似てしまうんだよ。社交欄を除けば」

「ああ、そうだ。社交欄だけは気に入らなかった」

「社交欄と新しく社交界にデビューする女性の写真を載せないわけにはいかないだろうが。ああいうのがないと広告が取れない」

「広告担当は誰なんだ？　おまえか？」

「いや、ロレンスのところで働いてるエックマンという男だ。それはそうと、トマス編集長もあの八百長《やおちょう》の記事を読んだんだろうか？」

「ああ、彼も創刊号を買ってたからな。創刊号を四時くらいに買って、トマスのところに持っていってやろうとしたら、やっこさん、もう読みおえてた」

「なんて言ってた？」

「八百長記事のことは何も言ってなかったけど、記事を掲載するかしないかは、新聞社の広告営業部門が決めているという論説はかなり気にしてた。いや、気にしてたというより、読んで怒り狂ってた」

「でも、それが真実じゃないか」とドーランは言った。

「もちろん、それが真実だ」とビショップはまず同意して続けた。「でも、マイク、そんなこと、いちいち教えてくれなくてもいいから。おれはそんなことさえ知らないとでも思ってたのか、ええ？　なあ、新聞社に腹を立ててる記者はおまえだけじゃないんだよ。新聞記者はみんなおまえと同じ悔しさを味わってる」

「〝言論の自由〟とはな」とドーランは皮肉っぽく言った。「笑わせてくれるよ」

「でも、これだけは言わせてくれ」とビショップは言った。「おまえが自分から石の壁に頭をぶつけてるんじゃないかと思うと、どうしても心配になる。いくらおまえが石頭でも石の壁は壊せない。敵が大勢できそうだ。それだけじゃない。おまえの反骨精神を嫌うやつだって出てくるだろう。トマスがいい例だ。トマスが今日の夕刊に何を載せようとしてるかわかるか？〈タイムズ・ガゼット〉紙は広告営業部門の検閲を受けて真実を隠匿《いんとく》している、というおまえの論説に対して、スポーツ欄の論説で反論を載せるつもりだ」

「本気だといいな。是非とも載せてくれることを願うよ。おれはトマスを磔《はりつけ》にした。それはあいつにもわかってる。それに……」とドーランは笑みを浮かべて続けた。

「新聞が反論を掲載してくれれば、雑誌のいい宣伝になる。今はひとりでも多くの人にこの雑誌を読んでほしい」

「おまえが言ってることなど信用しない田舎者もこの街には少なくない」

「だったら、みんなに信用させるようにするまでだ」とドーランは語気を強めて言った。「具体的な口付と数字と名前を挙げて。宣誓供述書を付けてもいい。野球の八百長記事なんてまだほんの序の口だ。このあと、市庁、地方検察局、知事局へと告発のレヴェルを上げていくつもりだ」

「それまでおまえが保《も》てばな」

「もちろん保《も》つとも」とドーランは言った。

「おまえが思いどおり告発を続けたら、敵は半年もしないうちにこのオフィスを閉鎖させようとするだろう。トラック一台分のダイナマイトを使っても閉鎖されたドアは開けられない」

「おれの眼が黒いうちは絶対にそんなことはさせない」とドーランは言った。

「わかった――いずれわかることだ。だけど、誤解しないでくれよな。おれはおまえの味方だからな。どうしてここに来たと思う?」

「どうしてだ?」

「まあ、こういうことだ。おれは警察まわりを十五年続けてる。ひどい現場もたくさん見てきた。もし記事が足りないようなことがあったら、いつでも書いてやる。署名記事というわけにはいかないが。わかるだろ?――おれには妻と子供がいるんだから――だけど、匿名記事なら喜んで書くよ」

「ありがとう、エディ。だけど、正直に言うよ。おれはもう匿名記事にはうんざりなんだ。おれの雑誌では〝危なそうな〟記事もちゃんと署名記事として載せようと思ってる。それより、記事とは別におまえに頼みたいことがあるんだ。いいネタがあったらでいいんだけど、時々情報を流してくれないか。今のところ、予算はゼロだが、そのうち薄謝なら出せるように――」

「――やあ、ドーラン」ドアのほうから声がした。

「これはこれは、編集長」とドーランはトマスのほうを向いて言った。「さあ、どうぞ——」

「やあ、編集長——」とビショップもぼそっと言った。

「おまえの上司は誰なんだ——おれか、それともこいつか？」とトマスは中にはいるなり、ビショップに噛《か》みついた。

「待ってくださいよ、編集長。ほんのちょっと寄っただけなんだから——」

「だったらもう行ったらどうだ？　それとも、市警本部の取材なんてものはもうどうでもよくなったのか？」

「わかりましたよ」ビショップは椅子から立ち上がると、トマスを睨《にら》みつけながら言った。「じゃあ、またな、マイク——」

「それじゃあ、またね、エディ」とマイラがタイプライターを打ちながら言った。

「じゃあ、マイラ」

「坐ってください、ミスター・トマス」とドーランは言った。

「いや、立ったままでけっこうだ」とトマスは不愛想に言った。「どういう了見でおれを攻撃した？」

「あなたを攻撃したんじゃない。すべての新聞社を攻撃したんです」

「おまえが〈タイムズ・ガゼット〉に勤めてたことはこの街のみんなが知ってる。だから当然、おまえの批判の矛先は〈ガゼット〉に向けられたものだと誰もが思う」

「だとしても、そこのところはきちんと一線を引いて――」

「八百長の記事は電信で全米に配信された。これでこの件はとんでもない騒ぎになる。すぐにもランディス・コミッショナーから連絡があるだろう」

「ぜひともそう願いたいな――むしろそれがこっちの狙《ねら》いなんだから」

「いいか――おれは〈タイムズ・ガゼット〉を一番に考えている。そんなおれの新聞に対しておまえが悪意に満ちた論説を展開するなど、断じて容認できない」

「いや、あなたがなにより心配してるのは……」とドーランは言った。「ほんとうの姿を暴《あば》かれることだ。〈タイムズ・ガゼット〉だけじゃなくこの街のほかの三紙についても」

「おまえが手を引かないなら、こっちも容赦はしない。これだけは言っておく」

「何を怖《おそ》れてるんです？　おれはまだ始めたばかりですよ？　まだ本気じゃない。まあ、見ててください」ドーランはそう言って、胸のポケットから紙切れを一枚取り出した。「これには次の記事に関するメモが書いてある。ここ数日のあいだに溜《た》めたものだけれど、本来ならずっとまえに新聞が報道すべきだったことばかりだ。たとえば、

〝カーライル医師〟」とドーランはメモに書かれている名前を読んだ。「彼のことはもちろん知ってますよね？　有名な中絶医。中絶手術に失敗して、すでに何人かの女性を殺しているのに、まだ医者として仕事を続けてる。それはあいつの兄貴がコルトン郡の政界のドンだからだ。お次はカーソン。市の道路交通施策の責任者で、市がトラックを購入するたびに多額のマージンをせしめている。リカーチェリ。この街一番のホテルでカジノを経営してる。さらに市警本部長のネスター。六年まえまではただの農夫だったのに、今ではデューセンバーグなんていう高級車を乗りまわしてる。今のところはまだあくまでメモにすぎないけれど、探れば何が出てくるか――」

「そんなのは誰でも知ってることだ」とトマスは言った。「この郡にあるどんな街にもそんな話はごまんとある。どんな社会にも存在する。そんなことをネタにするなど正気の沙汰《さた》とは思えない」

「ネタにする？　そういうことじゃない。おれは秘密を暴きたいんです。暇な大陪審に仕事を与えてやりたいんです」

「おまえがやろうとしていることは、自殺行為だ。死にたいなら勝手に死ねばいい。だけど、これだけは覚えておけ。〈タイムズ・ガゼット〉に対して悪意ある論説は二度と載せるな。今度載せたら、おれが相手だ」トマスはそう言うと、靴を床に打ち鳴らしてオフィスを出ていった。

「ずいぶんと感じのいい人ね」とマイラが皮肉を言った。「あんな人の空威張りにびくついたりしちゃ駄目よ」

「いや、死ぬほどびくついてる」ドーランはそう言ってにやりとした。

「電話をくれた人のリストは見た？　重要な用件だと言ってた人もいるけど——ミス・コフリンとミセス・マースデン。それからミスター・クックソンという人からも電話があった。緊急の用件だって言ってたけど——」

「それは少佐だ。リトル・シアターの演出家だ」そこでまた電話が鳴った。

「もしもし……」とマイラが電話に出て言った。「はい、こちらはビーチウッド四五五六番です……シカゴからですか？　どなたから？……わかりました。交換手さん、つないでください——」

「誰からだ？」ドーランは眉根《まゆね》を寄せて受話器を受け取りながら言った。

「交換手は野球の関係者とかなんとか言ってたけど。名前は確かランディス……」

ランディス・コミッショナー、コルトンの六名の選手を追放
ワールドシリーズでの八百長を告発

（ハンフリー・プリスネル記）

ケネソー・マウンテン・ランディス・コミッショナーは本日、コルトンの一軍選手六名をプロ野球界から追放することを決めた。六名の選手は一九三六年のワールドチャンピオンを決めるベンタウンとのワールドシリーズで、金銭を受け取った見返りに、故意に試合に負けるべく画策した。選手たちの審理はすでに五日間おこなわれている。

八百長に関与したとされる選手は、フリッツ・ドクステッター（投手）、ハロルド・マロック（二塁手）、ジョー・トレント（外野手・リーグ首位打者）、ラウール・デッドリック（外野手）、マーサー・キャッスル（一塁手）、エイドリアン・ポッツ（捕手）の六名。

このうち二名はランディス・コミッショナーに対して、八百長の事実は認めているものの、金銭の提供者については黙秘しており、いずれの選手も小紙〈イヴニング・クーリエ〉の取材にはコメントをひかえている。

このスキャンダルを最初に報じたのは、『コスモポライト』誌の創刊号で、編集長のミスター・マイケル・ドーランは地元新聞社のスポーツ担当記者から独立し……

「プリスネルはおれたちのために完璧《かんぺき》な記事を書いてくれた」とドーランは新聞をたたみながら言った。「一面全紙を使ってこの事件を報道してくれてる」

「大スクープよ」とマイラが言った。「全米の新聞が一斉に報道してる」

「あいつらが追放されたとはな。最高の気分だ」とドーランは言った。「あの豚野郎ども。ランディスはお役所仕事とは無縁のすばらしいコミッショナーだ。本気で野球界を浄化しようとしてる。政界にもランディスのような人物がいればいいのに。ほんとうに残念だよ。政界にこそああいう人物が絶対必要なのに！　政界にランディスのような人物がひとりでもいれば、この国は最高裁判所を六つ建てるよりはるかによくなる」

「こっちは手のひら返しだ！」いきなりビショップの声がした。「〈タイムズ・ガゼット〉の論説を見ろよ。〝小紙は健全なるスポーツを愛するファンのみなさまとともに、八百長事件に関与した六名のコルトン所属選手が一日も早く刑務所《リンボ》に送られることをとても望んでいる――〟だとさ」

「書いたのはトマスだな」とドーランは言った「〝一日も早く刑務所《リンボ》に送られること

をとても望んでいる〟だと？　反吐《へど》が出る。続きを読んでくれ――」

「〝六名の選手はこの街の子供たちにとっては――また多くの野球ファンにとっては――憧《あこが》れの存在であった。そんな彼らがファンの信頼を裏切り、プロ野球界から永久追放されたのである。これはとてもすばらしい判断である。小紙はこれまで六名の裏切り者の正体を暴くことに尽力してきたが、これは官公庁の公人の汚職や野球選手の八百長行為を絶対に許さないという小紙のとても強い決意に基づくものである〟。笑わせてくれるよな」とビショップは苦笑いして言った。

「まあ、いかにもって感じだけど」とドーランは言った。「それにしても下手な文章の手本みたいな文章だな。見出しは〝犯罪は割に合わない〟とか？」

「まさしく！　見ろよ、ほんとにそう書いてある。〝犯罪は割に合わない〟って」

「ほら、見ろ！」ドーランは嬉しそうに大声をあげ、ビショップが手にしている新聞の見出しを確かめた。「なんとすばらしい！　でも、エディ、ひとつ言おうか？　おまえは馘《くび》にされてよかったんだよ。卑《いや》しい〈タイムズ・ガゼット〉なんかで働くより、書きたいことを書いて飢え死にするほうがまだいい」

「そのとおりだ」とビショップはにこりともせず言った。「実際、おれはまちがいなく飢え死にに向かってる。つい二、三日まえ、おれは五十五ドルに昇給したばかりだったのに。おまえが払ってくれるのは二十五ドル。確かにおれは女が射殺されたあの事件じゃ、他社に出し抜かれたよ。だけど、そもそもベタ記事にしかならないような事件だぞ。なのに、トマスの野郎、おれを解雇する口実にしやがった。ほんとうの理由は言うまでもない。あの日おれがここにいるのを見て、おれたちがあいつの陰でこそ何かを企《たくら》んでると勝手に勘繰ったのさ」

「やあ、ドーラン。こんにちは、マイラ」大きな声とともにロレンスがオフィスにはいってきた。

「ミスター・ロレンス、こっちはミスター・ビショップ。かの有名な〈タイムズ・ガゼット〉の元記者です」

「やあ、初めまして、ミスター・ビショップ」ロレンスはそう言ってビショップと握手を交わした。

「昨日からミスター・ビショップにもここで働いてもらってるんです」とドーランは言った。

「昨日から？」とロレンスは意外そうに訊《き》き返した。

「おれのせいで馘にされてしまったんで、ここで働いてもらうことにしたんです。いずれにしろ、マイラとおれのふたりだけじゃ全然手が足らないから。ミスター・ビシヨップはとことんいいやつで、ガッツもあります。それより手に持ってるそれはなんです?」

「発行部数の報告書だ。おまえさんに見てもらおうと思ってな」

「ありがとうございます」ドーランはそう言うと、報告書を受け取った。「エックマンのほうはどうです? 新しい契約は取れたんですかね?」

「今日はまだ顔を出してないが、出だしとしては悪くないと言ってたよ」

「〝悪くない〟以上なんじゃないですか? 今、この街はわれらが『コスモポライト』の話題で持ちきりです」発行部数の数字を見ながら、ドーランは言った。「三千百十一部。四週目にしては悪くない数字だ。これからは広告収入も増えるだろうし……」

「そう願いたいね」とロレンスは言った。「一部十セントで三千部。まだまだ充分な収入とは言えないよ。今夜も残業か?」

「校正刷りを確認して製版の準備もできてるんで、今夜は残業なしです」

「定期購読のほうはどうだ、マイラ?」

「順調です。リストに載っていた百人に電話をかけたけど、二十人が年間購読契約をしてくれました」

「いいぞ、その人たちを逃がさないように」ロレンスはそう言って、オフィスを出ていった。

「おれは彼にはあまり気に入られなかったみたいだな」とビショップが言った。

「そんなことはないよ。ほんとに。ただ、彼は金のことで頭がいっぱいなんだ。それだけだ」

「一部十セントで三千部？　それが収入のすべてってわけじゃないよな？　広告収入はどうなってる？」

「エディ、こういう話はあまりしたくないが、今のところ、広告スペースの大部分は無料で提供してる。うちの雑誌に広告を出せば、客が増えることをまずは証明しないと」

「だったら、おれの給料はどうやって払うつもりだ？」とビショップはいささか戸惑ったような顔で尋ねた。

「雑誌そのものの収益からだ。心配するな。万一、収益が増えなくても、おれにはプライヴェートな金脈があるから大丈夫だ。だろ、マイラ？」

「ええ、そのとおりよ」とマイラは言った。「五十五年の歴史を誇るマースデン金鉱がある」

そこへいきなりひとりの男が開いたままのオフィスのドアからはいってきて、ドーランたちを睨みつけた。歳《とし》は三十くらい。がっしりした体格で、身なりはきちんとしていた。ドーランたちも男を睨み返した。しばらくのあいだ、誰もしゃべらず、誰も動かなかった。

「いったいなんの用だ、フリッツ？」ようやく、ドーランが口を開き、落ち着いた声で尋ねた。

「用件ならわかってるはずだ」とフリッツはその場に突っ立ち、おもむろに言った。「おまえのせいでおれは野球界から追放された。用件なら言わなくてもわかるだろうが、このクソ野郎」

「まあ、落ち着け、フリッツ」とドーランはむしろ明るい声で言い、さりげなく机のまえに出た。「あんたとはいざこざを起こしたくない」

「おまえはおれの野球人生に何をしたのか、わかってないのか？」

「あんたが自分の野球人生に何をしたのかは知ってるよ」ドーランはそう言って、さらにまえに出た。「八百長のことはひと月もまえから知ってたた。だけど、新聞社はそれを活字にしてくれなかった。だから、あんたの首根っこを押さえるには、おれは新聞社を辞めなきゃならなかった」

「へえ、そうなのかい」フリッツはそう言うと、右手をコートのポケットに入れた。

「気をつけろ！」とビショップが叫んだ。

ドーランはフリッツめがけて突進した。そして、左の拳《こぶし》をフリッツのこめかみに叩《たた》き込んだ。フリッツはよろめき、あとずさりし、左手で応戦しながら、必死に握った右手をポケットから出そうとした。ドーランはフリッツを追いかけ、彼の顎《あご》にアッパーカットを放つと、さらに右の拳をフリッツの顔に浴びせた。フリッツは後頭部を壁にしたたか打ちつけ、そのまま意識を失い、床にくずおれた。ドーランはフリッツに馬乗りになると、フリッツの右手をポケットから無理やり引っぱり出し、次にポケットの中を探って言った。

「やっぱり。思ったとおりだ」そう言って、拳銃《けんじゅう》を掲げてみせた。「三二口径だ。こいつはいってきたときからもう眼つきがおかしかった」

「おまえは拳も石でできてるみたいだな、相棒」とビショップが言った。

「すごかった！」とマイラが大声で賞賛した。「ちょっと怖かったけど」

「いや、誉《ほ》められるほどのことでもない」とドーランは言った。「エディ、玄関ホールに行って、水を汲《く》んできてくれ。フリッツの意識を戻してやらないと。急いでくれ。マイラ、この拳銃はおれの机の引き出しに入れておいてくれ。まったく。興奮したかい？」

「これはきっとまだまだ序の口ね」とマイラは言った。「お愉《たの》しみはこれからね――」

その夜、ドーランはマイラを誘い、屋上に設《しつら》えられたレストランで夕食をとった。

「すばらしい眺めね」とマイラは言った。

「ああ」ドーランはため息まじりにそう言うと、眼下に広がる街の明かりを窓越しに眺めた。

「なんだか元気がないわね」とマイラのほうは陽気に言った。「あなたは幸せになれるこの世界のすべてのものを手に入れたのよ。ちがう？　あなたとあなたの雑誌は街じゅうの話題を独占してる。この席についてからでも少なくとも二十人がわざわざテーブルまで来て、あなたにおめでとうって言ってくれたじゃないの。真実を活字にするという夢を実現したんでしょ？　何が不服なの？」

「仕事のことじゃない」ドーランはそう言って、オーケストラの一団とその横に置かれた大テーブルを見やった。

「あら！」ドーランの視線を追ったマイラが声をあげた。「ひょっとしてあそこにいるのは！――ごめんなさい。怒らないでね、このレストランを選んじゃって。でも、あの人が今夜ここで内輪の結婚祝いをしてるなんて知らなかったのよ。結婚したことだって知らなかったんだから」

「おれもすっかり忘れてた」とドーランは言った。「エイプリルはおれが嫌がらせをしてるって思ってるだろうな。こんな嫌味なことまでする救いようのないクソ野郎だって」

「こんな嫌味なことって？」

「こんなことだよ。きみとふたりでここで食事をしてることだよ」

「それのどこがクソ野郎なの？」

「おいおい、むずかしい話でもなんでもないだろうが。おれはエイプリルとつき合ってた。あそこのテーブルにいるやつらとも遊びまわってた。おれが彼女にぞっこんだったのはみんなが知ってることだ」

「それと、彼女もあなたにめろめろだったことも――」

「おれは今、彼女がお祝いパーティを開いてる同じレストランにいる。しかも別の女と一緒にいる」

「謎《なぞ》の女とね」そう言って、マイラは唇をゆっくり舐《な》めた。「誰も知らない女と。ふしだらな女と」

「どうしてそんなことを言う？」

「だったら、なんて言えばいいの？　あなたはさっき別な女と一緒にここにいるのは悪いことだと言った。あそこの人たち——上流階級のいんちき連中——の仲間には入れてもらえないような女と一緒にいるのは悪いことだと」

「そんなことは誰も言ってない。きみはどうかしてる」

「どうかしてるのはあなたのほうよ。あんな連中にどう思われるかなんて、どうして気にするの？　どうして上流階級にまぎれ込もうなんてするの？　彼らにとってはあなたなんか無に等しいのに——」

「そんなことはわかってる」とドーランはむっつりと言った。

「この街のどの社交クラブからも拒絶されたんでしょ？　ウェストン・パークみたいな高級住宅地の出身じゃないから。あの人たちは陰であなたのことを笑ってるのよ。あなたのことを見下してるの。あなたって正真正銘の大馬鹿者《おおばかもの》よ、マイク。あなたには明るい未来もペンの力もあるのに——なおさら今は成功への道を歩きはじめてるのに。あなたはいずれ自分の力で成功する人よ。中身はからっぽのすねかじりたちのことなんか気にするのはもうやめたら？」

「あいつらのことはどうでもいい。だけど、エイプリルのことはどうでもよくない。彼女はすばらしい人だよ」

「この世界はすばらしい人間であふれてる。ひょっとして彼女と結婚した男に嫉妬《しっと》してるの？――メネフィだっけ？」

「嫉妬なんかしてない……」

「だったら、悲劇の主人公みたいな顔をするのはいい加減やめてくれない？　彼女は結婚する。でも、だからなんなの？　新しい女と寝るチャンスがまたやってきた。そういうことじゃないの。この一時間半のあいだ、あなたはずっとふさぎ込んでるけど、この世でセックスのしかたを知ってるのは、エイプリルだけだとでも思ってたの？」

「エイプリルのことをそんなふうに言うのはやめろ――」

「いいえ、そっちこそいい加減にして。とマイラはうんざりしたように言って、天井にきらめく人工の星を見上げた。「紳士ぶるのはもうやめてくれない？」『紳士ぶるのはもうやめてくれない？　わたしはあなたの心の声を代弁してるだけよ。わたしはただ正直に言ってるだけよ』彼女は両肘《りょうひじ》をついて上体をまえに乗り出し、睨《ね》めつけるようにしてドーランを見た。「わたしはあなたの俗物根性を叩き直してあげようとしてるだけよ。あなたの心にひそむ俗物根性を叩きつぶしたら、あなたの足を引っぱるものはもう何もなくなる。いい？　あの人たちにはなんの価値もないの。無駄に動いているだけでなんの役にも立ってない。無駄に空気を吸って、無駄に空間を占めてるだけ。彼らが吸ってる空気と占めてる空間を誰かほかの人が吸って占めたら、世の中はもっともっとよくなるはずよ」

「そういうことできみと議論しようとは思わない」とドーランは言った。「いや、たぶんきみの言ってることは正しいんだろう。それでも彼らは象徴なんだよ。おれがこれまで決して手にできなかったものの。どうしても手に入れたかったものの」

「不満だらけの舞踏会の主催者。それがあなたよ。もういいわ、こんなところ、もう出ましょう」

「おれは少し踊りたい……」

「最後にもう一度エイプリルと踊りたいの？」

「たぶん――」

「わかった。あの人たちのところに行って、せいぜいお馬鹿っぷりを発揮してくればいいわ」マイラはそう言って、肩にショールを羽織った。「わたしは帰るから」

「きみが帰る必要はないよ――」

「ええ、わたしが帰る必要なんてない。だけど、わたしはあなたのことを誇りに思っているの。あなたが自分のことを誇りに思っている以上に。あなたの家で待ってるわ」そう言うとマイラは立ち上がった。

「遅くなるかもしれない……」

「いいわよ。ユリシーズに頼んで、あなたの部屋に入れてもらう。同居人たちがいるんでしょ？　だから待ってるあいだも退屈しないわ」

「おれのベッドには絶対にはいるなよ。いいな？　おれのベッドを使ったら、思いきりひっぱたくぞ」

「わかった、わかった。あまり遅くなりすぎないでね」そう言うと、マイラはレストランから出ていった。

ドーランは立ち上がり、ダンスをしているカップルたちの脇《わき》をすり抜け、エイプリルのテーブルまで歩いた。テーブルの中央には豪華な花があふれるほど飾られていた。ドーランは誰も坐っていない椅子を見つけた。

「しばらくね」とエイプリルがやさしく言い、握手を求めて手を伸ばした。

「おめでとう」とドーランは言った。「ロイもほんとうにおめでとう」

「ありがとう」とロイ・メネフィは言って続けた。「ここにいるほかの連中のことは知ってるよね。ハリー・カーライルに――」

「ああ、知ってる。久しぶりだな、みんな」ドーランはそう言って会釈《えしゃく》をしながら、昨年社交界にデビューしたブロンド美人、リリアン・フリードの隣りに腰をおろした。

「やあ、リリアン――」

「こんばんは、マイク――」

「きみにひとつ文句を言っておかないとな、ドーラン」とメネフィは言った。「きみのせいでハネムーンに行けなくなった」

「どうして？」

「きみがエイプリルをリトル・シアターの芝居に引き込んだからだ。今は上演中だから街を離れるわけにはいかないって」

「おれはエイプリルを芝居に引き込んだりしてないよ、ロイ。少佐がエイプリルを選んだんだ。いずれにしろ、評判がいいみたいだな」とドーランはエイプリルに言った。

「今日のレヴューもすばらしかった。うまくいってる？」

「ええ。あなたも来ればよかったのに。初演のあともあなたが楽屋に顔を出すんじゃないかって、みんなで待ってたのに――」

「このところずっと忙しくて――」

「相変わらず嘘《うそ》が下手ね、マイク」

「ほんとうだよ。明日には雑誌の次の号が出る。きみも知ってると思うけど――」

「載せてくれるって言ってたわたしの写真は？」とリリアンが横から言った。

「来週号に載せるよ――」

「あなたの雑誌、社交欄がすごくいいわ」とリリアンは力説した。「今夜一緒にいた人。あの人が社交欄の担当だったりするの？」

「いや、ちがう。でも、どうして？」

「別に――」

「とってもきれいな人だったわね」とエイプリルが言った。「誰なの？」

「ああ――彼女には電話番なんかをしてもらってる。記事も少しだけ書いてもらってる――」

「わたしは今でも社交欄の担当記者になりたいって思ってる」とリリアンが言った。

「学生の頃には学校新聞をつくってたし――」

「給料を払う余裕なんてないよ――」

「あら、給料なんか要らないわ。愉しそうだからやってみたいのよ」

「リリアンが言いたいのは……」とハリー・カーライルがテーブルの上に身を乗り出して言った。「おまえと一緒にいたいってことだ！」

「やめて、ハリー！」とリリアンは怒って言った。

「ごめん、ごめん」とカーライルは言った。「冗談だ」

「笑えない冗談だ」とドーランは言った。

「一曲踊ってくれる、マイク?」とエイプリルのほうから誘ってきた。

「それは――」とドーランは言い、目顔でメネフィに〝踊っていいか?〟と尋ねた。

「踊ってこいよ」とメネフィは言って立ち上がると、エイプリルが立つのに合わせて椅子をうしろに引いた。

「ありがとう」とドーランも腰を上げ、エイプリルと一緒にダンスフロアに進んだ。

「ほんとうに踊っていいのかな?」ダンスが始まるとすぐドーランは訊いた。

「もちろんよ、馬鹿なことを言わないで――」

「結婚したばかりの新婦と踊るっていうのは倫理的にどうなんだろう?」

「なんの問題もないわ。ロイと踊ったあと、ジョニー・ロンドンやハリー・カーライルとも踊ったもの」

「ジョニーも来てたのか? あいつの姿は見かけなかったけど」

「あなたは誰の姿も見てなかった。あなたが連れてきた、あのエキゾティックな美女にすっかり見惚《みと》れちゃってたから。そう言えば、彼女はどこにいるの?」

「彼女は……帰った」

「喧嘩《けんか》したの?」

「まあ、そんなところだ――」

「〝彼女は……帰った〟っていうあなたの言い方でなんとなくわかったけど。でも、それはそれはご愁傷さま。あんな魅力的な人と喧嘩するなんて」

「いや、喧嘩というほどのものでもない。きみのテーブルに行って挨拶したほうがいいのかどうかで、ちょっと言い合いになっただけだ。彼女は行かないほうがいいと言って……」

「あら、そうだったの。頑固なところは変わってないわね。でも、彼女はどうしてわたしに挨拶しないほうがいいなんて思ったのかしら？」

「理由なんてないんだろうよ。でも、彼女のほうが正しかったのかもしれない。ここにいるのは紳士気取りの俗物ばかりだ。誰もおれに話しかけてこなかった。カーライル以外誰も——そのカーライルにしたところが下卑たジョークを言っただけだ」

「カーライルのことなんか忘れて。仕事がうまくいってるものだから、いい気になってるのよ。さっきも広い診察室に移れるようになったなんて自慢してた——」

「そう聞いても驚かない。誰がやっても失敗しようのない商売をしてるんだから——」

「この曲は好き？」

「聞くのは今日が初めてだけど、悪くない」

「マイク……どうしてリトル・シアターに顔を出してくれないの？」

「忙しいんだよ」

「それにしてもよ。やっぱりあの夜のことが原因なの？　少佐に無理やり謝罪させられたせい？」

「それだけじゃない。ほんとうに忙しいんだ——」

「何度も電話したのに。伝言は聞いた？」

「ああ、聞いたよ。でも、きみの家には電話したくなかった——わかるだろ、きみの親父《おやじ》さんはおれのことをどう思ってるのか。それに、きみはロイと結婚するんだから、おれが電話するのは変だ。きみのほうこそ、式の日取りをどうして知らせてくれなかったんだ？　お祝いくらい贈りたかったよ——」

「だから今朝電話したのよ。あなたに知らせようと思って……」

「きみとのダンスは最高だ」とドーランはだしぬけに言うと、エイプリルを少し強く抱きしめた。「結末がちがっていたらって心底思うよ——」

「それはわたしも同じよ、マイク」

「きみとのダンスは最高だ」ドーランは同じことばをもう一度繰り返した。彼の体の動きにぴたりと合った彼女の体の動きが感じられた。彼女を抱いたときの体のぬくもりが不意に甦《よみがえ》った。

「ねえ、マイク、また一緒に夜を過ごさない？　あの小川の岸辺で」とエイプリルが囁《ささや》いた。

「ああ、いいよ――もちろん――」

「おい、ちょっといいかな？」いきなりメネフィの声が聞こえ、彼がドーランとエイプリルのあいだに強引に割り込んできた。「もう充分だろ？」

「――ああ、そうだな――」ドーランはそう言って、エイプリルの体を離した。「ありがとう、エイプリル。おやすみ――」

ドーランは、ダンスに興じるカップルのあいだを縫って最初のテーブルに戻った。カーライルがマイラの椅子に坐っていた。

「最後まで踊れなくて残念だったな」とカーライルは下卑た笑みを浮かべて言った。

「メネフィには、心配しないでおとなしく坐ってろって言ったんだがな。どうやら我慢できなくなったんだろう――」

「それはどうも親切に」とドーランは言った。「おまえの言いたいことはよくわかる」

「なんだよ、その言い方は？　おれがメネフィをけしかけたとでも思ってるのか――」

「だとしてもどうでもいいよ」とドーランは言って、ウェイターに伝票を持ってくるよう合図した。

「帰るのか？」

「ああ」

「ちょっと話さないか――？」

「そのうち」ドーランはそう言うと、伝票を見て、ウェイターに五ドル渡した。

「ドーラン、どうしておまえはいつもそうなんだ？　おれのほうはおまえを嫌ってるわけじゃないのに。どうしておれを嫌うんだ？」

「嘘をつくな、ハリー。おまえは子供の頃からおれを嫌ってた。今もそれは変わらない。おれもおまえが大嫌いだ。子供の頃からずっとクソ野郎だと思ってた。今でもそれは変わらない。それだけは言っておくよ――」ドーランはカーライルを挑発するように、彼の眼のまえで指を左右に振った。「――勘ちがいはよくないんで」

「雑誌を使っておれを攻撃しようとしてるのはそのせいか？――昔からおれを嫌ってるせいか？」

「おまえを攻撃する？　なんの話だ？」とドーランは驚きを隠して言った。

「とぼけるんじゃないよ――おれの耳にもあれこれはいってくるんだよ。で、ちょっと思ったわけだ、手を出したりしちゃいけない人間がこの街にいるとすれば、それはおれだってことをおまえに思い出させておこうってな」

「おれが何を書くにしろ、とりあえず雑誌が発売されるまで待ったほうがいいとは思わなかったのか？　いきなりおれを脅したりするんじゃなくて」

「おれはおまえに思い出させようって思っただけだ」とカーライルは言った。ドーランの真似《まね》をして指を左右に動かして。「はっきり言っておくよ。勘ちがいはよくないんで」

「――ありがとう」とドーランはウェイターに言い、釣りはチップとしてそのままウェイターに返した。そのあとカーライルに言った。「要するに、おまえはおまえの兄貴のことをおれに思い出させたいわけだ」

「兄貴のこと？　ジャックのこと？　ああ、なるほどな――」とカーライルはわざと意外そうな口ぶりで言った。「そういう手もあったか。兄貴のことは考えてもいなかったが、確かに兄貴には力があるからな。そう、兄貴に頼んでおまえを止めるって手もあるか――」

「ああ、その手もあるかもしれない。兄貴の力を借りれば、おまえが中絶手術中に死なせてしまった三人の女性も生き返るかもしれない――」

カーライルは弾《はじ》かれたように椅子《いす》から立ち上がった。「いいか、ドーラン」それまでのねとついた口調はもう跡形もなかった。「そういう話は何度も何度も事実を確認してから活字にすることだ！」

「ああ、何度も何度も確認するから心配無用だ」ドーランは冷ややかな口調でそう応《こた》えると、レストランをあとにした……

家に着くと、一階に明かりがともっていた。大きな窓越しに、エルバートとトミー、第一次世界大戦の旧ドイツ軍の英雄アーンストが、マイラと一緒に輪になって床に坐《すわ》っているのが見えた。何かについて熱心に議論しているようだった。ドーランは階段をあがり、自分の部屋にはいると、着替えをした。下着姿になったところで、マイラが部屋にはいってきた。

「ノックぐらいしろよ」と彼は言った。

「これをどうぞ」マイラはそう言うと、椅子に置いてあった古いバスローブをドーランのほうに放った。「これを羽織れば大丈夫」

「大丈夫かどうかという話じゃない。これは礼儀の問題だ。おれのスリッパはどこだ？」ドーランはそう言って、まわりを見まわした。「ユリシーズのやつ。あいつが自分の部屋に持っていったんだ。あいつはなんでもかんでも自分の部屋に持っていっちまう――」

「もしかしたら、冴《さ》えないモカシン風の赤いスリッパのこと？　それなら、机の下よ」とマイラは指差して言った。「ところで、今何時かわかってるわよね？」

「レストランを出たあと、少しドライヴした」

「ずいぶん長いドライヴだったのね。二時間も待ったのよ――」

「ここのやつらと愉しそうにしてたじゃないか」スリッパを履きながら、ドーランは言った。「何について議論してたんだ？　〝同性愛は天才の第一原則である〟とか？」

「ヒトラーについて」

「だから今言ったじゃないか」

「アーンストは話題がアーリア主義になるとちょっと頭がおかしくなっちゃうみたいね」

「ああ。そうだ。あいつは白人以外の女はいつでもヤっていいと思ってる。このまえの晩もユリシーズがここに女を連れてきたんだが、ほんの少しだけ席をはずして部屋に戻ったら女がいなくなってた。どこにいたと思う？　アーンストがピアノのうしろで女を床に押し倒してたんだ。ユリシーズは激怒して、ナイフでアーンストを切り刻もうとした。おれたちは必死になって止めなきゃならなかった。ああ、アーンストは筋金入りのアーリア主義者だ。まちがいない。それより、そうそう、ミス・バーノフスキー、そろそろ家に帰ってくれないかな？　おれとしても自分のベッドで眠りたい」

「だったら出ていってくれないか？　止めないかな？　止めないわよ」

「わたしはあなたと話したいだけなの。止めないから——ベッドにはいっても話はできるでしょ？」

「おれはきみにあれこれ言われたくない」とドーランは言った。「おれのコンプレックスのこととか、心理的抑制のこととか、行動プロセスがどうのこうのといった話はもううんざりだ。頼むから帰ってくれ——」

「エイプリルとは話せたの？」

「ああ」

「彼女はどうやって受け入れたの？」

「何を？」

「この受難の物語を。新しい男と結婚したものの、まえの男をまだ愛してる。ちがうの？　そういうのを受難っていうんじゃない——？」

「ばかばかしい」とドーランは冷めた口調で言った。

「彼女とダンスはしたの？」マイラは相変わらず落ち着いた声音だった。

「一曲の三分の一くらいは。そう、そこで新郎が割り込んできた」

「割り込んできた？　新郎がそんなことをする？」

「おれのせいでハネムーンが延期になったなんて文句を言われた。エイプリルをリトル・シアターの芝居に引き込んだのもおれだと思ってるみたいだった。だけど、ほんとうは、ハリー・カーライルがおれたちのあいだに割り込むよう新郎を煽《あお》ったのさ。エイプリルとおれがテーブルを離れたとき、ハリーが新郎の隣りの席に移ろうとしてるのが見えたんだ。おれに嫉妬するようよからぬことを吹き込んだんだろう」

「メネフィはちょっとのことでも嫉妬しそうなタイプだものね」

「もう終わったことだ。どうでもいい。それよりおれがテーブルに戻ると、カーライルが待っていて、自分のことを雑誌に載せるなと脅してきた」

「あのカーライルなのね！」

「そのカーライルだ。社交界御用達《ごようたし》のお医者さまのカーライルだ。かの有名な」

「でも、わたしたちが彼のことを記事にしようとしていることをどうして彼が知ってるの？」

「おれも知りたいよ。このことを知ってるのはきみとビショップだけなのに」

「トマスも知ってる。トマスがオフィスに来た日、あなた、怒りに任せて今後記事にする予定の人たちのリストを読み上げたじゃないの。忘れたの？」

「ああ、そうだった――そうか、トマスも知ってる。きっとあいつだ」

「トマスとカーライルは仲がいいの？」

「それは知らないけど、トマスはハリーの兄のジャックを知ってる。ジャック・カーライルはこの郡の大物だ」

「そんな脅しに負けるあなたじゃない」

「心配するな。あんなやつらに脅されてたまるか。それに書くのがこんなに愉しみな記事もないよ。ハリーのことは昔から嫌いだった……さあ、もういいだろう、帰ってくれ」

「こんな時間にひとりで歩いて帰れって言うの？」

「わかった。じゃあ、ユリシーズに頼んで、おれの車で送ってもらうことにしよう――」

「どうしてそんなことをしなくちゃいけないの？　もっと簡単な解決法があるのに」

「言っただろ？」とドーランは立ち上がって言った。「ここには予備のベッドなんてものはないんだ」

「このベッドならふたりでも充分——」

「これはおれのベッドだ」

「わかってるわよ。いつまでも馬鹿なことを言わないで」

「馬鹿なことなんか言ってない！　きみの望みはわかってる。加えて、おれには抗しがたい魅力があるのもわかってる。世界で一番セクシーな男だってことも——」

「すばらしい。やっとほんとうのあなたになった」とマイラは笑みを浮かべて言った。

「すばらしい」

「——何があろうと、おれのベッドは使わせないからな。わかったな。どうしてあの日コーヒーを飲んでこなかったんだ！」

「素敵。怒ってるときのあなたってほんとうに素敵」

「だったら、午前四時に怒りまくって女を叩き出すおれの姿をとくと鑑賞して、感涙にむせんでくれ。そういうおれは最高に輝いてるだろうから。さあ、もういい加減——」

誰かが部屋のドアをノックした。

「どうぞ」ドーランはそう言いながら、階下《した》の誰かがふたりの言い合いを聞きつけて、様子を見にきたのだろうと思った。たぶんユリシーズだろうと。

ドアが開き、エイプリル・コフリン・メネフィがはいってきた。

「お客さんがいるなんて知らなかった」そう言うとエイプリルは、眉ひとつ動かさずマイラを見た。「お邪魔かしら?」

「いや――そんなことないよ」ドーランはそう答えたものの、まだ信じられない気分だった。

「よかった」とエイプリルは言い、部屋の中にはいってドアを閉めた。

マイラは立ち上がり、聞こえよがしに音をたてて息を吸い込んだ。

「行かないで」とエイプリルは笑顔で言うと、握手を求めて手を差し出した。「エイプリル・メネフィです。まえにお見かけしたことが――」

「初めまして」マイラはエイプリルのことばをさえぎって握手した。

「――彼女はミス・バーノフスキー」とドーランはようやくわれに返ってマイラを紹介した。「秘書をやってもらってる。雑誌社で。記事も書いてもらってる」

「そうなの」とエイプリルは言った。「ミス・バーノフスキー、初めまして」

「秘書をやってもらってる」とドーランは繰り返すと、まぬけな笑みを浮かべた。

「素敵ね。それにあなたってすごく魅力的」とエイプリルはマイラに言った。

「それはどうも――」

「もう帰るなんて残念。あなたのこと、もっと知りたかったのに」

「おやすみなさい、ミセス・メネフィ」とマイラは言って部屋から出ていこうとした。

「ちょっと待てよ」ドーランはそう言って、ドアのところまでマイラを追った。「ユリシーズに車で送らせるよ――」

「いいえ、けっこうよ」マイラは振り返りもせずそう言うと、暗い居間を抜け、階段に向った。

「きれいな人ね、マイク。ヴワディスワフ・T・ベンダ（当時アメリカでも人気のあったポーランド出身の画家）が描いた女性に似てると思わない？　あなたがわたしを無視する理由がやっとわかったわ――」

「勘弁してくれ。きみの頭の中にはセックスしかないのか？」とドーランはドアを閉めて言った。

「病気なの、まえに言ったでしょ？」とエイプリルは言った。

「きみはほんとうに頭がおかしい。だいたいどうやってはいってきたんだ？」

「そんな嫌な顔をしないで！　裏口からはいって、ユリシーズの部屋を通って、裏の階段をあがってきたの。それがどうかした？」

「きみはいったい何を考えてるんだ？　まるでわからない」ドーランはそう言って首

を振った。「きみほど頭のおかしな女もいないよ。いいか、きみは結婚したばかりなんだぞ。今夜は結婚初夜じゃないのか。〝それがどうかした？〟じゃないだろうが」

「だったら、改めて訊くわね。それがどうかした？　どうしてここに来ちゃいけないの？　リンカーンも言ってるじゃないの、〝われわれがこうすることはまことに適切であり、好ましいことである〟って（有名なゲティスバーグの演説の一節）。忘れたの？」

「救いようがない」とドーランは言ってベッドに腰を下ろし、指で髪を梳《す》いた。「きみは救いようがない。きみの車はこの街のみんなが知ってる。それを見たら、みんながなんて言うかわからないのか？　おれがここに住んでいることもみんなが知ってるんだぞ」

「わたし、タクシーで来たの」とエイプリルはこともなげに言って、コートを脱いだ。

「メネフィはどうした？」

「知らないわ。喧嘩したのよ。それでわたしだけ車を降りたの」

「結婚生活を始めるのにこれ以上ない幸先《さいさき》だな」

「喧嘩の原因は……」エイプリルはそう言うと、ベッドに近づき、ドーランの横に坐った。「あなたよ。あの人、ダンスの途中で割り込んできたでしょ？　あれからずっと言い合いになって。あの人、あなたにすごく嫉妬して――」

「どうしておれに嫉妬する必要がある?」

「たぶん……」エイプリルは邪気のない大きな眼で彼をじっと見ながら、声を落として言った。「あなたのほうがずっとわたしを満足させてくれるからじゃないかしら」

「まったく、何を考えてる?」ドーランは呆《あき》れてエイプリルを見た。「そんなことを彼に言ったのか?」

「もちろん」

「勘弁してくれ」とドーランはうめくように言った。

「ここに来た理由はそれだけじゃないの。あなたに渡したいものがあったから」彼女はそう言って、ハンドバッグを開けた。「たぶんクレジット会社から連絡があったと思うけど——あなたの車の支払い期限が近づいてる」エイプリルはドーランのそばに小切手を置いた。

そのときいきなりドアが開き、マイラが飛び込んできた。

「家の正面に車が停まって、男の人が降りてきた」とマイラは興奮して言った。「あなたのご主人だと思う。車はパッカードのクーペ」

「メネフィだ」とドーランは言って立ち上がった。「今すぐここから出るんだ、エイプリル——裏の階段を使え」

「ロイをここに連れてきてちょうだい」とエイプリルは毅然《きぜん》として言った。「どうせいつかは修羅場を迎えることになるんだから。だったら今夜ここで決着をつけましょう」

「いいから早くこの部屋を出ろ！」

「いいえ、出ない」エイプリルは少しも慌《あわ》てていなかった。いかにもくつろいだ体《てい》で、ベッドの上に仰向《あおむ》けになった。

「早く！」とマイラも怒鳴った。

ドーランはエイプリルに近づくと、彼女の腕を引っぱって無理やり立ち上がらせ、すぐに腕を放し、一歩うしろにさがった。そして、そのあと彼女の顎を思いきり殴った。エイプリルは小動物の鳴き声のような声を発してベッドに倒れた。気を失っていた。ドーランはベッドに屈《かが》み込んで、エイプリルの体を両腕で抱え上げると言った。

「彼女のコートを掛けてくれ――」

「急いで！」とマイラは言い、エイプリルのコートを取ると、それで彼女の体を覆《おお》った。

ドーランは急いで部屋を出て裏階段を駆け降りた。一階の細長い居間に明かりはついていなかったが、窓から洩《も》れる街灯の光を頼りに抜けた。居間から裏の廊下を通り、ユリシーズの部屋のまえまで来ると、爪先《つまさき》でドアを蹴《け》った……

「なんです、ミスター・マイク？」とユリシーズはドアを開けて言った。

「話せば長くなる」とドーランは言うと、エイプリルの体を簡易ベッドの上に降ろした。「おまえのおかげで絶体絶命のピンチだ。裏口からエイプリルを入れるなって言ってあっただろ？」

「彼女、どうしたんです、ミスター・マイク――」

「気絶させた。おれが殴ったんだ。彼女の旦那《だんな》が階上《うえ》にいるんだ――」

「もう結婚したって知ってたら、絶対に入れませんでした――」

「五ドルもらえば、なんでもするくせに、このクソ野郎。いいか、よく聞いてくれ。おれはこれから階上《うえ》に戻って、彼女の旦那がおれの部屋にいるのを見て驚くふりをする。旦那が帰るまで、エイプリルにはベッドカヴァーを掛けて、騒いだりしないよう見張っててくれ。もし意識を取り戻しておかしな真似をしようとしたら、もう一発殴れ。旦那が帰ったら、また戻ってくる」

「わかりました、ミスター・マイク」ユリシーズはそう言うと、エイプリルの体にベッドカヴァーを掛けて、彼女の体をすっぽり覆った。「ミスター・マイク、あなたに迷惑をかけるつもりはなかったんです――」

「わかった、わかった。いや、おれにもおまえと同じくらい責任がある」ドーランはそう言って部屋を出た。

自分の部屋のまえで立ち止まると、ドーランは煙草《たばこ》に火をつけてからドアを開けた。マイラがベッドにはいり、顎の下までしっかりとシーツを引っぱり上げていた。彼女の顔だけが見えた。ロイ・メネフィはタイプライターを置いた机の横に立ち、見るからに不機嫌な顔をしていた。

「これはこれは――こんばんは！」とドーランはひどく驚いたふりをして言い、マイラからロイ、ロイからマイラへ視線を走らせ、さらに当惑した表情を浮かべて尋ねた。

「どうしてきみがここにいるんだ？　エイプリルと一緒じゃなかったのか？」

「一緒じゃないから捜してるんだ」とメネフィは言った。

「この人は彼女がここにいると思ってるのよ」とマイラが言った。

「ここに？　どうしてエイプリルがここにいる？　悪いジョークか？　いったいどうしたんだ、ロイ？」

「家に帰る途中、エイプリルと言い争いになった。彼女は私の車で帰るくらいなら歩いて帰ると言いだした。私は車を停めて彼女を降ろした。ここはちょっと思い知らせるべきだと思ったんだ。で、あたりを一周してまた車に乗せようって——ところが、もとの場所に戻ったら、もうエイプリルはいなかった」

「きみにはエイプリルのことがよくわかってないようだな。彼女ははったりを言うタイプじゃない」

「ああ、確かにな。それでここが思い浮かんだんで——」

「どうしてここにいると思った？」

「それは——うまく説明はできないが、エイプリルはしょっちゅうきみのことを話すから——」

「それでもまず電話ぐらいしてもよかったんじゃないのか？」

「〝フラグランテ・デリクト〟で捕まえたかったんでしょ？」と横からマイラが言った。「ついでながら、ラテン語で〝現行犯〟って意味」

「がっかりさせて申しわけないが、ロイ、彼女はここにはいないよ」とドーランは言った。

「ああ、そのようだな」とメネフィは言った。「今さら言っても意味がないかもしれないが、迷惑をかけてしまった。すまない、ドーラン——」

「気にするな。たぶん、タクシーでも拾って家に帰ったんじゃないのかな。家には電話したのか？」

「ああ、そうだ、電話してみるよ。いきなり押しかけて申しわけなかった」メネフィはそう言ってゆっくりとドアに向かいかけ、そこで立ち止まった。「ちょっと話せるかな、ドーラン？」

「ああ、もちろん」

ふたりともドーランの部屋を出て、居間に移動した。ドーランはドアの近くにあるフロアランプをつけた。

「このことは記事にしないでくれないか？　きみの雑誌に書かないでくれたら――」

「書かないよ、ロイ。約束する。それからひとつ言っておくと、エイプリルとおれとのあいだには今はもう何もない。それだけはわかってくれ。そりゃ彼女に夢中になった時期もあったよ――だけど、今はちがう。おれにとって彼女とのことはあくまでも過去のことだ」

「きみを信じるよ――」

「おれのことは信じてくれていいけど、ハリー・カーライルの言うことは信じないほうがいい。あいつはきみに嘘を吹き込もうとしてる」

「ああ、きみの言いたいことはよくわかる。それじゃおやすみ、ドーラン」とメネフィは言い、ドーランの手を取って握手した。「邪魔して悪かった――」

「気にするな」ドーランは階段までメネフィを見送った。「おやすみ」

「おやすみ」とメネフィも応え、階段を降りた。

ドーランは窓からメネフィのうしろ姿を見送り、車に乗って走りだすのを確認してから、ユリシーズの部屋に向かった。

「……まだ気絶してます」とユリシーズは言った。「野球のバットで殴ったんですか？」

「水を持ってきてくれ。ここから早く彼女を連れ出さないと。バケツに水を入れて持ってきてくれ――」

ドーランはエイプリルに掛けられたベッドカヴァーを取ると、彼女の手首をこすった。それでもまだ意識は戻らなかった。彼女は死体のように横たわっていた。ユリシーズのベッドの横にある、小さなナイトランプの薄暗い黄色い光を浴びて、彼女は本物の死体のように見えた。

「持ってきました、ミスター・マイク」とユリシーズは水を入れたバケツを持って戻ってくると言った。「旦那さんはうまく追い出せました？」

「ああ――押しかけて悪かったなんて謝ってまでくれたよ。彼女の脚を持ってくれ。

床に寝かせよう——」

ふたりはエイプリルを床に寝かせ、バケツを持ったドーランがエイプリルの顔に思いきり水を浴びせた。冷たい水をいきなりかけられたショックだろう、エイプリルの体が痙攣《けいれん》した。ドーランは彼女の上体を起こし、体を揺すった。彼女の唇が動きはじめ、渋柿《しぶがき》を食べたときのように顔をしかめた。そのあと何度かまばたきをして、眼を開けた。

「エイプリル! エイプリル!」とドーランは彼女の耳に囁いた。

エイプリルは笑みを浮かべ、部屋の中を見まわした。

「心配しないで。もう大丈夫。ドーラン、あなたって筋金入りのクソ野郎ね」そう言いながらも、エイプリルはまだ笑みを浮かべていた。「よそ見しているあいだにいきなり殴るなんて——」

「まったくきみはなんて女なんだ!」とドーランはユリシーズを見ながら言った。意に反して笑っていた。「さあ、立ってくれ、エイプリル。早くこの家から出ていってくれ。ロイはたった今出ていった。ユリシーズ、靴を履いてコートを着たら、エイプリルを連れて裏口から通りに出て、エイプリルをタクシーに乗せてくれ」

「了解です」とユリシーズは言った。ミスター・マイクの陰謀劇の主役を演じることにいささか興奮しているようだった。

「裏口から出ていくなんて嫌よ」とエイプリルが言った。「そんな泥棒みたいにこそこそするなんて」

「いいから裏口から出るんだ。おれはメネフィをそんなに信用してない。おれの嘘を信じてくれたとは思うが、嫉妬深い男だからな。そういうやつはとことん疑う。だからもしかしたらどこかに車を停めて、きみが出てくるのを待っているかもしれない」

「それより」とエイプリルは言った。「わたし、寒いんですけど。わたしの髪になんてことをしてくれたの。びしょびしょじゃないの」

「きみこそおれの人生になんてことをしてくれたんだ。さあ、行くぞ――」そう言うと、ドーランは手を差し出して、エイプリルを立たせた。

「ユリシーズと一緒に行ってくれ。あそこの角でタクシーを捕まえるのは得意だろ？金はあるか？」

「お金ならいつでも持ってるわ、ミスター・ドーラン」とエイプリルは言った。

「それは知らなかったな。有り金を全部使ってユリシーズを買収したんだと思ってたよ。さあ、早く――」

「いったん家に帰るけど――また戻ってくるわ――」

「そんなことをしたら、今度こそ咽喉《のど》を切り裂くからな。ユリシーズ、出られるか？」

「はい」

「急いでくれ——」

ユリシーズとエイプリルが裏口から出ていくと、ドーランは裏口のドアを閉め、階上《うえ》にあがった。そして、フロアランプを消して道路を見下ろせる窓に近づくと、外の様子をうかがった。メネフィの車もどんな車も見えなかった。ドーランは笑みを浮かべ、自分の部屋に戻った。

「さてさて」ドーランはマイラの服が椅子の背もたれにきちんと掛けられ、靴は机の下に置かれているのを見て言った。「あれからどうしてた？」

「彼女はもう帰った？」マイラは寝そべったまま体を横に向け、片肘を突いて言った。

「ああ。きみも彼女に続いて出ていってくれるものと思ってる」

「それはないわね。そうそう、頭のおかしなあなたのお友達がお土産を置いていったわよ」マイラはそう言って、エイプリルが書いた小切手をドーランに渡した。

「どうも」ドーランはにこりともせず小切手を受け取り、バスローブのポケットに入れた。

「女からお金をもらうことについて心が痛んだりすることはないの？」とマイラは言

った。ドーランがあまりに平然と小切手を受け取ったのを面白がっているようだった。「こっちは金に見合うサーヴィスをしてるんでね」とドーランはわざと下品に言った。

「なるほど……それより毎晩こんな大騒ぎをしてるの？」

「大騒ぎ？」そう訊《き》き返して、ドーランは冷ややかな笑みを浮かべ、バスローブを脱いでベッドの端に腰をおろした。「こんなのは騒ぎのうちにもはいらない。むしろどちらかと言えば、退屈な夜だった――」

「あなたってほんとに不思議な人ね」マイラはそう言い、また仰向けになると、頭を枕《まくら》に沈めた。「女を夢中にさせる魅力と個性と下衆《げす》野郎の部分が絶妙なバランスで混ざり合ってる。あなたみたいな人は初めてよ……」

「ばかばかしい」ドーランはそう言って明かりを消した……

数日後、ドーランはミスター・ロレンスのオフィスに呼び出された。

「おまえさんの雑誌の現状だが、かなり厳しい」とロレンスは言った。「きみから話してくれ、エックマン」

「わかりました」とエックマンは言った。「ドーラン、結局のところ、こういうことだ。広告が取れなくなった。先日発売の第五号だが、広告ページはどれぐらいあったと思う?」

「正確にはわからないけど」とドーランは言った。「七ページか八ページ――?」

「五ページと四分の一だ」とエックマンは言った。「有料広告はそのうちの二ページで、収益は合計で二百ドル」

「ひとつの号を発行するのに最低千ドルはかかる」とロレンスが横から言った。「どういうことかわかるよな?」

「ちょっと待ってください」とドーランは言った。「広告のことはよくわからないけれど、毎週三ページも四ページも無料で提供してますよね? そこを有料にすればそこそこ稼げるんじゃないですか?」

「無料のページも必要なんだよ」とエックマンが答えた。「〈クーリエ〉と〈タイムズ・ガゼット〉に半ページずつ無料で提供してるけど、その見返りにあの二紙には二十五センチ×三十センチの広告を無料で載せてもらってる。残りの二ページと四分の一を無料で提供してる相手は大きな小売店だ。そこを有料にするには、まず彼らの売り上げを伸ばして、この雑誌の広告に影響力があることを証明しなけりゃならない」

「売り上げは伸びてないんですか?」

「小売店側はそう言ってる」とエックマンは言った。「広告スペースを売るのは簡単じゃないんだ。わかってもらえたかな？」

「この四週間でマイラは約四百件の年間購読契約を取りました。合計で二千ドル。この金ももう印刷代に消えたってことですか？」

「ああ、そういうことだ」とロレンスが答えた。「帳簿を見るか？」

「いえ、けっこうです。信用してます。ただちょっと驚いてるんです。うまくいってると思ってたんで――」

「そう、うまくいってることはいってる」とエックマンが言った。「編集に関しては。雑誌自体はすばらしい。このままで完璧《かんぺき》だよ。強いて言えば、社交欄を除けば。社交欄はちょっと大きすぎるんじゃないか？」

「わざと大きくしてるんです」とドーランは言った。「雑誌に上流階級の連中の名前と写真をあえて載せてやってるんです――そうすればうまく扱えるから。彼らのことはわかってます」

「社交欄の大きさなんぞはどうでもいい」とロレンスが言った。「大した問題じゃない。雑誌の中身には私も満足してる。野球界のスキャンダルを暴《あば》いた記事なんかはかなりの評判になった。世間の注目も大いに集めた。それでもだ。発行経費を充分に賄《まかな》えるだけの広告収入がはいらないことには話にならない」

「どうすればいいんです?」とドーランは言って首を振った。「おれにできるのはいい雑誌をつくることだけです──」

「ということは、もう続けられないということか」とロレンスは言った。

「どういうことです? もう次の号も出せない?」

「週に千ドルじゃ充分じゃないんだ。週に千ドルを少しは超えてくれないと──」

「あと二、三週間だけこの雑誌に賭《か》けてくれませんか、ミスター・ロレンス? とてつもない特ダネがあるんです。世間が大騒ぎするような! 頼みます、ここでおれを見捨てないでください。来週号は今年最大のスクープ号になるはずです。今、それをビショップが記事にまとめてます」

「悪いが、ドーラン、私は賭けごとには興味が──」

「それじゃ、賭けじゃなくて、来週号で発表しようとしてる特ダネをあなたに買い取ってもらうというのはどうです? それも駄目ですか?」

「その特ダネに千ドルの値打ちがあるとも思えない」とロレンスは言った。「いや、そもそも千ドルの値打ちのある特ダネがこの世にあるとも思えない。私個人の意見を言わせてもらえば」

「おれにとってはまちがいなく千ドルの値打ちのある特ダネです。だったらこういうのはどうです？　次の何号かを発行する費用をおれが用意したら、印刷してくれますか？——創刊号のときのように」

「ああ、おまえさんのほうで印刷代を払えるならもちろん出すよ」

「広告取得の営業も続けて頼めるよね、ミスター・エックマン？　この雑誌はいつ金鉱に化けてもおかしくない。だろ？」

「もちろん広告取りは続けるよ。これまで以上にがんばるよ——それが可能なら。この街のすべての企業から広告を取りたいと思ってる。私はきみの味方だ。きみの根性にも惚《ほ》れてる。きみの理想主義は賞賛に値する——」

「ありがとう。金の算段は今日の午後から始めます──広告の売り込みはやめないでよろしく。今日か明日には必ず金を用意しますから」ドーランはそう言い残し、ロレンスのオフィスを出ると、自分のオフィスへの階段をあがった。

マイラは片手で受話器を握り、もう一方の手で、定期購読の見込みのある客たちの長いリストをチェックしていた。ビショップのほうは、ものすごいスピードでタイプライターを叩《たた》いていた。

「リリアンは？」とドーランはマイラに尋ねた。

「カントリークラブで女子ゴルフトーナメントの取材をしてる」とマイラは答えた。

「ロレンスには会った？ 用事があるって言ってたけど――」

「ああ。リリアンは何をしてるんだ？ トーナメントの取材ぐらい電話でできるだろうに。新聞に発表されるのを待ってもいいのに――」

「あら、それはリリアンのやり方じゃないのよ」とマイラは言った。「あの子は鉛筆と小さなメモ帳を持って取材に行きたいのよ――ここにいただけじゃ、『コスモポライト』の社交欄担当記者だって自慢できないでしょ？」

「調子は、エディ？」とドーランはビショップに声をかけて、彼の脇《わき》に立った。

「調子は悪くないけど」とビショップは言った。「頼むから、おれの肩越しに原稿をのぞくのはやめてくれ。うしろからのぞかれると落ち着かない。トマスのほうがまだましだったぞ」

「すまん。それより昨夜何回か電話したんだがな」

「出かけてたんだよ。このマカリスターという女性がどこに住んでたか知ってるか？ 郡の孤児院の近くだ。で、しかたなくコールド・スプリングス近くまで、はるばる遠出してたんだ」

「母親には会えたのか？」

「ああ、話もたっぷり聞けた。娘は急性食中毒で亡《な》くなったって言っていた。ミセス・グリフィスと同じことを。われらがエスティル医師は、死亡診断書の書き方を実によく心得てるようだな」

「おまえが探りを入れてるということは相手にばれなかったろうな？」

「ああ、ミセス・マカリスターもミセス・グリフィスもただの世間話と思ったはずだ。おかげで得がたい情報も得られたよ。どちらの母親もエスティル医師のことなど聞いたこともなかったんだ。エルシー・グリフィスは容態が悪化して誰かにエスティルを勧められた。ミセス・マカリスターのほうも、娘の死亡診断書に書かれた名前を見るまで、エスティルのことなど知らなかった。当然さ。フェイ・マカリスターはカーライル医院の手術台の上で死んだんだから。カーライルのあのクソ野郎は大量殺人鬼と変わらない」

「ふたりを妊娠させた男たちのほうも見つけ出せないかな――？」

「見つけることはできるだろうけど、それで何かを証明できるとも思えないな。この事件には証拠がない。カーライルの中絶手術を受けて、死なずにすんだ患者が証言してくれるとも思えない。警察が捜査を始めてもどれだけ期待できるか。カーライル本人は手厚く守られるに決まってる。マカリスターとグリフィスの墓を暴いたところでなんにもならない。ふたりとももう骨になっちまってるだろうから――」

「とにかく記事だけはまとめてくれ、エディ。証拠はおれのほうでなんとか集める」

「わかった。じゃあ、そっちは頼んだからな。大陪審に呼び出されたときには、こっちから具体的に証言できる中身がないとな」

「大丈夫だ。マイラ、ミセス・マースデンに電話をかけてくれないか?」

「電話番号は?」とマイラは訊き返し、どこか疑わしげに眼を細めて唇を嚙《か》んだ。

「電話帳で調べてくれ」ドーランは壁を見つめ、なにやら考えながらそう答えた。


「ありがとう、エメリー」執事がルネサンス風のコーヒーテーブルにトレーを置くと、ミセス・マースデンは言った。「紅茶はどうやってお飲みになる、マイケル? ストレート? ミルクとお砂糖? それともレモン?」

「じゃあ、ミルクと砂糖とレモンで」とドーランは言った。

「三つとも全部?」

「ええっと――ええ」そう答えたものの、ドーランは訊き返した彼女の口調から、自分が何か無作法をしたことに気づいた。「三つ全部入れるのはおかしいですか? 実は、紅茶を飲んだことがないんで、わからないんです」

「あなたみたいに正直な人は初めてだわ」とミセス・マースデンは笑みを浮かべて言

った。「世間知らずなのね。ミルクとお砂糖だけでいいんじゃないかしら」

「じゃあ、それで――」

「お砂糖はふたつ？」

「はい、それで」とドーランはそう言って、出された紅茶を口にした。「ご迷惑でなければよかったんですが――」

「いいえ、迷惑だなんて……」

「最近、メアリー・マーガレットから何か連絡はありましたか？」

「ええ、昨日あったわ。メキシコ・シティが気に入ったみたい」

「わかります。おれも外国の都市は好きです。メキシコ・シティにはいつか行ってみたい――あと南太平洋とか」

「南太平洋にも？」

「映画館の最後列で見たことはあるんだけれど、見るだけじゃね」

「秋に旅行をしようと思ってるの。南の島々をクルーズしようって――」

「愉《たの》しそうですね。メアリー・マーガレットもきっと喜ぶでしょう。彼女は旅が好きだから」

「娘を連れていったりはしないわ」とミセス・マースデンは言った。「娘がいたら愉しくないもの。あなたはどう？　一緒に行かない？」

「おれ？　いや、おれはちょっと——」

「行きましょうよ。あなたはさきにロスアンジェルスに行っていて、わたしのほうはそこを偶然通りかかったことにすれば——」

「そりゃ愉しそうだけれど——」

「だったら行きましょうよ。もっと紅茶はいかが？」

「いいえ、もう結構です。時間がありません。雑誌の仕事が忙しくて——」

「ということは、雑誌は秋まで続くと思ってるのね？」

「そう願ってます——現状を考えると、かなり厳しいけれど。今日はそのことで伺ったんです。ほかに相談できる人がいなくて。できたらですが——」

「お金のこと？」

「ええ、当座の資金がなくて。もちろん今だけです。まだ経営が安定してないもので。でも、足元さえしっかり固まれば、この街の企業も広告を出してくれます。そうなれば経営は安定します。その結果、おれたちを信用してくれた人たちに金を返済できるようになります」

「当座の運転資金としてはいくら必要なの？」

「そう、一週あたりだいたい千ドル要るんで――」

「経費を賄えるようになるには何週間くらいかかるの？」

「そう、二、三週間、いや、たぶん三週間といったところかな」

「もしかしたら六週間？」

「かもしれない――」

「ということは、六千ドル借りたいってこと？」

「もちろん必ずお返しします――」

「ええ、それはわかってる」そう言うと、ミセス・マースデンは立ち上がり、ずる賢そうな笑みを浮かべた。「小切手を切るわ。でも、マイケル、このお金を受け取ったら、そのあとどこかに行こうとは思わない？――雑誌のことなんか忘れて思いきり愉しむの。こうしてお金をあなたにあげることには、やはりなんらかの意味があるわけだし――」

「おれは雑誌に命を懸けてます――この街にはおれの雑誌が必要です。おれが何をしようとしてるのか、それはあなただって――」

「ええ、わかってるわ。だからこそわからないわけよ。どうしてこのお金を黙って受け取ってどこかに行こうとしないのか。たとえばロスアンジェルスとかに――まあ、秋までとか……」

「そんなことはできない――」

「そう。あなたがまだ妄想を大事に抱えてるのなら、それを取り上げて粉々にするつもりはないわ。でも、あなたはヘラクレスでもできないような力業《ちからわざ》をしようとしてるのよ。それはわかってる？」

「もちろん――」

「小切手帳は寝室よ。ついてきて。誰宛《あ》てに振り出せばいいのか教えてちょうだい」

ミセス・マースデンはそう言うと、先に立って歩きだした……

身長一八五センチ、体重九〇キロ、両端が垂れ下がったセイウチのような茶色の口ひげ。四十四歳のバド・マクゴナギルはいかにも街の治安を守る番人らしい風貌《ふうぼう》をたたえているコルトン郡の保安官だ。

「おれのほうから出向いたほうがいいと思ってな」そう言って、マクゴナギルはドーランのオフィスを見渡した。「なかなかいいオフィスじゃないか――」

「ああ、居心地は悪くない。何かあったのか、バド？」

「何もないよ、マイク。ただ、おれのオフィスじゃ話したくなかったんでな。用心するに越したことはないからな。だから暗くなるのを待って来たんだ」

「ああ、用心するに越したことはない。坐《すわ》ってくれ、バド。録音機なんかここにはないから安心しろ。調子はどうだ？」

「まあまあだ。おまえさんと会うのはひと月ぶりかな——」

「雑誌の仕事でずっと忙しかったからね——」

「いい雑誌だよ、マイク。おれは気に入ってる。新聞社を辞めてせいせいしてるんじゃないか——？」

「そうだな。あんただって刑務所送りにすべきやつらを全員逮捕できたら、せいせいするんじゃないか？　ま、そういう気分だ」

「そんな日はおれには絶対に来ないだろうがな。あいつらは大物《ビッグ・ボーイズ》とつながってるから。なんとも腹立たしいが、おまえさんとちがっておれには何もできない。子供が三人も大学にかよってちゃ——」

「みんな元気か？　テリーは？」

「元気だ。おまえさんから連絡があったって手紙に書いてきた」

「ああ、新聞社を辞めるまえにテリーに手紙を書いたんだ。いい子だ。すごいフットボール選手になるんじゃないか？　来シーズンは全米代表だな」

「まだわからんよ。おまえさんはもう新聞社を辞めちまったわけだし。でも、テリーのことじゃほんとうに世話になったよ。あちこちの新聞や雑誌で取り上げられたのはおまえさんのおかげだ——」

「今のテリーにはもうおれなんか必要ないよ。代表入りもまちがいない。もし去年、ウィルソンやグレイソンやバーワンガー(三人とも著名な大学フットボール選手)みたいに宣伝活動をしてたら、もうとっくに全米代表になってた。わかるだろ? 代表に選ばれるには、一年かけてしっかり宣伝と売り込みをしなきゃならない——」

「次はなんとか選ばれることを願ってる。煙草を吸ってもいいか?」

「もちろん。さあ、そろそろ白状しろよ、バド。何か隠しているのはさっきから見え見えだ」

「わかった——なあ、おまえさんはあちこちで噂《うわさ》されてる」とマクゴナギルはおもむろに言った。

「どんな噂だ?」

「郡庁舎じゃ、おまえさんとおまえさんの雑誌がみんなの話題になってる。おまえさんはこの郡の大掃除をやろうとしてる」

「ああ、いつかはそういうことができればと思ってるけど、あんたが困るようなことにはならないよ、バド。あんたは不正とは無縁の人だ」

「不正に関する調査なんぞ怖くないよ。おれはずっとまああの保安官だった。心配なのはおれのことじゃない。おまえさんのことだ」

「おれのこと？」

「そうだ。そのことを話したかったんだ。おまえさんは自分が何に立ち向かおうとしてるのか、ほんとうにわかってるのか。今日来たのはそのことを確かめるためだ」

「わかってるつもりだが、雑誌を始めてからみんなに言われどおしだよ。おまえは何に立ち向かおうとしてるのかわかってるのか、自分の身に何が起こるかわかってるのかって。だけど、そんなことを気にしてちゃ、雑誌なんか出せない。おれは石頭のアイルランド野郎で、猪突《ちょとつ》猛進することしか知らない。誰も広告を載せてくれなくても、とりあえず発行できる資金も手にはいった。あとは突撃あるのみだ」

「マイク、おれはおまえさんが好きだ。これまで何かと世話にもなった――テリーの奨学金やらなにやら。だからこそ言っておきたい。おまえさんは〝2のワンペア〟で〝エースのスリーカード〟に勝とうとしてる。おれもこの郡はもう長い――この街の事情はよくわかってる」

ドーランは机のうしろから出てくると、保安官のまえに立って言った。

「わざわざ来てくれてありがとう、バド。気持ちは嬉《うれ》しいが、おれはこの仕事をやり遂げるつもりだ。窃盗や陰謀、殺人にはもううんざりだ。ここでやめてしまったら、逆におれは枕を高くして寝られなくなる」

「よくわかった。おまえさんの覚悟のほどがわかればそれでいい」マクゴナギルはそう言うと、握手を求めて手を差し出した。「おれはおまえさんの味方だ。だから、ジャック・カーライルにも言ったんだ、ドーランは絶対――」

「ジャック・カーライルにここに来るように言われて来たのか？」

「ここに寄ってくれと頼まれたんだ。おれたちが友達だということは彼も知ってるから。彼としては、評判を傷つけるような記事は歓迎しないということをおまえさんに伝えたかったんだろう――」

「だからあんたは来たのか？」

「ちがうよ。そんな話なら電話ですむ。ここに来たのはこれを渡したかったからだ――」彼はポケットに手を入れると、書類とバッジを取り出した。「これは特別保安官補の委任状――それとバッジだ。こういうのを持っていれば、何かのときに少しは役に立つんじゃないかと思ってな――」

「これはこれは――ありがとう、バド」ドーランは咽喉《のど》に熱い塊を感じた。

「まだある」とマクゴナギルは言うと、ズボンのうしろのポケットから拳銃《けんじゅう》とホルスターを取り出した。「これがないと始まらないだろ？　三八口径。オートマティック——刻み目が四つある。つまりこの銃の犠牲者は四人。あの大悪党パーシー・ヤードが使ってた銃だ。パーシーのことは覚えてるよな？」

「もちろん。至れり尽くせりだな、バド。ほんとうにありがとう」

「委任状の日付は半年まえにしておいたから、あとからとやかく言われることもない。それにこれはほんとうにいい銃だ。使わないに越したことはないが、たとえ使うことがあっても、使うのは正義の味方だ。まえの持ち主のような悪党じゃなくて。それがわかってるぶん安心だ」

「ほんとうにことばもないよ、バド。あんたの言うとおり、使わないに越したことはないけど。でも、これを使うような破目になったら、すっかり頭に血がのぼって、自分を撃ちかねないような気もする。実際、銃が必要なのかどうか——」

「とりあえず持っててくれ。おまえさんには銃を所持する権利があるんだから。ジャックが自分の仲間のために便宜を図ろうとしてるなら、こっちはこっちで自分の友達に便宜を図るまでだ。いずれにしろ、おまえさんが記事にしようとしてるのはあいつの弟の中絶手術のことだろ？」

「何か知ってるのか？」とドーランは驚いて訊き返した。

「まあ、少しだが。彼のところで働いていた女性を知ってる――」

「名前は？」

「今すぐには思い出せないが、調べればわかる」

「頼むよ、バド。調べてくれ。その女性から何か訊き出せるかもしれない」

「ああ、調べてみる。わかったら電話するよ。どこに連絡すればいい？」

「キーストーン印刷会社だ。おれから連絡したほうがいいかな？」

「いや、大丈夫だ――いいか、マイク、おれにできることはなんでもしてやる――だけど、あくまで〝こっそりと〟だ――内密にだ。わかるだろ、おれにも立場ってものがあるから――」

「もちろん、わかってる。注意は怠らないよ、バド。何から何までほんとうにありがとう」ドーランはそう言ってマクゴナギルと握手を交わし、出口まで見送った。

「気をつけてな、マイク」とマクゴナギルは言った……

ビショップの記事を読みおえると、ドーランはマイラを見て尋ねた。

「きみはどう思う？」

「素敵」とマイラは言った。「あなた自身も素敵。あなたのタキシード姿なんて初めて見たけど。どこに行くの？」

「記事のことを訊いたんだよ」とドーランは言った。

「これまでに集まったすべての情報をもとに書いたけど」とビショップが応《こた》えた。「情報だけで物証はないから、この記事だけでカーライルを追いつめることはできない。それでもジャブぐらいにはなるはずだ」

「証拠集めは心配しなくていいと言っただろ？」

「無防備なまま大陪審で不意打ちを食らわされるのだけはご免だからな」

「大陪審じゃそんなことは――」

「次のターゲットは誰だ？」

「記者時代のおまえのお友達のネスターだ。年収四千ドルの市警本部長がウェストン・パークに豪邸を建てて、デューセンバーグを乗りまわせる理由をすっぱ抜く」

「そりゃ面白そうだ」とビショップは言った。「これまた愉しめそうだ。もちろん……」彼はおどけた調子でつけ加えた。「……一番愉しいのは、こっちが電気椅子《いす》に縛りつけられるか、頭を吹っ飛ばされるかする瞬間だろうけど」

「そこまでひどいことにはならないよ」とドーランはネクタイを結ぶのに苦戦しなが

もしかしてネクタイを結ぶのを手伝ってほしい？」

……

ら言った。「いざとなりゃ、あいつらはみんな腰抜けさ」
「ほんとに？　まあ、おまえのそのことばを信じよう──」
「これはこれは」とマイラが言った。「どんどんエレガントになってる。もしかして
ネクタイを結ぶのを手伝ってほしい？」
「ありがとう、でも、大丈夫。それより見え透いた皮肉は要らないから」
「皮肉？」とマイラは訊き返し、ビショップのほうを向いた。「ねえ、わたし、皮肉
なんか言った？　わたしはただ〝エレガントになってる〟って言っただけなのに。ど
うして嚙みつかれなくちゃいけないの？　どうしたの──何かうしろめたいことでも
あるの？」
「どうしておれにうしろめたいことがあるなんて思うんだ？」
「あら──人がうしろめたくなる理由なんて星の数ほどあるもの。たとえば、これか
らリリアンか誰かとデートに出かけるとか──」
「リリアン？　どうしてそんなことを思った？」
「あのね、わたしってね、ものごとを論理的に考える人なの」とマイラは言った。
「リリアンは上流階級のきれいな娘《こ》で、もちろん父親は大金持ち。おまけにあの娘は
あなたとヤりたくてしかたがない。あなたはかつてそういう状態にある若い女性が大

好きだった。だから結論——そういう嗜好《しこう》は今も変わらない、当然のことながら」

「教えてあげよう。このタキシードを着たのはここ何ヵ月も着てなかったからだ」ドーランは両手を広げ、落ち着いた口調で言った。隠すことなど何もないと言わんばかりに。「デートに行くわけじゃない。リトル・シアターに行くんだ。フォーマルなパーティか何かの帰りにちょっと立ち寄ったふうを装《よそお》って。おとといの晩から始まった新しい芝居も少しぐらい見たいし。それに、千五百ドル貸してくれたデイヴィッドや、まだおれの友達でいてくれる数少ない仲間にも会いたい。これできみの下劣な好奇心は満たされただろうか？」

「悪くない、悪くないわ」とマイラは言った。「いかにもありそうな話に聞こえる。役者をやめなきゃならなかったなんてほんとに残念」

「エディ、頼むよ。おれがこの女の咽喉を切り裂くまえに、この女をここからつまみ出してくれないか？」

「ボスの仰《おお》せに従いたいのは山々ながら、もう家に帰らないと。子供がインフルエンザにかかっちまったんだ。ほかになんかやってほしいことがあるなら——」

「いや、ないよ。今日のところはカーライルの記事で充分だ。よく書いてくれた」

「じゃあ、おやすみ」ビショップはそう言うと椅子から立ち上がり、オフィスを出ていった。

「きみもそろそろ帰ったほうがいい」ドーランはコートの袖《そで》に腕を通しながら、マイラに言った。

「あんな狭い寝室には帰る気がしないんだけど。ここにいたいんだけど。ここのほうが気分がいいから――」

「わかった。おれが女を家に連れて帰ると思ってるのか？」

「ちょっとちょっと。なんなの、それ？」とマイラは言った。「あなたが女を家に連れて帰る？　あなたがそんなことするわけがないでしょうが。わたしはあなたのことを心の底から信じてるんだから――どこまでもどこまでも。両手を縛られたままだとあの本棚をどこまで遠くへ飛ばせるかわからないけど、それくらいどこまでもでも」

「きみというやつはほんとに救いようのないへらず口だな」

「わたしがあなたでも……」とマイラは続けた。「女を家に連れて帰ったりしないわね。あのベッドは三人で寝るには狭すぎるもの……ちょっと待って。忘れものよ」マイラはそう言って、オフィスのドアから出ようとしたドーランを呼び止めた。「保安官からもらったオートマティックは持っていかなくていいの？」

「あれはきみが持っててくれ。で、ひとつ頼みがあるんだが。あのオートマティックの銃口を口にくわえて、そのまま引き金を引いてくれないか？　もちろん、そうするのはおれのベッドの上じゃなくて。シーツを取り換えたばかりなんでね……」

ドーランが楽屋に着いたときには、芝居はもう終盤にさしかかっていた。『アンナ・クリスティ』の第四幕。機関員のバークがアンナに、ケープタウン行きの汽船ロンドンデリー号に乗船する契約をしたと告げる場面だ。ドーランは舞台の袖に立って、少しのあいだ芝居を見た。バーク役を演じている役者には見覚えがなかった。あいつは誰だ？　そのあと舞台の背後にまわると、大きな防火扉を通って階段を降り、〈バンブールーム〉に向かった。〈バンブールーム〉では、ジョニー・ロンドン、デイヴィッド、それにエイプリルが籐《とう》製の長椅子に坐ってくつろいでいた。

「やあ、エイプリル」

「あら、マイク」とエイプリルは言って立ち上がった。

「まあ――髪はすっかり乾いたみたいだね」

「そういうことからはもう卒業することにしたの」そう言うなり、エイプリルはぷいと部屋を出ていった。

「彼女、どうしたんだ?」とドーランは戸惑い顔でジョニーとデイヴィッドに訊いた。

「ここできみに会うとはまったく思ってなかったんじゃないかな」とデイヴィッドが言った。「それよりなんでタキシードなんか着てるんだ?」

「パーティの帰りなんだ。調子は?」

「悪くない。身なりからすると、きみのほうも順調みたいだね」

「ああ、あと二回分割払いをすませば、このタキシードもおれのものになる。それはそうと、バーク役をやってるのは誰なんだ? パット・ミッチェルがやるものとばかり思ってたけど――」

「ああ、パットはおたふく風邪にかかっちまってね。バーク役をやってるのはワイコフってやつだ」とデイヴィッドは言った。「あの役の台詞《せりふ》も演技もたった八時間で覚えたんだ。彼をどう思う?」

「ちょっとしか見てないけど、悪くない」

「ま、当然だよ。何年も舞台俳優の経験のあるやつなんだ」

「エイプリルは何をしてるんだ? 彼女も芝居に出てるのか?」

「いや、出てない――ジョニー、きみから言ってくれ」

「おれには関係ないことだ。きみが話せよ」

「エイプリルはエミルといい仲みたいで」とデイヴィッドはにやにやしながら言った。

「エミル？　電気技師の？」

「そう」

「いつから？」

「つい三日か四日まえから。エイプリル、今度ばかりは完全にのぼせ上がってて、エミルがいないと生きていけないんだとさ。さっききみがはいってきたのは、いかにエミルはロマンティストで繊細でなんて話を彼女がしてたところだったんだ」

「それでそそくさと出ていったのか。ロイ・メネフィも知ってるのか、ジョニー？」

「知ってて、怒り狂ってる。だけど、ロイに何ができる？　彼にはほんと同情するよ。妻にあんな真似《まね》をされたら、ぼくなら思いきり顔をぶん殴るよ」

「まあ、殴られてもしかたないな」とドーランは言った。「少佐はどこにいる？」

「舞台じゃないかな」

「わかった、捜してみる。じゃあまた、デイヴィッド。借りた金の使い道は詳しく説明するから。明細もつけて――」

「いつでもかまわないよ、マイク」

「じゃあ」ドーランはそう言って部屋を出た。

廊下を歩いていると、階段の下にティモシー・アダムソンが立っていて、彼のほうから訊いてきた。

「ちょっと話せるかな、マイク？」

「ああ、もちろんんだ、ティモシー、階上《うえ》にあがってきてくれ」

「来てくれてありがとう」とティモシーは廊下を歩くドーランに追いつくと言った。「実は、明日あたりきみに会いにいこうと思ってたんだ」

「何かあるのか？」

「ぼくがどれくらいこの劇場にいるか、きみは知ってるよな、マイク？」

「ああ、もう二年、いや、三年になるか」

「もうすぐ三年だ。でも、この三年間というもの、ちゃんとした役をもらったことは一度もない。いつも誰かの代役だった。そのことについちゃ不満はないよ。ひと月まえまでは、使ってもらえるチャンスなんてまるでなかったんだから。きみが『メテオ』を降りたときのことを覚えてるかな？　あのときも、結局、きみの役はデイヴィッドがやった。でも、今回はパット・ミッチェルがおたふく風邪になった。なのに外から来た代役専門の役者がバーク役を演じてる。なあ、そんな話ってあるか？」

「いや、ひどい話だ、ティム。でも、そういうことは少佐に直接話したほうがよくはないか？」

「もちろん、話したさ。そしたら、重要な役はぼくには任せられないって言われた。経験なんていつまで経《た》っても積めない。でも、ぼくを信じて役をやらせてくれなかったら、経験なんていつまで経っても積めない。だろ？ いい加減、勘弁してほしい。ぼくはなにより芝居が好きなのに。それに、この劇場で成功したいんだよ。見ず知らずのやつにバート役をやらせる必要がどこにある？ わけがわからない。ぼくにもあの役は完璧にこなせるのに。第一歩が踏み出せなければ、いつまで経ってもいい役者にはなれない。だろ？」

「そのとおりだ、ティム――きみはまちがってない。で、おれにどうしてほしいんだ？」

「少佐に話してくれないか？――」

「話したところで大して役には立てないと思うけど。おれの頼みなんか聞いてくれないだろう」

「でも、きみには雑誌がある。ぼくも読んだよ。きみがやろうとしていることはすばらしいことだ。そう思うから言うんだけど、この劇団の実情を書いてくれないかな？ ぼくはこの劇団に傷つけられてる。でも、書いてほしいのはそういうことじゃない。

ここはリトル・シアターなんだから、本来の姿を取り戻すべきだ。才能のある人がチャンスをもらえる場所にならないと。誰でも受け入れられる場所に。今のリトル・シアターはブロードウェイより門戸が狭い」

「まったくきみの言うとおりだ――きみはまちがってない」

「じゃあ、雑誌に書いてくれるか？　この街でこういうことを正せるのはきみだけだ――」

「わかった――何か書くよ。約束する」

「こんな頼みごとをして、怒らないでくれよな――」

「怒る？　いいか、ティム。こんな嬉しいことを言ってもらったのは人生で初めてだ。最高の誉《ほ》めことばだよ」

「ありがとう、マイク」

「こっちこそありがとう、ティム。それはそうと、少佐を見たか？」

「舞台のあっち側――照明調整盤のそばにいたよ」

ドーランはうなずくと、廊下を歩き、楽屋のまえを通り、防火扉をまた抜けて、舞台の上手《かみて》に出た。暗闇《くらやみ》の中、何人かの人影が見えた。眼が暗闇に慣れてくると、その人影がエイプリルと電気技師のエミルだとわかった。ふたりは照明調整盤の近くでぴたりと体を寄せ合っていた。

「あの尻軽女《しりがる》には分別のかけらもない」とドーランは自分につぶやいた。さらに少佐を捜してようやく見つけると、背後から近づいて肩を叩き、廊下に出るよう合図した。ふたりは物音を立てないように気をつけて廊下に出た。

「あいつには眼を配ってないと」と少佐は言った。「なにしろ初日だからな」

「プロンプターをしてるのか？」

「いや、そこまではしてないけど、眼は離せない。久しぶりだな、ドーラン、調子はどうだ？」

「まあ、なんとかやってるよ――」

「タキシードが決まってる――自分はほんとうは何をすべきか。それさえきみがわかってくれたらなあ」

「どういう意味だ？」

「きみは舞台でバークを演じるべきだってことだ。あの役はきみにぴったりなのになあ」

「あの役者も悪くないよ。誰なんだ、あいつは？」

「ワイコフってやつだ。あの役を八時間で覚えた」

「おれが訊いたのは——どこから来たんだ？　見かけない顔だけど——」

「私が見つけたんだ……それよりきみの雑誌のことだけど、おめでとう。あちこちで噂を聞くよ」

「これからもっと耳にすることになるだろう。まあ、今のは希望的観測だけど。そうそう、パット・ミッチェルがおたふく風邪にかかっちまったんだって？」

「ああ、そうだ。残念きわまりないよ」

「だったらどうしてあの役をティモシーにやらせなかったんだ？」

「おいおい、勘弁してくれよ、ドーラン。私には自分が最高と思う芝居をみんなに見せる責任がある。それに、興行収入のことも考えないとな。なるほど、そういうことか。ティモシーに泣きつかれたんだな？」

「ティムにはもうひと月は会ってないよ。それでも彼がもう三年もここでチャンスを待ってることは知ってる。なのに今日は見かけないやつが舞台にあがってた。だから、どうしてティムを使わないんだって思ったんだ。それだけだ——」

「ティモシーにもいつかはチャンスをやるよ。そんなことよりきみのことを話してくれ」

「おれの話はしたくない。おれのことなんかよりどうやってここを本来のリトル・シアターに戻すつもりなのか聞きたい——誰にでも平等に成長のチャンスがあるリトル・シアターにどうやって戻すのか——」

「そういうことは話したくない」と少佐はそっけなく言った。「私はこの劇場の責任者だ。だから、私が一番いいと思う方法でここを運営する」

「おいおい、リトル・シアターは地域の劇場だ。それを忘れてないか？　ここを支援する人間なら誰にでも意見を言う権利がある——」

「雑誌に書くつもりなのか？」と少佐はいきなり訊《き》いてきた。

「書くかもしれない——」

「そういうことなら、もうこれ以上話すことはない」

「わかった。でも、そっちにもチャンスは与えるよ。デイヴィッドに書かせるか？　劇場側の言い分も載せたい」

「そういうことには関わりたくない。喧嘩《けんか》を売りにきたのか？　トラブルを求めて——」

「やめてくれ。しばらく会ってない友達に挨拶《あいさつ》したくて来ただけだ。そうしたら、見かけない顔が舞台に上がっていた。それでどうしてティモシーにはチャンスが与えられないのかって思っただけだ」

「私を脅しても無駄だからな――」

「おいおい、人聞きの悪いことを――」

防火扉が開き、観客席からの拍手が聞こえてきた。

「じゃあな」少佐はそう言うと、舞台に戻っていった……

ドーランは楽屋の出入口から中庭に出ると、車を停めた劇場裏の路地に向かい、運転席に坐った。そして、煙草《たばこ》に火をつけ、昂《たかぶ》った気持ちが落ち着くのを待った。

「きみはどこに行きたい？」シカモア・パークを抜けながらドーランは尋ねた。

「〈ホット・スポット〉がいいわ」とリリアンは言った。「お腹《なか》がすいた」

「あそこは行きたくないな――」

「どうして？」

「生まれて初めて慎重な行動をしたいからだ。この街でおれとの関係がまだ噂になってない女性は、今じゃもうきみひとりになってしまった。〈ホット・スポット〉に行って、きみの友達におれたちが一緒にいるところを見られたくない。きみの家族がおれとの噂を聞きつけたら、きっときみが気まずい思いをすることになる」

「家族のことなんかどうでもいいわ。わたしはもう二十歳《はたち》なのよ――」

「それでもやっぱりあそこには行かない――」

「もしかしてマイラが怖いの?」

「マイラ? ばかばかしい。おれと彼女はなんの関係もない――」

「マイラのほうはそうは思ってないみたい。あなたに手を出すなって遠まわしに言われたもの」

「いつそんなことを言われたんだ?」

「何かにつけて仄《ほの》めかすのよ。あなたとデートすることにしたのはそのためよ――マイラに見せつけたかったの」

「きみはずいぶん気が強いんだな」とドーランは顔をしかめて言った。

「ちょっと大げさに言ったかも。額面どおりに取らないで」そう言って、彼女は少しドーランに体を近づけた。「わたしの気持ちはわかってるでしょ、マイク」

「わかった、わかった。もういい」とドーランは不愛想なまま言った。「飢え死にはさせないから」

そのあと二、三ブロックのあいだふたりは何も話さなかった。

「マイラはおれのことを正確にはなんて言ってた?」ようやく口を開いて、ドーランは言った。

「正確には覚えてないけど。でも、あなたには手を出すなという意味のことを言われたのは事実よ」

「具体的には？」

「そう——あなたには子供っぽいところがあって、上流階級のお金持ちの女の子に目がないんだって。あとは……よく覚えてないわ。あまりにも馬鹿《ばか》らしい話だったから、ちゃんと聞いてなかったのよ——」

「いずれにしろ、マイラがそう言ったんだな？」とドーランはむっつりと言った。

そのあとまた二、三ブロックのあいだふたりは黙りこくった。

「リリアン——きみは結婚についてどう思ってる？」とドーランは訊いた。

「結婚はしたいわ」とリリアンは言った。

「おれとの結婚はどう思うって訊いたんだけど」

「だから、〝結婚はしたい〟って言ったでしょ？」と彼女はおもむろに言った。

「よし——それじゃ、結婚式が終わるまでサンドウィッチは我慢してくれ」

「こんな夜中に結婚なんてできないわよ——」

「できるよ。結婚許可証を発行する事務員を叩き起こして、ついでにパーマー判事も叩き起こせばいいだけだ。判事は法務官も務めてるから、結婚式を挙げられる——」

うするの？」

「でも、マイク……」と言いながらも、リリアンはすでに興奮していた。「指輪はど

「借りればいい。判事は何度も結婚式を挙げてるから、予備の指輪くらい持ってる。それより手数料はどうするか。いくらか持ち合わせはある？」

「少しならあるわ。十五ドルくらいなら――」

「それだけあれば充分だ。さあ、行こう」ドーランはそう言うと、ブロックの途中で車をUターンさせ、電話をかけるためにドラッグストアまで車を走らせた……

　午前二時、マイケル・ドーラン夫妻は二十四時間営業の小さなカフェのカウンターについて坐っていた。郡庁舎とは目と鼻の先、フロント・ストリートの起点近くにあるカフェで、食事を終えたふたりは雨がやむのを待っていた。

「……ねえ」とリリアンが言った。「ふたりになれたけど……」

「そう、それだ。ふたりになれた」ドーランは笑いながら言った。「あの短篇小説は知ってる？」

「短篇小説？」

「あれだよ。〝とうとうふたりになれた〟という短篇」

「きわどい話なの？」

「そんなんじゃない。普通の短篇小説だ。ドロシー・パーカーが雑誌に書いた。結婚したばかりのカップルの話だ――」

「それで？」

「いや、なんでもない。忘れてくれ」ドーランは雨粒が窓ガラスをすべり落ちるのを見ながら言った。「きみは雨が好き？」

「好きじゃないわ」

「おれはすごく好きでね。ずっと雨が降ってればいいのにって思うくらいだ。雨は戦争を思い出させる」

「戦争では撃たれて負傷したんでしょ？　だから戦争のことなんて思い出したくもないんじゃないかって思ってた」

「正確に言うと、思い出すのは戦争じゃなくてフランスだな。雨が降るとフランスを思い出すんだよ」

「パリ？」

「いや、トゥールとかブロワだ。大邸宅がぽつんぽつんと建ってるような田舎だ」

「そうなの。わたしとしては早く雨がやんでほしいけど、マイク。これからどこに行く？」

「今夜？」

「そう」

「どうしようか。とりあえず、きみは家に帰ったほうがいいだろう。朝になったら、いろいろ話し合おう——」

「何を話し合うの？　わたしたちは結婚したのよ」

「そうだけど、まだやることがたくさんある。だろ？　まずは結婚指輪を買って、今の指輪を判事に返す。それからきみのお父さんとも話さないといけない——いずれは」

「お父さんは今、サンフランシスコだけど」

「サンフランシスコ？　それは好都合だ。これで考える時間ができる。ただ、ひとついいかな、リリアン？　結婚したことは秘密にしておいてくれないか？　しばらくのあいだでいい。おれたちの結婚に反対する人はきっと大勢いるだろうから、みんなに知らせるまえにちょっと準備しておきたいんだ」

「でも、マイク——今夜どこかに行って話すことがどうしてできないの？」

「話ならここでもできる。でも、今、必要なのは話すことじゃなくて、考える時間だ。

しっかり考えないと——」

「二時間まえとはまるで別人ね」とリリアンは少し口をとがらせて言った。

「おいおい、勘ちがいしないでくれ。おれは考えをころころ変えたりしない。自分のしたことを後悔するような人間でもない。それでも、この結婚はあまりに急に進んでしまった。きみだってそう思うだろ？」

「わたしはホテルに行きたい。結婚したことがばれたら、どうせひどく叱《しか》られるんだから——さきにご褒美《ほうび》ぐらいもらっておかないと」

「出よう。雨が小降りになってきた」とドーランは言ってストゥールから降りた。

「とにかくきみは家に帰るんだ」

リリアンの家のまえで彼女を降ろすと（おやすみのキスもしなかった）ドーランはしとしとと降りつづく雨の中、あてもなく車を走らせた。いつものように、輝く路面と湿ったにおいと街中の孤独に魅せられて。

ざわざわ
ざわざわ
ざわざわ

ざわざわ
ざわざわ

頭の中ではいろいろな考えがざわめいていた。ひとつのことに集中しようとしても、そのざわめきに邪魔され、どうしても集中できなかった。それはまるで、セックスをやりすぎてセックスに飽き飽きし、吐き気さえ覚えるようになった男が、美女とことに及ぶにあたり、必死になってセックスに集中しようとするのだが、どうしてもセックス以外のことに気持ちが向いてしまい、性戯《せいぎ》がおろそかになるのに似ていた……

ドーランは考えることをあきらめ、家に帰ることにした。一階の窓から家の中にこっそりはいると、闇の中をなんとか進み、アーンストの部屋にたどり着いた。明かりをつけると、アーンストはぐっすり眠っていた。大きないびきをかき、咽喉《のど》を鳴らしていた。うるさいほどに。ドーランはアーンストに近づき、体を揺すって起こした。

「なんだ、どうした⁉」アーンストはドイツ語の訛《なま》りの強い英語で言って、まばたきを繰り返した。部屋に静寂が戻った。

「もう少し向こうに行ってくれ」そう言うとドーランは服を脱ぎはじめた。

「きみのベッドはどうしたんだ？」とアーンストは声をひそめて訊いた。

「マイラが使ってる」

「またか?」

「ああ――」

「きみは馬鹿だな、マイク。あんな魅力的な娘をコケにするなんて」

「わかってる――」

「雨が降ってるのか?」アーンストは屋根から窓を伝う水の音に気づいたようで、上体を起こした。

「ああ、雨だ――」

アーンストはベッドから出ると、窓に近づいて外を眺めた。パジャマを着ていなかった。しばらく雨を眺めてから、ドーランのほうを振り返ると笑みを浮かべて言った。

「おれは雨が好きだ。故郷を思い出すから――」

「ドイツを?」

「ああ」そう言って、彼は窓辺を離れた。

「おれはフランスを思い出す」

「戦争か?」

「まあ、そうだ――」

「十九年まえの今夜、きみはどこにいた？」

「サンミエル（フランス北東部の町。第一次世界大戦の激戦地）だ。きみは？」

「おれもサンミエルにいた。モンセックとの境に」

「それは偶然だな。おれはエセ（モンセックに近接する町）で、十九年まえの明日ここを撃たれたんだ」そう言うと、ドーランは右太腿《ふともも》の傷痕《きずあと》を見せた。爆弾の破片でできたその傷痕はフロリダの地図に似ていた。「たぶんきみたちからの砲撃で――」

「たぶん――」

ドーランは明かりを消してベッドに戻ると、手探りでベッドカヴァーを探した。

「もっと向こうへ寄ってくれよ」そう言って、シーツの下にすべり込んだ。

「ついてたな、死なないですんで――」

「そうかな？」ドーランはそう訊き返し、寝返りを打った。

翌朝も雨はまだ降りつづいていた。ドーランが出社すると、マイラしかおらず、校正刷りを読んでいた。

「おはよう《グッド・モーニング》」とマイラは言い、挨拶にチャーミングな笑みも添えた。

「確かになんともいい朝《グッド・モーニング》だ」とドーランは応えて、トレンチコートと帽子をスタンドに掛けた。「見渡すかぎり美しい灰色の雲ばかり。まるで世界じゅうの雨を抱え込んじまったみたいだな」

「マイケル・ドーラン・シェリー」とマイラは小言でも言うかのようにドーランをフルネームで呼んで言った。まだ笑みを浮かべていたが、チャーミングさはいささか薄れていた。「あなたって流行《はや》ってるからって雨の中を歩いたりする人なの？」

「昔はよく歩いたもんだ、ガルボが流行らせるまでは（映画『船出の朝』でグレタ・ガルボが雨の中をひとりで歩くシーンがある）。真似をしてるなんて思われたくないからな。どんな感じだ？」

「これ？——ええ、完璧《かんぺき》よ。版を組んでもらったあと、校正刷りも全部チェックしたわ。あとは印刷して製本すればいいだけ——」

「ごくろうさん」とドーランは言って自分の机に向かい、席についた。「今朝は寝坊してしまった」

「それはお疲れのせい？——それともアーンストのせい？」

「どうしておれがアーンストのベッドで寝たことを知ってる？」

「わたしも雨を眺めてたの。そうしたら、あなたが車を停めて、窓から一階にはいっていくのが見えたのよ」

「きみのことを怒るべきなんだろうけど——怒ってないよ」

「それはもちろんわたしのことを怒る理由なんてないからよ。今朝は気を利《き》かせて早く家を出たんだから。着替えに自分の部屋に戻ったときに、わたしと出くわしたりしたら気まずいんじゃないかと思って。マイク――」

「なんだ？」ドーランはマイラと眼が合わないよう、机に視線を落としたまま訊いた。

「わたしはもうあなたの邪魔をしない。あなたの部屋にも行かない」

「別にいいよ、マイラ」

「いいえ、よくない――全部まちがってた。わたしはひどい女だった。でも、信じて――」マイラは立ち上がり、ドーランの机のところまで来ると、坐《すわ》っている彼を見下ろして言った。「わたしはただあなたを助けたかっただけなの」

「おれを助ける？　いったい何から助けてくれるんだ？」ドーランはそう訊き返し、なかばあきらめたようにマイラと視線を合わせた。

「すぐに苛々《いらいら》しないで。不機嫌にならないで。あなたのそういう短気で偏屈なところ、大嫌いよ――」

「おれもきみの独善的なところが大嫌いだ――きみはおれの母親なのか？　おれに忠告したいのか？　いったい何さまのつもりだ？」

「あなたには誰かが忠告しなくちゃ。今のあなたになにより必要なのが忠告よ、マイク）彼女は机に腰かけると、片脚を浮かせてぶらぶらさせながら言った。「あなたはいつか大物になる人よ――大きな力を持つ人になれる。人の忠告を素直に聞くことさえできれば。あなたは生まれながらのリーダーなのに、感情的で、衝動的で、頑固すぎる――」

「へらず口もいい加減にしろ」ドーランはそう言って手のひらで机を叩《たた》くと、立ち上がり、マイラを睨《にら》みつけた。「どうしておれはきみの顔を思いきりぶん殴らないのか、自分でも不思議でならない――」

「それはわたしが正しいことがあなたにもわかってるからよ」マイラも一歩も引かなかった。

ドーランは唇を嚙《か》み、いきなりマイラの机に近づくと、ひったくるようにして校正刷りをつかみ取った。そして、階段を降りると、技術部主任のカリーに渡して言った。

「これで問題ない。カリー、印刷にまわしてくれ」

そのあと正面の入口のそばに佇《たたず》み、通りを眺めた。丘の上からくだってくる路面電車を見つめた。抗しがたい何かに取り憑《つ》かれたかのように車両の正面を睨んだ。あの路面電車のまえに飛び出したら？　痛さはどれくらいだろう？　死ぬのにはどれほど時間がかかるだろう……？

「たった今、〈クーリエ〉のプレスコット記者から電話があったわ」オフィスに戻ると、マイラがドーランに言った。

「わかった」そこでビショップも出勤しているのに気づいた。「やあ、エディ、いつ来た？」

「ついさっきだ。路地に車を停めて、階段をあがってるときに、おまえを大声で呼んだのに――」

「ほんとに？」

「ああ、おまえは正面入口のところに立って――」

「ああ、立ってたよ。それより子供たちの具合は？」

「具合が悪いのはひとりだけだ。熱が下がらなくてね――」

ドーランは席につくと、〈クーリエ〉紙に電話して、プレスコット記者につないでくれるよう頼んだ。すると、電話に出た社会部の女性記者に、郡庁舎の記者室に電話をかけ直すように言われた。ドーランは一度受話器を置いて、郡庁舎の記者室に電話をかけ直した。

「アラン・プレスコット記者をお願いします。……もしもし、マイク・ドーランだ。ああ、そうだ……いや、ちょっと待ってくれ、アラン――記事にするのは駄目だ……

ああ……そうだ、今は駄目だ……そうだな——たぶん来週か、それとも来月か。もしかしたらこっちは記事にしないかもしれない。ああ、それが理由だ。わかるだろ？……あいつが？　どうやって嗅《か》ぎつけたんだろう？——あいつが？……あいつが？……よし、それじゃ、そのヌケ作に言ってくれ。そんなことをしてただですむと思うなよと……ああ、いいとも、もちろんだ、もちろん、もちろん、なんでも好きに書いてくれ……」そう言ってドーランは電話を切った。

マイラもビショップもドーランを見ていた。

「どうした？」とビショップが尋ねた。

「別に——大したことじゃない」

「だからなんなんだ？」とビショップは言った。「思わず聞き耳を立てざるをえないような電話だっただろうが。プレスコットは何を知りたがってる？　あいつは何を嗅ぎつけ、おまえのほうは何をあいつから隠したがってる？」

「なんでもない。なんでもないって言ってるだろ？」

「ああ、そうかい。そういうことならそれでいいよ——勝手にすりゃいい。おれたちは友達だと思ってたが、どうやらおれの勘ちがいだったようだ」

ドーランは何も言わなかった。ふたりのほうをぼんやりと見ていたが、眼の焦点が合っていなかった。

「だったら、わたしがかわりに言ってあげる」とマイラが言った。「この大馬鹿野郎は昨日結婚したのよ」

「なんだって――こいつが？」

「結婚したの。そうなんでしょ？」と彼女はドーランに言った。「とぼけるのはやめて。今朝、リリアンが電話してきて、何もかも話してくれたわ。みんなに知らせたくて待てなかったのね。あれこれ盛って話してるかもしれないけれど、判事から指輪を借りたことも、あなたが新婦をホテルじゃなくて、新婦の家に送ったことも全部話してくれたわ――」

「なんだって、嘘《うそ》だろ？」とビショップは言って椅子にそろそろと坐った。「よりによって――リリアンとは！」

「どうして？」とマイラが言った。「リリアンはとってもきれいだし、なにより上流階級だし、父親は西海岸でも有数の銀行の頭取で、おまけに元上院議員だし。ここにいる頭のおかしな人はそういう女性がお気に入りなのよ。根性なしで馬鹿で安っぽい女が――」

ドーランは机を叩いて立ち上がった。眼が血走っていた。拳《こぶし》を握りしめて、マイラに近づいた。ビショップが慌《あわ》ててふたりのあいだにはいり、ドーランの動きを手で制した。

「おいおい、落ち着けよ、マイク——」

ドーランはビショップに体をつかまれたまま、体じゅうの筋肉を震わせ、憎悪《ぞうお》もあらわにマイラを睨んだ。

「全部ほんとうのことでしょうが」とマイラはひるむことなく辛辣《しんらつ》に続けた。「リリアンは根性なしの馬鹿女で、ずっとあなたとヤりたがってた。でも、根性なしだから、自分から誘う勇気はなかった。だから結婚することにしたのよ！　あなたとしては昨夜のうちにヤっておくべきだったわね。だってわたしは別として、彼女がほかの人たちに対しても黙っていられるわけがないもの。まず彼女の母親が彼女から真相を訊き出そうとするでしょう。彼女の友達も全員。どこの新聞も彼女を追いかけるでしょう。それでことの詳細が第一面にでかでかと載ることになる。ほんとにあなたって救いようのない馬鹿よ！」

マイラはそれだけ言うと、ドーランに背を向け、オフィスからそそくさと出ていった。

「坐れよ、マイク」ドーランの体から手を離して、ビショップが言った。「なあ、坐れって――」

ドーランは自分の机に戻ると、椅子《いす》に腰をおろした。

「思うほどひどい状況じゃないかもしれない」ビショップはそう言って、煙草に火をつけた。「こっちにも何かできることがあるはずだ」

「マイラは嫉妬《しっと》してるのさ――それも死ぬほど」

「嫉妬してるかどうかは知らないが、それでもマイラの言ったことは正しい。とことん正しい。どうしておまえはああいう女に弱いんだ？――おれにはまるで理解できない。リリアンはここに出入りするようになってからずっとおまえといい仲になる機会をうかがってた。この結婚話は彼女のほうから持ち出してきたのか？　そう言われてもおれは驚かない――」

「おまえもマイラも、おれが心からリリアンを愛してるかもしれないなんてことは、ちらりとも考えないのか？」ドーランはようやく落ち着きを取り戻して言った。

「ばかばかしい」とビショップは言下に言った。「何度でも言わせてもらうよ――クソばかばかしい！　こんな真似をされて、リリアンの両親が黙ってるわけがないだろ？　それぐらいおまえにだってわかりそうなものなのに。ロッキー山脈の西側に住んでる人間なら、ミセス・フリードが家柄にうるさいことくらい誰でも知ってる。おまえだって覚えてるだろ？　この街の記者のあいだでよく言われてたことだ――ミセス・フリードは紋章がはいってなけりゃ、椅子にも坐らないって。それに――そうそう、ミセス・フリードは去年、貴族の称号のある家に嫁がせようと、リリアンを引きずりまわしてヨーロッパ行脚《あんぎゃ》をしたじゃないか。そもそもおまえはウェストン・パークじゅうの父親という父親に毛嫌いされてるんじゃないのか？　いい加減そのことを学べよ。リリアンの親父《おやじ》さんがこの結婚のことを知ったらなんて言うと思う？」

「彼女の親父さんは今、サンフランシスコにいるそうだ――」

「サンフランシスコにいいただ。賭《か》けてもいいね、今頃はもう絶対こっちに向かってる――」


　ドーランはウェストン・パークの端にあるドラッグストアでサンドウィッチと牛乳を買い、公衆電話でもう一度リリアンの家に電話をかけた。執事が出て言った――ミセス・フリードもミス・フリードもお出かけになっております。ドーランはふたりがいつ頃戻るのか尋ねた。ミス・フリードの連絡先も。それはわかりませんが、〝上院議員〟は今日の午後には飛行機でサンフランシスコからお戻りになりますから、午後七時頃にはまちがいなく連絡がつきます、と執事は言った。ドーランは受話器を架台に叩きつけて電話を切ると、ドラッグストアを出て、自分の車に戻った。運転席に着いても、怒りは一向に収まらず、リリアンの家に直接押しかけることに決めた。

リリアンの家から半ブロック離れた場所に車を停め、そこから歩いて家に向かった。長い階段をのぼり、屋敷の玄関にたどり着くと、呼び鈴を押した。白い上着を着た黒人男性が玄関のドアを用心深く半分だけ開けた。

「ミス・リリアンはご在宅かな？」とドーランは訊いた。

「いいえ、いらっしゃいません」と黒人の男はきっぱりと答えた。

ドーランは半分開いたドアに片足を入れ、無理やりドアを開けさせると、豪華な内装の玄関ホールにはいった。黒人の執事はドーランを止めようとはしなかった。

「リリアン！」彼は階段の上に向かって叫んだ。「リリアン！」

返事はなかった。

「リリアンお嬢さまはいらっしゃいません――」

「どこに行った？」

「行き先は伺っておりません。奥さまとご一緒に今朝早くお出かけになりました――」

「おれの伝言は伝えたのか？」

「奥さまにはお伝えしました。奥さまからそう言いつかっておりましたので――」

ドーランは黙ってうなずき、屋敷を出ると自分の車に戻ってひとりごとを言った
……

「嬉《うれ》しいことにまだ雨が降っている」

それから数時間、ドーランはあたりを車で走りまわってから家に帰った。車をガレージに入れると、階上《うえ》にあがった。ユリシーズが居間の窓の下枠《ふち》を拭いていた。雨が沁《し》み込んでいた。

「誰かから電話はなかったかな？」

「ありました。ミス・エイプリルとミスター・トマスから。ミスター・トマスは重要な用件だと言っておられました」

「それだけ？　ミス・リリアンからは？」

「いいえ、ありません」

ドーランは自分の部屋に戻り、トレンチコートと帽子を脱いで机の上に放ると、煙草に火をつけ、ベッドの端に腰かけた。すぐにユリシーズがやってきた。

「新聞を読みましたか、ミスター・マイク？」

「おれの記事か？」

「そうです。結婚したんですね」

「ああ、結婚したよ、ユリシーズ。ゆうべ夜遅く」

「ミス・リリアンはここに来たことがありますか、ミスター・マイク？」

「いや、来たことはないと思う。髪はブロンドで背が高い、きれいな娘だ」

「ああ、この人ですね。新聞に写真が出てます。とてもきれいな人です。それで引っ越すんですか、ミスター・マイク？」

「さあ、どうなるか――坐ってくれ、ユリシーズ」

ユリシーズは金属製のゴミ箱のへりに雑巾《ぞうきん》を掛け、腰をおろすと言った。

「引っ越しするかどうか訊いたのは、どうやらみんなここから引っ越さなきゃいけないみたいだからです。だからあなたは結婚して正解だったんですよ。あの男が今日の午後もここに来て――」

「あの男？」

「知ってるでしょ？　代理人です、ミセス・ラトクリフの。石油会社との契約がうまくいけば、この家を壊して大きなガソリンスタンドにするって言ってました」

「そうか。ということは、ついに追い出されるときが来たということか。家賃も払わずいつまでも居坐ることはできないよな――」

「この家は今にも壊れそうです。誰もこんな家に家賃なんか払いませんよ、ミスター・マイク」

「だから、ミセス・ラトクリフもこんなに長く無料で貸してくれてたんだよ。しかし、となると、ほかのみんなは大変だな」

「ええ。あの人たち全員のお金を掻《か》き集めても二ドルにもならないんでしょうから。あなたが食べさせてあげてなかったら、とっくの昔に飢え死にしてました」

「まあ、それほど悪くない暮らしはさせてやれてたのかもな。ユリシーズ、今日はずっとここにいたのか？」

「はい」

「ミス・リリアンからの電話はほんとうになかったんだな？」

「はい、ありませんでした。電話はさっき言ったふたりだけです――ミス・エイプリルと〈タイムズ・ガゼット〉の人だけです」

「実は、ユリシーズ、ちょっとしたごたごたに足を突っ込んじまってね」

「そうみたいですね、ミスター・マイク。でも、それはいつものことでしょ？」とユリシーズは言って、にやりとした。

「今度の相手は美人で金持ちだ」

「その美人で金持ちのご両親は？」

「ああ、おれは彼女の親父さんに撃ち殺されるかもしれない――」

「だったら、その親父さんの見てくれを教えてください。ここには入れませんから」

「そこまで心配しなくて大丈夫だよ。それより、ユリシーズ、女となるとおれはどうしていつも馬鹿なことばかりしちまうんだろう？　どうしてなんだ、ユリシーズ？」

「そんなことはわかりませんよ。その答がわかるようなら、おれもこれまでもっとうまく立ちまわれてましたよ――」

「少し寝ることにするよ、ユリシーズ、ミス・リリアンが電話してきたら起こしてくれ」

「わかりました」ユリシーズはそう言うと、ゴミ箱から雑巾を取り上げて立ち上がった。「何かできることはないですか――風呂《ふろ》とか用意しましょうか？」

「いや、いい。でも、そうだ、おまえにもひとつできることがある。恰幅《かっぷく》のいい白髪の紳士が機関銃を持ってやってきたら、大声で叫んで逃げてくれ……」

眼が覚め、ドーランが最初に気づいたのはまだ雨が降っているということだった。腹の中――臍《へそ》のすぐ下あたり――に何か温かく心地よいものが感じられた。次にわかったのは、部屋に明かりがついていて、誰かが彼の体を揺すっているということだ。ビショップが彼の顔をのぞき込んでいた。ビショップはドーランが眼を覚ましたことがわかると、ベッドに腰をおろした。

「マイク――眼が覚めたか？」

「ああ、どうした？」

「雑誌のことだ――」

「雑誌がどうした？」ドーランはそう言って上体を起こし、壁にもたれた。そこで完全に眼が覚めた。

「カーライルが街のニュースタンドから雑誌をかっさらいやがった」

「かっさらった？」

「ジャック・カーライルが。あの男の仕業としか考えられない。街のニュースタンドに『コスモポライト』はもう一冊も残ってない――」

「なんだって？　どういうことだ？」とドーランは言って、両脚を振りまわすようにして床に降ろすと、勢いよくベッドから立ち上がった。そして、眉根《まゆね》を寄せ、もの問いたげにビショップを見やった。

「見るかぎり、計画的な襲撃だったようだ。繁華街への配送時刻に合わせられた。ニユースタンドへの配送が終わった数分後にそれぞれ二、三人の男に襲撃されたようで、男たちは『コスモポライト』をすべて奪って、車に投げ込み、すぐに現場から逃走した」

「強盗じゃないか——」

「ああ、ニュースタンドの売り子の中には大声を出して抵抗した者もいたようだが、強盗犯どもは、これはまだ序の口だと言ってたそうだ。カーライルの昔からのやり口だよ。弟のスキャンダルが載るまえに手を打ってきた——」

「ふざけやがって!」とドーランは大声をあげた。「いいか、ここはアメリカ合衆国なんだぞ!」

「あいつは無実の黒人を刑務所送りにした男だ。やつらにしても普通そんなことはできない。ところがやつにはできた」

「いずれにしろ、ということは、今出まわってるのは定期購読で郵送されたものと、ドラッグストアで売ってるものだけということか——」

「今頃はもう別の部隊がドラッグストアにも出張《でば》ってるんじゃないかな。それにもう九時すぎだ。カーライルが郵送分の雑誌にも手をまわしていてもおれは驚かない——」

「郵送の雑誌も盗みやがれ、だ。いや、ほんとにそう思う。あいつにしても政府を敵にまわすようなことになれば——」

「そこがやつらの不思議なところだ——相手が誰でも気にしない——それよりおまえに早く話そうと二時間もまえに電話したのに。留守だなんて言われて——」

「ああ、悪かった」とドーランは言って煙草に火をつけると、親指の爪《つめ》で前歯をこすった。「いずれにしろ、おれたちは盗まれた号を再発行する——それだけだ。カーライルのクソ野郎、あいつは自分のことを何さまだと思ってるんだ？——ヒトラーかムッソリーニか？」

「ある意味、そのどっちかなんだよ。今じゃこの国もああいうやつらだらけだ」

ドーランはおもむろに煙草を吸い、親指の爪でまた何度か前歯をこすった。そして、いきなり立ち上がると居間に向かった。電話は二階の居間にあった。ロレンスの家の電話番号を調べてダイアルをまわした。が、電話に出た者が言うには、ロレンスは今夜は外出しており、夜遅くまで戻らないということだった。ドーランはしかたなく部屋に戻って言った。

「ロレンスは映画か何かに行ってるみたいだ。彼に連絡がつけば、印刷技師を起こしてもらって、すぐにでも雑誌を再発行しようと思ったんだが。今夜にかぎって外出してるとは――」

「印刷なら明日の朝にでもできる。ロレンスにその気さえあれば――」

「〝その気さえあれば〟というのはどういう意味だ？」

「ロレンスは現実主義者だ。それはおまえも知ってるだろ？　自分の身に火の粉が降りかかるとなったら、そそくさと安全な場所に逃げ込むだろう――ロレンスにとって今回のことは〝火の粉〟以外の何物でもない。カーライルからほんのひとことでもあれば、空気の抜けたアコーディオンの蛇腹みたいになっちまうに決まってる」

「必ず印刷させる！」

「ロレンスが印刷したくないと言ったらもうそこで終わる」とビショップは言った。

「あそこは彼の印刷所なんだから。どうやらおれたちは櫂《かい》も艪《ろ》もなしに川を渡る破目になりそうだ」

「ほんとにそう思うか？」

「ああ、でも、勘ちがいしないでくれ。おれはびくついちゃいないよ。だからよけいおまえにも現実をちゃんと見てほしいんだ。カーライルはまだ本気を出しちゃいない。あいつに本気を出されたら、雑誌を強奪する程度のことじゃすまないだろう――」

「おい、おれたちにとっちゃそれだけでも大事件だろうが――」

「やつにとっちゃ大事件でもなんでもない。今回のことはいかにもあいつらしい警告だ。警告はもっとあるかもしれない。今すぐにも。もしかしたら、ヒトラー本人が乗り込んでくるかもしれない。あいつがロレンスのところに直接出向いて印刷をやめろと言ったらどうなるか。言うまでもないだろ？――」

電話が鳴った。ドーランは驚いてビショップに頼んだ。

「出てくれるか？　おれならいないと言ってくれ――」

ビショップは部屋を出て居間に行き、電話に出た。謝っているビショップの声が聞こえた。すぐ戻ってくると、ビショップは言った。

「おまえも出世したな。かの有名な元上院議員、マーク・フリード先生から直々に電話がかかってくるとはな。リリアンの父親の――」

「ああ、そうだった！」とドーランは大声をあげた。「おれは結婚したんだ。忘れてた――」

「忘れられるというのはいいことだ。いずれにしろ、おまえの義理の父親は電話をかけ直してほしいそうだ。おまえが帰ったらすぐ。時間は何時でもかまわないって。そうそう、おれも夕刊を読んだよ。まさに〝時の人〟だな――」

「おれはまだ読んでない。なあ、エディ――この状況はかなりやばい。だよな？」

「ああ、かなりやばい。それは認めないわけにはいかない。それにしても、おまえってやつはすごいよ、マイク。おまえほど無邪気な人間は世界じゅうどこを探してもいないね。おまえはさきのことなんて一ミリも考えてない。ちがうか？」

「いや、ちゃんと考えてるさ――こっちにはバド・マクゴナギル保安官がいる。明日の朝一番におまえにも特別保安官補の委任状を発行してもらうよ。その上で強奪された雑誌を再発行する。印刷機を見張らなきゃならなくなってもだ。ニューススタンドを守るのに民兵を召集しなきゃならなくなっても――」

「委任状は悪くない。ありがたく受け取るよ。この街には撃ち殺したいやつが何人かいるんでね。だけど、州兵も郡警察も市警察もあまりあてにしないほうがいい。そういう組織をすべて牛耳ってるのがカーライルなんだから。雑誌はおれたちだけで再発行するしかない。誰の助けも期待できない。正直なところ、『コスモポライト』は風前の灯だ――」

「ロレンスに印刷代を前払いすれば印刷してくれるはずだ。創刊号のときみたいに――」

「あのときは印刷所の玄関に爆弾を投げ込まれる心配はなかった。今はそういうことも考えなきゃならない。いいか、マイク、よく考えろ。カーライルに何かひとこと言われただけで、ふにゃちんロレンスはビビって逃げ出すだろう。カーライルを舞台から強制退場させる以外、この問題は解決できない――」

「いや、何か方法はあるはずだ――」

「だったら、その方法とやらを見つけてくれ」

「――ああ、見つけるよ……ちょっと出かけてくる」

「どこへ？」

「その辺をドライヴしてくる」ドーランはそう言うと、トレンチコートと帽子を手に取り、部屋を出ていきかけた。

「おい、あれも持っていったほうがいいんじゃないか」とビショップは拳銃《けんじゅう》を指差して言った。

ドーランは少し考えてから言った。

「そうだな。持っていったほうがいいか」そう言うと、部屋に戻って銃を手に取った。

「何をするにも慎重にな」とビショップは言って立ち上がった。「おれも一緒に行こうか？」

「やめてくれ。大丈夫だ」ドーランはそう言って部屋の明かりを消し、コートの袖《そで》に腕を通しながら部屋を出た。

ふたりとも黙りこくって階段を降りた。ビショップの車は歩道の縁石沿いに停められていた。角にある街灯がそのビショップの車を照らし、車の中にマイラが坐っているのが見えた。ドーランはわざと建物のまわりをぐるりとまわって、ガレージに停めてある自分の車まで歩いていきたい衝動に駆られた。マイラとは口を利きたくなかった。とはいえ、いつまでも不機嫌をかこつのも大人げない気がした。

「マイラも一緒だってどうして教えてくれなかった？」とドーランは車に向かって歩きながら小声でビショップに訊《き》いた。「——やあ、マイラ——」

「マイク——」

「どうして部屋にあがってこなかったんだ？」

「エディがひとり中にはいるだけでも大変だったんだから」とマイラは言って笑みを浮かべた。「ユリシーズはほんとうにあなたの忠実な見張り番ね……それよりこんな夜中にどこへ行くの？」

「……ちょっとドライヴしてくる」

「ねえ、マイク」とマイラは真顔になって言った。「馬鹿《ばか》な真似《まね》はしないわよね？」

「ちょっとドライヴしてくるだけだ」

「マイクはどこに行くつもりなの、エディ？」とマイラは、すでに車に乗って運転席に坐っているビショップに尋ねた。

「知らない」

「ねえ、マイク、カーライルに馬鹿な真似をするんじゃないでしょうね？」

「そんなことはしないよ」

「一緒に行ってもいい？」

「おれのことなんかもう見限ったんじゃないのか？」とドーランは言った。意に反して皮肉な口調になっていた。

「今は子供じみた真似をしている場合じゃないでしょ？」とマイラはぴしゃりと言った。「わたしも一緒に行くわ」

そう言うなり、ドアハンドルを引いてドアを開けようとした。ドーランはすかさず両手でドアを押さえ、マイラが車から降りられないようにして言った。

「いや、きみは来ないでくれ。頼むからこれ以上おれを困らせないでくれ。きみがいなけりゃ、おれはリリアンなんかと結婚しなかった――」

「わかってる。あなたはわたしを傷つけようとして、自分を傷つけてしまったのよ」

「――彼女のアパートメントまで送ってやってくれ、エディ。じゃあ、ふたりとも、また明日――明日は早めに来てくれ、八時に」

ドーランはガレージまでまっすぐ歩いて車に乗ると、車をバックで出した。すると、ユリシーズの部屋からウォルターが車寄せまで出てきて言った。

「トマスとかいうやつが家に電話してくれってさ。とても重要な用件って言ってた」

「わかった……」とドーランは答えて、さらに車をバックさせた。


雨の中、あてもなく車を走らせた。縁石が隠れるほど溜《た》まっている雨水にハンドルを取られながら。それでも彼は思った、雨がもうすぐやんでしまうのは残念だと。雨が降りつづけばいいのに。もっと土砂降りになればいいのに。さらに思った、南太平洋の島々が好きなのはこのせいか。あちらでは永遠に雨が降りつづいているせいか。心の片隅ではカーライルのことも考えていた、もちろん――『コスモポライト』のことも。いったいいつからこの国でこんな非道が許されるようになってしまったのか。この国のどの街にもカーライルのようなやつがのさばるようになってしまったのか。なのに、何千万もの人間にはそれがわからない。愚かすぎて。いや、この国だけじゃない、世界じゅうのどの国も同じだ。何千万もの人間がヒトラーやムッソリーニのことを偉大なリーダーだと信じている。狂気に満ちた〝偉大なリーダー〟はドラムを叩いて、家畜どもを（何千万もの愚民を）食肉処理場に送り、大量殺戮《さつりく》に巻き込もうとしていないのに、そのことが愚かな何千万にはわからない。あるいは、気にもしていない。（そう言えば、ヘミングウェイが次の戦争ではラジオが人間を集団ヒステリーに駆り立てるだろうと言っていた。まさにそのとおりだ）。おれたちはカーライルやヒトラー、ムッソリーニのような連中の行動を今すぐに阻止しなければならない。そうとも。アメリカ合衆国と呼ばれる、すぐれてすばらしい夢のようなこの天国では、すべてが最高で、すべてが完璧でなければいけない。この国はラジオ報道の自由が保証され、新聞報道の自由も保証され、いかなる言論も検閲を受けない自由が保証されている世界で唯一《ゆいいつ》の国だ。そう、誰でも言いたいことを言いたいときに言える国だ。なのに、それを本気で実行しようとすると、ただの雑誌ですら奪われてしまう。

あの
　薄汚い
　　罰《ばち》あたりの
　　　クソ野郎

ドーランはカーライルのことを思って心の中で罵《ののし》った（ヒトラーやムッソリーニの

ことも一緒に考えながら)。

……気づくと、巨大な石のアーチの下を通り抜けようとしていた。ウェストン・パークの入口だった。いっとき自分が車を走らせていることも忘れていた。ここにはリリアン――結婚したばかりの妻――が住んでいる。彼女と結婚したのがはるか昔のように思われる。思わず顎《あご》ひげに手が伸びた――顎ひげなど伸ばしていないのはわかっていたが。結婚したばかりの妻――ご機嫌はいかがですか、ミセス・マイケル・ドーラン？　ご機嫌はいかが？　まさかこんなところでお会いできるなんて！　あそこに坐っておられる、服だけ立派で中身のないお方はどなたでしょう？　テーブルの上座に坐っていらっしゃる方です。お名前を聞き逃してしまって――ええ。ええ、そうです、そうです、もちろん――上院議員ですね！　ワシントンで立派な活動をなさっていたのを覚えています。有権者を代表して立派なお仕事をなさいました。これはこれは、上院議員、お元気そうでなによりです。はい、ドーランです、マイケル・ドーランです。私のことは覚えておられますよね？　私の祖先はメイフラワー号でアメリカに渡ってきた者たちのひとりでした。ええ、ええ、そうです、あのドーランです。偉大なるアイルランド国王の血を引くドーランです（ただ、今の紋章は前輪を跳ね上げた路面電車の下にツルハシとシャベルを交差させたデザインですが）。それはそうと、このひどい雨をどう思われます、上院議員、このクソ閣下？　そうそう、あなたのことでみんながおかしな話をしてますね（そう言って、おれは彼の背中を叩く）。なんとも笑える話です。ワシントンで五万ドルも使って、権力を取り戻そうとしたのに、無駄に終わったんですって⁈（おれは耳元で囁《ささや》く。あなたの役に立つかもしれない商品の広告を雑誌で見ました）。おやおや、愛《いと》しのわが妻、やっと会えたね。ちょうどきみのお父上と昔の思い出にふけっていたところだ。はい、上院議員、もちろんです、運転には気をつけます。雨の日はすべりやすいですからね、ほんとうにひどい天気だ。そうそう、結婚祝いにプレゼントしてくださった小さな家！　改めてお礼申し上げます。あの家はとてもとてもとてもすばらしい。夕食もとてもとてもすばらしい。私たちはこれからバーリントン＝ウィムジーご夫妻とブリッジの三番勝負を愉《たの》しむつもりです。はい、伯爵《はくしゃく》を見かけたら、上院議員のかわりにご挨拶《あいさつ》しておきます……では、おやすみなさい、おやすみなさい!!!

玄関の呼び鈴を鳴らすと、黒人の執事が出てきた。

「ミス・リリアンはいるかな？」とドーランは言った。

「どうぞおはいりください」執事は愛想よく答え、玄関のドアを開けた。

「あんたは今朝おれを入れてくれたのと同じ人だよね？」とドーランは屋敷の中には

いって言った。

「さようでございます、ミスター・ドーラン」執事はそう答えると、ドーランがコートを脱ぐのを手伝った。

「なんだか別の人みたいな感じが――」

「黒い上着を着ているからではないでしょうか？　今朝は白い上着でしたから――」

「いや、上着の色じゃなくて、まるで別人だよ――」

「ミスター・ドーランも今朝とはちがってお見受けします」と執事は笑みを浮かべながら言った。

「ああ、わかってる。今はすっかり自分の役にはいり込んでる。一、二時間車を走らせて今の役を練習したんだ……ミス・リリアンにおれが来たと伝えてくれるかな？」

「さきほどからあなたさまをお待ちでございます。こちらにどうぞ」

執事はドーランの先を歩き、応接間から図書室へと進み、図書室の奥のドアのまえで立ち止まった。そして、ドアを軽く叩いてから、部屋の中に頭だけ入れて言った。

「ミスター・ドーランがお見えになりました」そう言うと、すぐにドアから離れてドーランに言った。「どうぞ、おはいりください、ミスター・ドーラン」

ドーランが部屋にはいると、執事はドアを閉めた。ドーランは好奇心に駆られて部屋を見まわした。そこは書斎のようだった。

「きみがドーランか？」いきなり大きな声がした。

「ああ、はい――そうです。初めまして。でも、驚かさないでください。椅子の向こうにおられたんで、姿が見えなかった――」

「慎重を期したくてね。私はリリアンの父だ」

「存じ上げてます。上院議員のお写真を見たことがあるんで。執事はリリアンが待っていると言っていたけれど――」

「そう言うように執事に指示してあったのだよ。きみが来たときには是非とも会いたいと思ったんでね――」

「リリアンはいないんですか？」

「娘はきみには会いたがらないだろう――」

「そういうことなら、ここにいる意味がないですね」ドーランはそう言って帰ろうとした。

「坐りなさい」と上院議員は言い、葉巻で椅子を示した。

ドーランは腰をおろした。

「どうしてこんなことになった？――この結婚のことだが」

「まあ、なんて言えばいいかな――単純にそういうことになったんです――それだけです」

「だから、どうしてそういうことになったんだと訊いてるんだよ」

「理由は言うまでもないです、上院議員――おれたちは愛し合ってるんです」

「ばかばかしい」上院議員は鼻で笑い、椅子から立ち上がり、葉巻をくわえると、法廷の地方検事さながら、小さな半円を描いて机の向こう側を歩きはじめた。「きみに話しておきたいことがある。もしかしたらきみは驚くかもしれないことだ、ドーラン。きみのことはまえから知っていたよ。フレッド・コフリンから聞いたんだ。フレッドの娘エイプリルとつきあっていたとき、彼は私立探偵を雇って、何週間もきみのあとを尾《つ》けさせた。そのことは知っていたのか？」

「〝何週間も〟じゃない――せいぜい十日です」とドーランはおもむろに言った。「なんとも奇妙なことでした。まず何人かの友人から言われたんです、妙な男がおれのことを嗅ぎまわってるって。みんなに不愉快な質問をしてるって。で、ほかの友人三、四人に電話で頼んだんです、妙な男が来て、おれについていろいろ質問してきたら、すぐにおれのオフィスに電話してくれって。

そのあと警察の刑事部に行って、その男のことをトゥルーシュカ警視に相談しました。トゥルーシュカ警視はおれの力になるって約束してくれました。警察担当の記者をやっていた頃、トゥルーシュカの株を上げるような記事をちょくちょく書いたことがあって——実際、おれが彼を警視にしてやったようなものでしてね——」

「そういう話は今は必要ないよ、ドーラン」と上院議員は言った。

「上院議員を退屈させたくはないけれど、つき合っていただく意味のある話なんで。トゥルーシュカはおれが電話するなり、刑事を何人か動かせるよう手配してくれました——そうしたら数日後、おれのことを嗅ぎまわってる男がやってきたという電話が友人からはいりました。すぐにトゥルーシュカに電話したら、トゥルーシュカはふたりの刑事を友人のオフィスに急行させてくれました。もちろん、おれも行って、その男を捕まえ、警察署に連行しました。そいつは私立探偵だということは認めたけれど、それ以外は何もしゃべらなかった。

　警官は私立探偵がことさら好きとは言えない。おれたちはそいつを地下の小部屋に連れていきました。防音室にです、上院議員。部屋の真ん中に椅子がひとつだけ置いてあって——電気椅子の複製が——その椅子に坐《すわ》った者の顔には大きなスポットライトの光があたるようになってる。おれたちはそいつを革ひもでその椅子に縛りつけ、ちょっとばかり痛めつけた。でも、そいつは口を割らなかった。しょうがないんで、次は痣《あざ》が残らないようゴムホースでぶっ叩いたら、数時間で白状しました、フレッド・コフリンに雇われたってね。

ちょっと意外でしたよ。あの男が娘のボーイフレンドの素行を気にするなんてとても思えなかったんで。で、数週間、あの男がしっぽを出すまで彼を見張りました。言い忘れたけれど、おれはその頃ミニチュアカメラに凝ってましてね——そう、いわゆる隠しカメラです。そうしたらある夜のこと、こっちが雇った私立探偵から情報が届きました。コフリンがあるホテルのある部屋に若い女と一緒にいるって。そう、あの男は若い子が好きなんです、それもかなり若い子が——女子高校生が——好きなんです。おれはそのホテルに急行して、あの男が出てくるまで、同じ階の掃除用具入れの中に隠れました。あの男がここまで馬鹿とは信じられないかもしれないけれど、しばらくすると、その女子高校生と一緒に部屋から出てきたんです！　女子高校生を部屋に残して自分だけ出てくるんじゃなくて。急いでフラッシュを焚《た》いてふたりが一緒の証拠写真を撮りました。その写真のネガは貸し金庫に保管してあるんで、もしご興味があるようなら、現像してさしあげます。もちろん、コフリンにその写真を送りました——そうしたらそれ以降、とたんに彼はなんの問題もない男になった。

短い質問にやたらと長い答になってしまったけれど、要は私立探偵を雇うなどという考えは、捨てたほうがよろしかろうということです」

「いや、なかなか面白い話だな」と上院議員は言った。「で、きみはコフリンの娘を愛してたのか？」

「勘弁してください、上院議員——過去のことなんかどうでもいいじゃないですか。肝心なのは今なんだから——」

「下手な芝居はよせ、ドーラン。リリアンのことはどうするつもりだ？——」

「まずはリリアンと話し合わせてください——煙草《たばこ》を吸ってもいいですか？」

「ああ、かまわんよ。きみもわかっていると思うが、こんな結婚は絶対認めるわけにはいかない。きみが自分で無効にするか？　それとも、私が何か行動を起こさなきゃいけないのだろうか？」

「実際のところ、どんな行動が起こせますか、上院議員？」とドーランは言って煙草に火をつけた。「リリアンはもうぼくの妻で——」

「まだだ。娘はまだきみの妻じゃない。きみたちの結婚は今からでも無効にできる」

「その根拠は？」

「厳密に言えば、娘はまだきみの妻じゃないからだ。つまり、その——きみはまだ娘と寝たわけじゃないからだ」

「お互い馬鹿なことを言うのはやめましょうよ、上院議員。おれが同意書にサインしないかぎり、この結婚を無効にすることはできない。それぐらいあなたもよくご存知のはずだ。この件を法廷に持ち込むことはできません。おれも裁判はご免です」

「きみはリリアンを愛してると思ったことがほんの一瞬でもあるのか？」

「〝愛〟ですか。それはわからない。彼女は美しくて心やさしい女性です——だから、彼女のことはとても好きです。でも〝愛しているか〟と訊かれたら——それはわからない」

「もちろん」と上院議員はむっつりと言った。「きみたちの結婚を無効にすることはいつでもできる——しかし、私はごたごたは嫌いだ。もちろん暴力も——」

「下手な芝居はもうやめませんか、上院議員。あなたには力ずくでこの結婚を無効にすることもできなくはない。でも、あなたはそんなことはしない」

上院議員は額に皺《しわ》を寄せて、しばらく考え込んだ。そして、ようやく口を開くと言った。

「いいか。この結婚を無効にして、リリアンは一、二年ヨーロッパに行かせる。だからきみのスポーツマンシップに、フェアプレー精神に訴えたい。スキャンダルなど起こさず、娘のことはあきらめてくれないか？」

「これは弱いところを突かれたな。上院議員、確かに、おれはこれまでずっとスポーツマンらしく、フェアプレーの精神でやってきました。でも、最近になって学んだんです。使い古された物言いになるけれど、成功者の辞書には〝スポーツマンシップ〟などということばはないんです。この世はまさに食うか食われるか。あなたには言うまでもないですね。そういう世界でこれまで生き残ってこられたんだから」

「どうしたら娘をあきらめてくれる？」

「いろいろなことを考えておられるようだけれど、ええ、彼女を愛していないことは認めます。彼女のことは大好きだけれど。でも、そう、どうして彼女のほうもおれを愛してないと思うんです？」

上院議員は何も言わず、呼び鈴を鳴らすロープのところまで行くと、ロープを引っぱってドアのほうを見た。このときを待っていたかのように、顔には笑みが浮かんでいた。

さきほどの執事がはいってきた。

「リリアンにここに来るように言ってくれ――」

執事はそう言いつかり、すぐにさがった。が、彼もまたうっすらと笑みを浮かべていた。リリアンがやってきた。それがあまりにすぐだったことにドーランはいささか驚いた。どうやら図書室で待っていたらしい。ふたりのそれまでのやりとりもおそらく聞いていたのだろう。

「リリアン」とドーランは〝妻〟の名を呼ぶと、立ち上がって煙草の火を消した。

「お父さま、何か……」

「今夜、私に話してくれたことをミスター・ドーランにも話してくれないか？　そのあとは私に任せてくれ」

「話すって何を、お父さま？」

「おまえは彼を愛していない。それを口にすればいい――」

「ああ……」そう言うと、リリアンはドーランのほうを向いた。「父が今言ったことはほんとうよ。わたしはあなたを愛してないわ――」

「おれを愛していないと決めたのは誰なんだ？　きみなのか、それとも親父さんなのか？」

「もちろん、わたしが決めたのよ。あなただって、わたしがゆうべ言ったことなんか本気にしなかったでしょ？」と彼女は無邪気に言った。

「――いや、ほんのちょっとのあいだだったけど、本気にしたよ」とドーランは言い、そのあと笑いはじめた。「そうか、きみはおれを騙《だま》したんだ――！」

「ただの冗談だったのよ」とリリアンは言った。「あなたが本気にするなんて思わなかった――」

「もういい、リリアン」と上院議員は言った。「もう行っていいぞ」

「おやすみなさい」とリリアンは言った。

「おやすみ」とドーランは彼女の背に声をかけた。「――彼女はユーモアのセンスも最高だ」リリアンが部屋から出ていくと、ドーランは上院議員に言った。

「さて――私の言ったとおりだっただろ？」

「ええ、確かに。リリアンはおれを愛してないみたいですね――」

「もちろん、娘はきみのことなど愛していない。きみにしてもそんな相手とは結婚したくないはずだ。いや、そんな結婚は誰も望まない！　この結婚は無効にするのが最善策だ。異存ないと思うが」

「ええ」とドーランは言った。「異存はありません」

「よろしい」上院議員はそう言うと、嬉しそうに手のひらをこすり合わせた。「オッペンハイマーは知ってるな？　銀行がはいっているビルにオフィスを構えてる」

「ええ――」

「彼は私の弁護士だ。明日の朝十時に彼のオフィスで落ち合おう。それまでにオッペンハイマーに書類を用意させておく」

「わかりました」とドーランは言った。「そういうことなら――」

「よく了承してくれた……」上院議員はそう言い、満面の笑みでドーランと握手した。

「きみは分別のある男だ――さあ、ドアまで送らせてくれ」

「ありがとうございます、上院議員」とドーランはまず礼を言ってから続けた。「でも、肝心なことを何かお忘れじゃないですか？」

上院議員は怪訝《けげん》な顔をした。

「おれはあなたが欲しいものを持っていて、あなたはおれが欲しいものを持っている。お互い取引きにはもってこいの立場ですよね？」

「何を言ってるのか、さっぱりわからんが――」

「つまるところ、上院議員、おれは金に困ってるんです」

マーク・フリード元上院議員は体じゅうの筋肉を強《こわ》ばらせて佇《たたず》み、太い眉の下からドーランを睨《にら》みつけた。

「今の仕事を続けるにはどうしても金が必要なんです――それで、上院議員ならきっとおれを助けてくれるんじゃないかと思ったんですがね」

「強請《ゆす》りか、最初からそのつもりだったんだな？」

「とんでもない。さっき思いついたんです。おれのことなど愛してないってリリアンにはっきり言われたときに。彼女、そう言いましたよね？　おれと結婚したのはただの冗談だったって。実のところ、おれはすべてを白紙に戻そうと思ってきたんです。そうしたら、なんとリリアンにそもそも冗談だったなんて言われた。そういう冗談にはやっぱりなんらかのコストが――」

「おまえのようなやつには一セントもやらん！」

「金がないなら……」とドーランはおだやかに言った。「婚姻無効もなしです」

「おまえなんかすぐにこの世から消してやれるんだぞ。始末できるんだぞ。この薄汚いアイルランドの毛じらみが！」

「これは強請りじゃない。上院議員、これは純然たる取引きです。おれには金が必要で、あなたは金を持ってる――それだけの話です。まあ、五万ドルもあれば充分です」

「五万――」

「交渉はなし。きっかり五万ドル」

「なんでおまえみたいなやつに――」と上院議員は唾《つば》を飛ばして言ったが、そのあと折れた。

「――二万五千ドルなら払おう」吐き捨てるように言った。

「三万七千五百ドル」

「三万五千。イエスかノーか？」

「――イエス。では、明日の午前十時にオッペンハイマーのオフィスで。見送りはけっこうです、上院議員。出口ならわかります」

『コスモポライト』をもう一度印刷してほしいと言われ、技術部主任のカリーは困ったような顔をした。もちろん、『コスモポライト』がニューススタンドから強奪されたことはカリーも昨夜聞いており、ひどいことをするやつもいるものだと思ってはいた。それでも、彼には守らなければならない印刷スケジュールがある。今日は保険会社の社内報を印刷して製本することになっており、それだけで丸一日かかる仕事だった。これ以外に仕事を引き受けると、すべての作業が遅れてしまう。従業員にも残業してもらわなければならなくなる。残業はロレンスがなにより嫌うことだ。

「責任は全部おれが取るから心配するな」とドーランは言った。

「そんなことはわかってるけど、マイク、ロレンスがいいと言っていないのに勝手な真似はでき……」

「だから、さっきも言っただろ？　ロレンスは家にいなかったんだ。家に電話したら、もう印刷所に向かったって言われたんだ」

「だったら、もうすぐ着くんじゃないか——」

「ああ、もうすぐ着くだろうけど、実際にはまだ着いてない。あと一時間かかるかもしれない。おれは時間を無駄にしたくない。なあ、カリー、活字は全部組まれてるんだよな？」

「ああ、組版されたままだ」

「じゃあ、なんの問題もないだろ？　それを印刷機にセットして印刷を始めてくれ。昨日は何部印刷した？」

「二千二百部くらいかな——」

「じゃあ、今日は三千五百部刷ってくれ」

「そんなことをしたら、今日のスケジュールがめちゃくちゃになってしまうよ」

「じゃあ、ほかの仕事もこなすのに残業しなきゃならなくなったら、残業代はおれが払うよ。それならいいだろ？　さあ、印刷を始めてくれ」

「わかったよ、マイク。そこまで言うなら——でも、もしロレンスが何か言ってきたら——」

「おれがなんとかする。とにかく作業を始めてくれ」

「おはよう、カリー」ビショップがやってきてカリーに声をかけた。

「おはよう、エディ」

「順調か？」とビショップはドーランに訊いた。

「ああ、問題ない。カリーの邪魔になるといけないから、おれたちはオフィスに戻るとしよう」ドーランはそう言い、印刷室から廊下に出て、オフィスに向かった。「バドには会ったか？」

「ああ、見てくれ」ビショップはそう言って、特別保安官補のバッジを見せた。「これはちょっと安っぽいけど。バドのバッジにはダイヤモンドがついてた。〈エルクス〉か〈ムース〉か、そういう自然保護団体から贈られたんだとさ。まあ、あと十分あったら、そのバッジをくすねることもできたんだが」

「拳銃もくれたか？」

「いや、貸してくれただけだ。ポリスポジティヴ三八口径。あの銀行強盗、プリティ・ボーイ・フロイド（アメリカの有名な銀行強盗）を逮捕したときに押収した拳銃だって言ってた。もちろん嘘《うそ》に決まってるけど」

「バドは自分がその昔知ってた大物の悪党の名前を出すのが好きなんだよ。そういうことをすれば、人が感心すると思ってるのさ」

「知ってる。だけど、バドはいいやつだ――」

ふたりは編集室にはいった。

「あれは貸してもらえたの？」とマイラが訊いてきた。

ビショップはうなずくと、上着の裾《すそ》をめくって、ズボンの尻《しり》のポケットに収めた拳銃を見せた。

「バッジもホルスターもある。それよりおれがどこで宣誓したと思う？」

「どこだ？」とドーランが尋ねた。

「通りをはさんで保安官事務所の向かい側にある床屋のトイレだ。用心するに越したことはないってバドが言うのさ。でも、考えてもみてくれ――トイレとは！　なんと象徴的なことか！」とビショップは言って笑った。

「カリーのほうはどうなった？」とマイラがドーランに訊いた。

印刷機の鈍い音が聞こえてきた。

「あの音はわれらが『コスモポライト』ね！」

「そうだ――」

「すごい！　ほんとうにすごい！　カーライルの豚野郎に思い知らせてやりましょ

う!」

「ニューススタンドのほうはどうする?」とビショップが言った。「カーライルはまた同じことをしてくるぞ」

「それはどうかな」とドーランは言うと、建物の裏手に面した窓に近づき、ビショップとマイラにも来るように合図した。「あれを見てくれ――」

印刷所の裏手は駐車場になっており、ロレンスは配送トラックをいつも屋根付きのスペースに停めていた。今日はそのトラックのまわりに七、八人の男が立っていた。

「用心棒《ゴリラ》を雇った」とドーランは言った。「カーライルと同じことばを話すごろつきどもだ。あいつらをどこで見つけたと思う? 警察でだ。署長のエメットが集めてくれたんだ」

「いつエメットに会ったんだ?」とビショップが驚いて尋ねた。

「今朝だ。今朝の六時にエメットの家に行って、雑誌が盗まれたことを説明して、手を貸してほしいと頼んだんだ――そうしたらやつらを集めてくれた。どこかの誰かさんがうちの用心棒から雑誌を奪おうとするところをむしろ見たいくらいだ」

「今度はそのどこかの誰かさんが警察署長に助けを求めたりしてな」ビショップはそう言ってドーランの背中を叩《たた》いた。「でも、このことはいつ思いついた?」

「昨夜ドライヴしてたときに。おまえたちふたりはドライヴなんかするなって顔をしてたけど。ほかにも思いついたことがある――」

「何を？」とビショップとマイラはともに同じことばで訊き返した。

「まだこの手に収めたわけじゃないけれど、うまくいったら、さしあたっての心配はなくなる」

「金か？」とビショップが言った。「金だな。誰から借りるんだ？」

「フリードだ」

「ということは昨夜はフリードのところに行ったのね」とマイラが言った。「いったい何があったの？」

「よけいな勘繰りはやめてくれ」とドーランは言い、ビショップのほうを向いて説明を始めた。「昨夜はドライヴをして、いろいろと考えた。で、気がついたらリリアンの家に向かってた。どうしてリリアンの家に向かったのかはわからない。彼女の家に行こうなんてそもそもこれっぽっちも考えてなかったんだから――でも、気がついたときには、なんとなんと！　彼女の家のまえにいたんだ」

「でもって、リリアンがあなたの胸に飛び込んできたのね――」とマイラは言った。

「ちょっと黙っててくれ」とドーランは肩越しに振り返ってマイラに言った。「まあ、いろいろあったけど、結論をさきに言うと、リリアンは面白半分におれと結婚しただけで、おれのことなど愛してないことがわかった――」

「彼女のお父さんが彼女にそう言わせたのよ――」

「ああ、もちろんそうだ。最初は親父《おやじ》さんとふたりで話してたんだ。そうしたら、親父さんがリリアンを〝証拠A〟として呼び出して、この結婚は無効にするべきだと言ったのさ。リリアンはリリアンで面白半分で結婚しただけだと」

「おれもその場にいたかったよ」とビショップが言った。「それで？――」

「それだけだ。おれはそれでかまわないと言って、結婚を無効にすることに同意した――五万ドル払えば、無効にしてやるって――」

「なんとね！」ビショップはそう言って口笛を吹いた。「五万ドルだと！　もう手に入れたのか？」

「まあ、最終的には三万五千ドルに値切られたけど。これから、あいつの弁護士のオフィスでフリードに会って、婚姻無効の書類にサインすることになってる――」

「おまえは天才だよ」とビショップは言って呆《あき》れたように首を振った。「その三万五千ドルに、マイラの名義で銀行に預けてる四千ドルがあれば、あと何号も発行できる。それとおれには数百ドル分給料を前払いしてくれないかな？　言ったと思うけど、子供が病気なんだ——」

「もちろん前払いするよ、エディ、大丈夫だ。ただ、おれが心配してるのは——」

「おいおい、何を言ってる、一番の悩みの種がなくなったんだぞ。これ以上何を心配する必要が——」

「その金のことだ。なんだか自分がどうしようもない下衆《げす》野郎になったような気がして——」

「おい、聞いたか？」とビショップはマイラに言った。「いいか、マイク。おまえにはその金を受け取る正当な権利がある。うしろめたさを覚えた人間が馬鹿を見るのが今のご時勢だ。それくらいおまえだってわかってるだろ？　それにそもそもその金は価値ある活動のためのものだ——」

「そう、雑誌だ。リリアンの親父さんと取引きしたのはおれもそう思ったからだ」とドーランは真剣な口調で言った。「きみはどう思う、マイラ？」ドーランは机のそばに立って鉛筆を嚙《か》んでいるマイラに近づいて尋ねた。

「リリアンのお父さんに首をへし折られなかっただけでも、勿怪《もっけ》の幸いだったって思わなくちゃ」とマイラは言った。

「そうか、やっぱりおれは下衆野郎か」とドーランはむっつりと言った。「おれはきみの意見なんか少しも気にしてないんだが、きみにそのことをわからせるには、やっぱりきみの顔を一発ぶん殴らないと駄目か」

「あなたはどうして急に怒りだすのか、自分でも理由はわかってるのよね？」とマイラは落ち着いた声音で言った。「ほんとうはわかっているのよね？」

「やっぱり一発ぶん殴るしかなさそうだな――ぶん殴ってきみの中からお得意の嫌味を叩き出すしか」

「いい加減にするんだ、ふたりとも」ビショップがうなるように言って、ふたりのあいだに割ってはいった。「顔を合わせれば角突き合わせるきみたちみたいなやつらは初めてだ。おれがいないときにこうなったら、いったいどういうことになるのか、考えただけでもぞっとする」

ドーランは意味不明のことばを咽喉《のど》の奥から吐き出した。ビショップはふたりから離れると、道路側の窓ぎわに立って小声で囁いた。

「――おい、マイク」

ドーランはビショップの口調にただならぬ気配を感じると、背後に近づき、彼の肩越しに窓の外を見た。

ひとりの男が印刷所を出て、道路を渡ろうとしていた。小柄な男で、うしろ姿を見るかぎり印象的なところは何もない。道路を渡りおえると、路面電車の停留所で足を止めて、印刷所を振り向いた。ビショップとドーランはとっさに窓から離れ、男に姿を見られないようにした。

「妙だな。どうしてあいつは二階にあがってこなかったんだ?」とドーランは言った。「妙でもなんでもないよ。あいつにしてみればわざわざ二階まであがるほどのこともなかったのさ」

「誰なの?」とマイラが尋ねた。

「ジャック・カーライル」とドーランは答えて唇を噛んだ。

マイラも外の様子をうかがおうと、窓に近づいてきた。

「姿を見られてやつに感づかれるなよ」とドーランは言った。

「そんなヘマはしないわ」とマイラは言って背中を壁に押しつけ、顔だけゆっくり動かして、外の様子をうかがった。「もうこっちを見てない……あれがこの地元の独裁者ってわけね! なるほど……」マイラはそう言うと、窓から離れた。「実際の姿を見たら、これまで疑問に思っていたことがいくつもいっぺんに解決したわ――」

三人が話しているあいだも印刷機がたてる鈍い音がBGMのように響いていたが、その音が突然やんだ。

ドーランとビショップは顔を見合わせた。

「行くぞ」

そう言って、ドーランは階段を駆け降り、ビショップもそのあとに続き、ふたりはノックもせずにロレンスのオフィスにはいった。ロレンスはちょうどレインコートを脱ごうとしているところだった。

「印刷機を止めたんですね？」とドーランは訊《き》いた。

「ああ、止めたよ――私の許可も得ず勝手に動かしたりしたら、また止めるぞ」とロレンスは自分の机に向かいながら言った。「いったいなんの権利があって、こんな真似をした？　ここは私の会社だぞ」

「あなたに連絡しようにも、連絡できなかったんです――おれはどうしても『コスモポライト』を再発行したかった」とドーランは言った。「でも、どうしてです？　再発行のどこがまずいんです？」

「今日は保険会社の社内報を印刷する日だ。それはおまえさんも知ってると思うが。あの会社とは長いつきあいだから、契約に違反するような真似はできない」

「理由はそれじゃない」とビショップが言った。

「ちょっと待ってくれ、エディ」とドーランはビショップを制してから、ロレンスのほうに向き直って言った。「つまり、ジャック・カーライルがここに来たことと、印刷機を止めたこととはなんの関係もないんですね？」

「カーライル？　ああ、あのカーライルか」

「とぼけないでほしい。こっちは彼がここを出て道路を渡るのを見たんだから――」

「確かにミスター・カーライルなら来たよ」とロレンスは認めて言った。「で、ちょっとした提案を受けた――」

「提案じゃなくて命令だ。でしょ？　わかりました。で、どうするんです？　彼の脅迫に屈するんですか？」

「脅迫なんかされてないよ――私はただ名誉棄損で裁判になった際、その巻き添えを食うのはご免なだけだ。このことはあの記事を読んだときに言ったと思うが――」

「ひとつだけ確認させてください。雑誌を印刷する気があるのかないのか？」

「なんていうか、ドーラン、なんていうか――」

「おれの言ったとおりだろ？」とビショップが言った。「蚤《のみ》の心臓なんだよ、この人は。だからすぐ怖気《おじけ》づいちまう――」

「わかりました」とドーランはロレンスに言った。「そういうことなら、どこか別の印刷所を探すことにします。印刷済みのページと組版は持っていくけれど、いいですね？　別の印刷所で印刷します。異論はないですね？」

「ああ、異論などないよ」とロレンスは言った。明らかにほっとした様子だった。

「こういうところがこの国の悪いところだ」とビショップがロレンスの机の上に身を乗り出すようにして言った。「おまえみたいなふにゃまら野郎が大勢いるところが一番悪い――」

「もういい、行こう」とドーランが言い、ふたりは印刷室にはいった。

裁断機には印刷済みのページの山がセットされ、テーブルの上では、従業員たちが裁断したページを折って製本していた。カリーが悲しそうな顔で、ふたりのところにやってきて言った。

「なんて言えばいいか……」

「おれたちは出ていく」とドーランは言った。「運び出せるものは全部トラックで運び出す。組版も」

「こんなことになってほんとうに残念だよ、マイク」とカリーは言った。「ジャック・カーライルに刃向うには誰にしても相当な覚悟が要る――」

「ああ、確かに状況はますます厳しくなってる」とドーランは言った。「とりあえず刷り上がったものは全部まとめて、裏の駐車場にいるやつらに渡してくれないか――

いいかな？　あの用心棒たちに――」

「ああ、わかった」

「いろいろ世話になったな、ありがとう、カリー」

ドーランとビショップは二階に戻った。マイラが机の引き出しの中のものを机の上に並べていた。

「引っ越しだ」とビショップが言った。

「印刷機が止まったときにそう思った」

「エディ……」ドーランはビショップに声をかけて、コートを手に取った。「おれが戻るまでここにいてくれないか？　おれは弁護士に会ってからトラックの手配をする」

「どこに引っ越す？」

「金が手にはいらなかったら、どこにも引っ越せない――おれたちはここで一巻の終わりだ。金が手にはいったら……とにかくここで待っててくれ。裏の駐車場にいる連中に説明してくるけど、ここにあがってきてもらったほうがいいかな？」

「なんのために？」

「万一の場合に備えて――」

「用心棒がいても邪魔なだけだ。マイラとおれで大丈夫だ。プリティ・ボーイ・フロイドの拳銃《けんじゅう》があるから」とビショップは尻ポケットを叩いて言った。

「そうそう、さっきトマスから電話があったわ」とマイラが言った。

「彼とはもう関わりたくない」そう言ってドーランはドアに向かった。

「マイク」とマイラが呼ばわった。「気をつけて――」

「ああ、気をつける」


オッペンハイマー弁護士は両手をポケットに入れ、ドーランと窓とを交互に見ながら、ゆったりとした歩調でカーペットの上を行ったり来たりして言った。

「雨はもうすぐあがりそうだね。北の空は雲が切れてきた。風が出ればゴルフコースも乾くだろうから、明日の午後にはプレーできそうだ。きみもゴルフをするのかな、ドーラン？」

「いや、したことはないな」

「ゴルフはすばらしいスポーツだよ」

「みんなそう言うね――」

オッペンハイマーはドーランの正面で足を止め、彼を見下ろすようにして言った。

「きみのやり方はやはりまずいよ、ドーラン。上院議員を怒らせるなんて。私は彼をよく知ってるが、相当怒ってるはずだ」

「怒ってるのはこっちも同じだよ――」

「黙って小切手を受け取ればよかったのに。小切手を拒むなんて。上院議員を侮辱することになるとは思わなかったのか？」

「いいかな、ミスター・オッペンハイマー。おれは婚姻無効申請書に署名するためにここに来たんだよ。だから、上院議員が現金を持ってきたらすぐに署名するよ。小切手を受け取らなかったのは、万が一にも上院議員に支払いを差し止められないようにするためだ――」

「だから言ってるのさ、上院議員は相当怒ってるって。小切手を受け取らないのは、きみが上院議員を信用していないと言ってるも同然なんだから。上院議員はとても立派な方だ――」

「ああ、知ってるよ。上院議員のことならなんでも。おれが新聞社に勤めていたことはあんたも知って――」

そこでドアが開いた。

「どうぞおはいりください、上院議員」とオッペンハイマーは言った。

「さあ、現金だ」上院議員はそう言うと、札束をドーランの膝《ひざ》の上に放った。「五百ドル札で七十枚、三万五千ドル。さっさと婚姻無効申請書に署名するんだ。さもなければ、おまえを窓から放り投げるぞ、この手で」

「確かに受け取りました。ありがとうございます」ドーランはそう言うと、立ち上がって机に向かった。「どこに署名すればいいのかな、ミスター・オッペンハイマー?」

「ここと——ここと——」

ドーランは署名を終えると、背すじを伸ばして改めて礼を言った。「ありがとうございました」そう言うと、札束を内ポケットに突っ込んで部屋を出た。

ドアが開き、秘書が顔だけのぞかせて言った。

「お邪魔して申しわけありません、ミスター・バウムガーテン。十一時にはパシフィック・プレス社にいらっしゃってないと。もう十時半です——」

「わかった」とバウムガーテンは言った。「すぐに行く」

秘書の顔が消え、ドアが閉まった。

「パシフィック社に印刷機を納入することになってるんでね」とバウムガーテンはドーランに言った。「結局のところ、どういう話なのかな?」

「私は雑誌を発行してます」とドーランは辛抱強くもう一度初めから説明を始めた。

「知ってるよ。『コスモポライト』だろ? もちろん知ってる。そうそう、印刷機の話だったな?」

「ロレンスに印刷機を売りましたよね?」

「ああ」

「そのことを聞きたいんです。組版は全部そろってるんだけれど、もうロレンスのところじゃ雑誌を印刷できなくなってしまって。それで、ロレンスと同じ印刷機を使っている印刷所を教えてほしいんです」

「つまり、別の会社で雑誌を印刷したいということか――」

「そうです。同じ組版で印刷したいんです」

「この街でロレンスと同じ印刷機を使っている印刷所はいくつかある。確かグリーンのところも同じ印刷機を――」

「彼のところは駄目です。彼の叔父さんが〈クーリエ〉を発行してるんで。あそこはどっちみち――駄目です。彼の印刷所は使えません」

「グリソムのところも同じ印刷機を使ってる。すぐそこだ。昔は主に社内報や鉱山のパンフレットを印刷してた。あそこにはつい二ヵ月ほどまえに新しい機械を納めたばかりだ」

「『コスモポライト』の印刷を引き受けてくれると思いますか？」

「断わる理由はないだろう。むしろ引き受ける可能性が一番高いのがグリソムだ。もっとも、彼と仕事をしてもこの街での評判はあまりあがらないだろうが——」

「贅沢《ぜいたく》は言えません。できるところから手をつけるしかない。でも、どうして評判があがらないんです？」

「あいつは昔、共産党関係のパンフレットを印刷してたんだ。それで客が離れてしまい、今じゃ社内報の印刷はロレンスが一手に引き受けるようになった」

「グリソムと取引きしてもあなたの評判が傷つくことはなかった。それとあなたが在郷軍人会で積極的に活動してることとは——」

「ビジネスはビジネスだ」とバウムガーテンは言った。「それに在郷軍人会で活動してるのは夜だけだ」

「グリソム、ですね？」

「そうだ。すぐそこだ。時間があれば、送ってやってもいいんだが——」

「ひとりで行けます。ありがとう、ヘンリー」

「礼を言われるほどのことでもないよ、マイク。でも、どうなったかはあとで教えてくれ――」

グリソムは五十がらみ、白髪に青い眼、おだやかな学者のような風貌《ふうぼう》の男だった。ドーランの仕事の申し出に興味津々《しんしん》で聞き入った。ドーランが『コスモポライト』の創刊からその評判、強奪事件までの経緯を説明するあいだ、笑みを浮かべて何度もうなずいた。ほんの数時間まえ、カーライルの脅しに恐れをなしたロレンスが印刷機を止めてしまったという最新情報をドーランが伝えると、手を叩いて喜び、腹の底から笑って言った。

「心配は要らんよ、ミスター・ドーラン、ここの印刷機が止まる心配はない。大口を叩いてるように聞こえるかもしれんが、ジャック・カーライルなんざ怖くない。それだけは覚えておいてくれ」

「オフィスとして使える場所はありますか？」

「あそこなんかどうだ？」

そう言って、グリソムは作業場の奥の中二階を指差した。「昔は校閲者が使ってた場所だ――校閲者を雇っていた頃の話だ。スタッフは何人かいるのか？　それとも、全部きみひとりでやってるのか？」

「スタッフは全部で三人です。おれを入れて」

「だったら、あそこを使ってくれ――」

「ありがとうございます。でも、今重要なのはオフィスじゃなくて、いつ印刷を終えて雑誌を発売できるのかということなんです」

「印刷ならいつでも始められる。組版さえあれば、今すぐにでもできる。製本するには女の子の作業員を集めないといけないが――」

「製本なら、われわれでもできます――作業員が集まらないなら、われわれがやります。とりあえずこれを――」そう言ってドーランは内ポケットに手を入れ、札束から五百ドル紙幣を一枚引き抜くと、グリソムに手渡した。「手付です。受け取ってください。われわれは怪しいビジネスをしてるわけじゃないんで。とりあえずこれだけ――」

「おいおい、こんなことはしなくても――」

「受け取ってください――」

「まあ、そんなに言うなら……」グリソムは驚き顔のまま五百ドルを受け取った。

「トラックを見つけて、荷物を運んできます。だいたい一時間くらいで戻れると思います。できれば、正午までには印刷を始めたい――」

「じゃあ、こっちは作業員を集めておくよ」とグリソムは請け合った。

三十分後、ドーランは引っ越し用トラックをキーストーン印刷会社の駐車場に乗りつけた。駐車場には、すべての組版とまだ製本していないページ、製本済みの雑誌が屋外の作業台の上に整然と積まれ、署長がドーランのために集めてくれた用心棒がそれをしっかり見張っていた。

「これを全部トラックに積んでくれ——それが終わったら、昼食にしよう。おれたちは卸業者の地区に引っ越すことになった。今日の午後には、印刷も終わって、雑誌を配達する準備ができるはずだ」

ドーランはキーストーン印刷会社の正面玄関にまわると、二階にあがった。

「どうだった？」とビショップとマイラが同時に訊いてきた。

ドーランは札束を取り出すと、机の上に放った。

「三万四千五百ドル、現金だ」

「すごい！」ビショップは大声で叫ぶと、札束を手に取り、ぱらぱらとめくった。

「こんな大金、見たことない」

「雑誌のほうはどうなったの？　わたしたちはどこに引っ越すの？　大型トラックで

ここに来るのが見えたけど。あれだと会社ごと運べそうだけど」とマイラが言った。

「六丁目通りに印刷所を見つけた。ターミナル通りを少し過ぎたところだ。グリソムというやつの印刷所で——」

「グリソムだって？」ビショップが声をあげた。

「知ってるのか？」

「ああ、知ってるとも。急進派だ。何度か警察の世話にもなってる——」

「おれには人畜無害なご仁に見えたけどな。感じもいいし、人あたりもよかった。急進派かどうかなんておれには関係ない。グリソムは印刷機を持ってる。おれが欲しいのは印刷機だ——」

「——わかった。おれも異存はない」とビショップは言った。「だけど、これだけは言わせてくれ。水晶玉なんか使わなくても、おれにはこのあと何か起こりそうな気がする——」

「このあと最初に起こることは、マイラとおれが銀行に行くことだ。おまえは荷物をトラックに載せて、グリソム印刷所に行ってくれ。おれたちもできるだけ早くそっちに向かう。向こうで落ち合おう」

「このお金を全部わたしの名義で預金するつもりじゃないわよね？」とマイラがビシ

ョップから札束を受け取りながら言った。

「いや、そのつもりだ。おれの名義で預金するわけにはいかない——おれは悪名高い債務者だからね。おれに多額の預金があることを知られたら、差し押さえられてしまう。あっというまに」

「じゃあ、グリソムの印刷所で」とビショップが言った。

「わかった。マイラ、行くぞ」

「トマスに電話したほうがいいわ」と帽子をかぶりながら、マイラは言った。「何度も電話してきてるのよ」

「なんだか急におれに興味を持ちはじめたのか？　銀行がさきだ。この金を誰かに横取りされるまえに早いとこ預けよう——」

『コスモポライト』誌の第一巻第五号はその日の夕方、五時まであと数分というところで、ニューススタンドにまた並べられた。帰宅ラッシュが始まるまでまだ充分な時間があった。大きな宣伝ポスターも掲げられた。

当店にて好評発売中
『コスモポライト』
何者かが出版停止に追い込もうとした注目の雑誌

今週の特集
「ハリー・カーライル医師の秘密」

『コスモポライト』
(真実を、すべての真実を、真実だけを)

特に人通りの多い七個所のニューススタンドでは、山積みされた『コスモポライト』誌の脇《わき》に用心棒をひとりずつ立たせた。用心棒はみな革製の短い棍棒《ブラックジャック》を携帯し、両手にはドーランが質屋で調達したメリケンサックをつけていた。万一襲撃された場合の対応も予行演習までおこなわれ、備えは完璧《かんぺき》だった。

ドーラン、ビショップ、マイラの三人は七個所のニューススタンドを見まわり、安全を確認し、用心棒たちには十ドルずつ手渡した。午後九時まで雑誌を守ることができたら、さらにあと十ドルずつ払うという約束になっていた。

「すごいじゃないか。飛ぶように売れてるぞ」七番目のニューススタンドの安全確認を終えたところで、ドーランが言った。「カーライルからはさえずりさえ聞こえてこない」

「それでも油断は禁物だ」とビショップが言った。「あいつがおれたちに何か仕掛けてくる時間はまだまだたっぷりあるんだから」

「大丈夫。用心棒たちはちゃんと心得てる。やつらのうち三人はベルゴフの下で働いてた連中だ」

「ベルゴフ？」

「パール・ベルゴフ（一九〇〇～一九三〇年代にその名を馳せた有名なスト破り）だ。知らないのか？」

「どこかで聞いた名だな」とビショップは言った。「『フォーチュン』誌に載ってたやつか？」

「そうだ」

「ねえ、マイク」とマイラが言った。「カーライルの診療所で働いていた女性のことだけど、マクゴナギル保安官に連絡しておいたほうがいいんじゃない？　彼女の証言が必要でしょ？　この記事からカーライルを裁く大陪審が開かれてもおかしくない。

となると医師会が――」

「今夜電話するよ。事実確認は怠らない。心配は要らない」

信号が赤に変わり、ドーランは車を停めた。

「おい」とビショップが声をひそめて言った。「左の車を見るんだ」

ドーランは左側で停車したセダンの高級車を見た。男が運転し、その隣りに女性が坐《すわ》っていたが、その女性は『コスモポライト』の記事を声に出して読んでいた。男は彼女の声がよく聞こえるよう頭を傾けていた。

「おい、見たか？」とビショップは言った。

「夜までには街じゅうの話題になってるぞ」とドーランは言った。

「もうなってるよ」とビショップは言った。

信号が青になり、ドーランはアクセルを踏んだ。そして、南へ、海へ車を走らせた。

「どこで食事する？」とマイラが訊いた。

「まさかとは思うけど」とビショップが言った。「また腹がへったなんて言うんじゃないだろうな？」

「もちろん、言うわよ。南軍兵士の死体だって食べられそう」と彼女は言った。

「ビーチに行かないか？」とドーランが言った。「クラムチャウダーは好きか？」

「美味《おい》しいクラムチャウダーは好きだけど、ビーチの近くで美味しいクラムチャウダーが食べられたためしがない。海に近すぎるせいじゃないかしら？」

「貝《クラム》は海で採れるんだけどね、お嬢さん」とドーランは言った。

「それくらい知ってるわよ。海に近すぎるから美味しくないいんじゃないかって言ったのよ――」

「おれはハンバーガー以外ならなんでもいい」とビショップは言った。「おれたちは大金持ちになったんだ。もうハンバーガーなんて食べたくない」

「マイラ」とドーランは言った。「今夜、デイヴィッドとミセス・マースデン宛《あ》ての小切手をおれが切るのを忘れたら、言ってくれ――」

「なんだって？」とビショップは訊いた。「その金も必要になるかもしれないだろ？そんなにすぐに返さなくてもいいんじゃないか？」

「金があるうちに返しておきたいんだ。そのほかの借金も全部返すつもりだ。そうだ、いいことを思いついた」そう言って、ドーランは笑うと、アクセルを踏み込んだ。ビーチへ急ぎ、そこで食事をすませたら、家に直行するのが待ちきれなくなった。

電話の鳴る音がしてしばらくすると、ユリシーズが部屋にはいってきた。

「電話はミスター・マクゴナギルからでした。用件はあなたにはわかってるって言ってました」

ドーランはベッドから起き上がり、電話口に向かおうとした。

「電話はもう切れてます」ユリシーズはそう言ってドーランを止めた。

「どうして代わってくれなかった？」とドーランは不機嫌そうに言った。「マクゴナギルと話したかったのに。おまえにだってそれぐらいわかるだろ？――」

「そんなことわかりませんよ。誰とも話したくないって、この人、そう言いましたよね、ミス・マイラ？」

「そのとおりよ、ユリシーズ。ユリシーズは悪くないわ、マイク」と彼女は言った。

「それに、八時からずっと電話に張りついていてくれたのよ」

「すまん、ユリシーズ」とドーランは言った。「マクゴナギルの家に電話をかけてみる」

ドーランは居間にはいり、マクゴナギルの家に電話をかけた。

「バド？……マイク・ドーランだ。電話をくれたそうだが……ああ、元気だ。用件はなんだったんだ？……ちょっと待ってくれ。紙と鉛筆を取ってくる……いいぞ。ジーン・クリスティ？　住所は？……〈ドリーマディソン・アパートメンツ〉。わかった……もう会ったのか？　すばらしいよ、バド……ありがとう。カーライルは何か言ってきたか？……何もか？　なるほど。今日の午後、今週号を発売した……もう読んだ？　あの記事をどう思った？……すごい売れゆきだよ。ありがとう、バド——ほんとうにありがとう——」

ドーランは部屋に戻った。

「マクゴナギルがカーライルの診療所で働いていた女性の居場所を突き止めてくれた。名前はジーン・クリスティ。〈ドリーマディソン・アパートメンツ〉に住んでる。バドがもう本人と話したそうだ。もし召喚されたら、喜んで証言してくれるそうだ」

「すばらしい！」とビショップが言った。

「彼女にこっそり五十ドル渡したほうがいいってバドに言われた——時間を取ってもらうわけだからな、だろ？　金額はそれくらいで充分だと——」

マイラはベッドに横になっていた。顔は青白く、本でぱたぱたと顔を扇《あお》いでいた。

「どうした？」とドーランは眉《まゆ》をひそめて尋ねた。

「あのクラムよ——クラムが角《つの》を出して胃の中で暴れてる」と彼女は言った。「わかってたのに——わかってたのに」

「何か欲しいものは？」

うめき声になっていた。

「大丈夫。すぐによくなるわ」と彼女は言ったものの、うめき声になっていた。

「エディ」とドーランは言った。「おれはこれから、クリスティという女性のところに行って話を聞いてくる——」

「行きたければ行けばいいけど、あんまり意味はないんじゃないか？　もうバドが話をつけてるんだから、心配は要らないんじゃないか？」

「それでも、自分の耳で直接聞いたほうが安心できる……ほんとうに何も要らないのか、マイラ？　ドラッグストアに寄って何か買ってくるぐらいなんでもないぞ」

「大丈夫」とマイラは言った。「でも、早く帰ってきて。エディ、あなたも一緒に行ったほうがいいんじゃない？」

「おまえはここにいてくれ、エディ」とドーランは言った。「すぐ戻る」

「せっかく来ていただいたのに、わたしの部屋にはいってもらえなくてすみません」とジーン・クリスティは言った。「ここは女性専用アパートメントなんで、規則がいろいろと厳しいんです」

「このラウンジでかまいません」とドーランは言った。「降りてきてくれてありがとう」

「どういたしまして。いらっしゃると思ってました。あなたから連絡があるはずだって、ミスター・マクゴナギルが――」

「用件は保安官から聞いてますね？」

「ええ、ハリー・カーライルの記事に関することですよね」

「雑誌は読みました？」

「読みました、もちろん。核心を見事に突いた記事でした」

「この手の事件を扱うには――遠慮なく核心をまず突くのが常に最善策です。ミス・グリフィスかミス・マカリスターのどちらかを覚えてますか？」

「ふたりとも覚えています。どちらの手術でも助手を務めました。ミス・マカリスターはわたしの腕の中で亡《な》くなったんです」

「ほんとうに？」ドーランは驚き、思わず大きな声をあげた。「これは驚いた。カーライル事件の証拠がこんなに簡単に見つかるなんてまるで思ってなかった。ミス・クリスティ、この件に関しては、いずれ警察の捜査が始まると思うけれど、そうなったら――そういうことになったら……」

「大陪審でわたしの知ってることを話す？」

「話してくれるんですか？――こんなお願いをするのは出すぎたことかもしれないけ

れど、証拠がなければ、われわれの主張はどうしても裁判では弱くなってしまう――」

「証言します。ええ、必ず証言しますとも」と彼女は熱意を込めて言った。「証言するのは、あのふたりのことだけじゃありません。カーライルはわたしにも違法な中絶手術をしたんです。わたしを妊娠させた上、中絶手術までしたんです――その挙句、手術のひと月後にわたしを馘《くび》にしたんです」

「なんですって⁈ あなたが怒るのも無理はない。大陪審で証言すると、あなたもあれこれ言われるかもしれないけれど、彼から直接攻撃されることはないでしょう。彼もそこまで馬鹿《ばか》じゃないでしょう」

「ですよね？ でも、そう、もしかしたらわたしが悪かったんです。わたしのやり方がまちがってたんです。わたし、彼に頼みごとばかりしてたんです――そういう女は男にすぐに愛想を尽かされます。それで彼はお兄さんの力を使って面倒から逃れることにしたんです、いつものように。だから今はきっとうまく切り抜けられたと思ってることでしょう。ミスター・ドーラン、いつかこういうチャンスが、彼に復讐《ふくしゅう》するチャンスが、やってくることをわたし、ずっと神さまに祈ってたんです。嘘《うそ》じゃありません」

「まさにこれがそのチャンスです。ひとつ提案をさせてください。これから公証人のところに行って、宣誓供述するというのは？　知り合いの公証人がいるんです。行きませんか？」

「ええ、いいですよ。でも、十一時までにはここに帰ってこられますか？　決まりなので――」

「十一時までには戻れると思います。宣誓供述書のせいであなたが被害を被《こうむ》ることはありません。宣誓書があれば私も安心できます」

「わかりました。じゃあ、荷物を取ってきますね」

「あの、それから、どうかこれを」とドーランは言い、彼女が立ち上がると、五十ドルがはいった封筒を手渡した。

「これはなんです？」彼女はそう訊きながらも顔を赤らめた。封筒の中身の見当がついたのだろう。

「メモです。自分の部屋で開けてください。ここで待ってます」

彼女は笑みを浮かべ、エレヴェーターに向かった。

三人のごろつきが天井にへばりついていた。手に長い鉛のパイプを持ってドーランを見下ろしていた。白いガーゼのようなもので顔を隠し、赤いゴム手袋をはめていた。全員小声でなにやら言いながらドーランを見ていた。ただ見ているだけでなく、そのうち鉛のパイプでドーランの頭を殴りはじめた。三人の顔に怒りはなかった。まるで子供が何か面白いゲームをしているかのように笑みを浮かべ、笑い声さえあげている。ドーランはパイプをかわし、立ち上がろうとした。が、スローモーションのようにゆっくりとしか動けなかった。パイプが頭部に振りおろされた。どうしてだ、どうして動けないいんだ? そのうちベッドから転げ落ち、床を這《は》った。ごろつきどもは這って逃げようとするドーランのすぐうしろに鉛のパイプを振りおろした。ドーランはなんとかして立ち上がった。それでもやはりスローモーションのようにしか足が動かない。ドーランは腰を曲げて両手を床についた。そして、両手を必死に動かしてスピードを上げようとした。三人のごろつきは鉛のパイプでドーランを叩きつづけ……ドーランは叫び声をあげ、勢いよく上体を起こして眼を開けた。

「静かに、静かに、もう闘わなくていいから」ビショップの声がした。

一瞬、ドーランは自分の頭がおかしくなったのだと思った。窓ガラスを通して陽射《ひざ》しが注ぎ込んでいた。窓の中で太陽が輝いていた。日光に熱せられた窓の長方形がはっきりと見えた。ほんの少しまえまであたりは真っ暗だったのに、今は光に包まれている。

「横になれ」またビショップの声がした。彼はドーランの頭をやさしく枕《まくら》に休ませようとしていた。

おれは闘ってる

闘ってる

闘ってる

闘いながら、自分の身に何が起きたのか考えた。後頭部を枕につけると、うめき声が洩《も》れた。やかんに入れた熱湯を顔の上にぶちまけられたような気がした。それでも、長方形の窓ガラスを通じて太陽の光を浴びても陽射しに眼が眩《くら》むことが徐々になくなり、自分の部屋にいることがやっとわかった。ビショップがいた。やつれて疲れきっていた。マイラがビショップの隣りに立っていた。彼女もやつれて疲れきって見えた。そうだ——ぼんやりと記憶が甦《よみがえ》った——おれは襲われたんだ。記憶を遮断、封印していた壁が音をたてて崩れ、すべてがはっきりした。宣誓供述書を手に入れたあと、ジーン・クリスティを彼女のアパートメント・ハウスまで送り、家のガレージで車を降りると、いきなり三人のごろつきが……

「くそ」とドーランは悪態をついた。「怪我《けが》はひどいのか？」

「もっとひどいことになっていたかもしれない」とビショップが笑みを浮かべ、ベッドに腰をおろして言った。「おまえは文字どおり幸運なアイルランド人《ラッキー・ミック》だ――それにしてもなんという石頭だ！」

「頭が割れるように痛い」とドーランは言って、頭にぐるぐると巻かれた包帯を手で触って確かめた。「くそっ！　反撃するチャンスもなかった。あいつらはおれが振り返るのも待たず、鉛パイプを叩《たた》きつけてきた」

「どうして大声で助けを呼ばなかったの？　全然気づかなかった」とマイラが言った。「取っ組み合いの音が聞こえてくるまで全然気がつかなかった。わたしたちが降りていったときには、あいつらはもう駐車場を横切って逃げたあとだった――」

「おれは銃を六発撃ったけど……」とビショップが言った。「興奮しすぎてたんだな。弾丸《たま》はまるであさってのほうに飛んでいった――」

「カーライルの差し金だろうな」とドーランは言って唇を噛んだ。

「まあ、おまえの友達じゃないだろう――それだけは言える。いったいどういうことなんだ？　話せるか？」

「ああ、話せるけど、それよりおれの頭はどうなってる？」

「深い切り傷が何個所かあったから、何針か縫った。クリスティとかいう女性には会えたのか？」

「ああ、すごい情報を手に入れたよ。ハリー・カーライルは彼女を妊娠させた挙句、彼女にも中絶手術をしてたんだ。彼女が証人になってくれれば、無期懲役は確定だな。宣誓供述書も取った――」

「ほんとうに？　どこにあるの？」

「車のシートのうしろに押し込んだ。エディ、駐車場に行って取ってきてくれるか？」

「すぐ行く！」ビショップはそう言うと、部屋から飛び出した。

「どうしてポケットに入れなかったの？」とマイラが尋ねた。

「虫の知らせっていうのかな。なんか嫌な予感がしたんだ」

「すばらしい。あいつらはあなたが持ってたものは全部盗んでいった。絶対にプロの仕業よ。異変に気づいて駐車場に行くまで二分もかからなかったと思うけど、あなたは地面に倒れていて、ポケットが全部ひっくり返されていた。カーライルはあなたがクリスティという女性に会いにいったことを知ってたの？」

「いや、知らないはずだ。あいつらは何か特別なめあてがあって、おれのポケットを探ったわけじゃないだろう。たぶん確かめたかったんだ——さっきも訊いたけど、おれの頭の傷はどれくらいひどいんだ？　鏡を取ってくれ——」

「数針縫っただけよ、それだけ」

「重症のはずはないな。考えることも話すこともできていて、記憶もしっかりしてるんだから。それでも痛いことに変わりないけど。割れそうなほど痛い——」

「当然よ。もうしゃべらないほうがいいわ、マイク」

「しゃべるなだって？　大丈夫だって言ってるだろ？」

「平気なふりをするのはやめて、大人しくしていて——」

「平気なふりなんかしてないよ。まったく。おれは演技なんかしてない。英雄なんか気取っちゃいない。なのにどうしてきみはいつもいつも同じことを言うんだ？」ドーランはそう言って上体を起こすと、両足を床について立ち上がった。「よく見るんだ、このお節介女、よろけてもいないだろ？」

「だったら、そのまま歩いてごらんなさいよ。倒れて首の骨を折っても知らないから——」

ドーランは鼻で笑うと、簞笥《たんす》の上にある鏡のところまで歩いた。顔には細長い擦過傷があり、頭部は包帯でぐるぐる巻きにされていた。ドーランは鏡を見ながら顔を左右に向けると、マイラのほうを振り向いて笑みを浮かべた。

「こんなに包帯を巻いてても、おれはまだ街一番の色男じゃないかな？　どう？」

「包帯をしていてもしてなくても、あなたは街一番の色男じゃないわ、マイク。もういいでしょ、早くベッドに戻ってちょうだい」

ドーランは視線を落とした。パジャマは上着だけしか着ておらず、ズボンは穿《は》いていなかった。

「誰がおれを着替えさせた？」

「エディとわたしよ――」

「いつものことながら、きみはまた取りちがえてる。おれはパジャマのズボンは穿くけど、上は着ない、後学のために言っておくと。そこのバスローブを放ってくれ」

マイラはバスローブを放った。ドーランはそれを羽織った。

「何かひとつぐらいはまともにできてもいいんじゃないか？」と彼は嫌味を言った。

「いいから、頼むから、ベッドに戻ってくれ」と部屋に戻ってきたビショップがうんざりしたように言った。

「供述書はあったか？」とドーランは尋ねた。

「ああ。読みながら戻ってきたところだ。おまえの猥褻本《わいせつぼん》蔵書の候補になりそうな内容だな？」

「一字一句真実だ――」

「だからと言って猥褻でなくなるわけじゃない。今から読むから聞いてくれ、マイラ」

「それには及ばないわ。だいたい想像はつくもの」とマイラは応じてからそのあとドーランに言った。「いずれにしろ、その宣誓書は安全な場所に保管したほうがいいんじゃない？　あなたの貸し金庫とか？」

「そうだな。でも、こんな包帯姿で街中に出なきゃならないとはな。馬鹿げた質問に百万回は答えなきゃならない――」

「おまえは街中になんか出かけない。ここで寝てるんだ」とビショップが言った。

「冗談じゃない！　今から出るぞ。さあ、着替えさせてくれ」

ビショップはマイラを見やった。

「止めても無駄よ。こんなチャンスを逃すはずないもの。この人はスーパーマンになった気分を愉《たの》しんでるのよ、今さら言うまでもないけど……」

「おい、どうしたんだ？」三人が印刷所にはいると、グリソムがドーランに訊《き》いてきた。

「ごろつきに襲われて――」

「あいつらは拳銃とバッジまで奪っていったのよ」とマイラが言った。

「カーライルか？」とグリソムは訊いた。マイラには眼を向けることもなく。

「たぶん――」

「もちろん、あいつに決まってる。ほかに誰がいる？」とビショップが言った。

「きみは困難にぶつかるたびにそれを撥《は》ね返す。ドーラン、きみにはガッツがある」

とグリソムは言いながらも、いくらか呆《あき》れたように首を振った。

「そのとおりよ、ドーラン。たまには人に言われたことを認めなさいよ」とマイラが言った。

　ドーランはマイラをじろりと睨《にら》んだ。

「どこで襲われたんだ？」とグリソムが訊いてきた。

「家のガレージで。車を降りるなり三、四人のごろつきに殴られちまった」

「それは大変だったな。いずれにしろ、無理をしないで、家で大人しく寝てたほうがいいんじゃないか？」

「そんなことをしたら、あいつらが喜ぶだけだ――」

「わたしたちのヒーローのことをまだよくわかっていないみたいね、ミスター・グリソム」とマイラは言った。

ドーランは足を振ってマイラを蹴《け》ろうとした。マイラはすばやく体を動かし、すんでのところでドーランのキックをかわした。

「こっちで変わったことは？」とビショップが尋ねた。

「特にない。六、七部の追加注文があった程度だ」

「どこから？」

「ウェストン・パークのドラッグストアだ」

「あの医者の近所からとはね」とドーランは言った。「じゃあ、すぐに配達しなくちゃ」

「配達ならもうすんだ。うちで下働きをしてる男の子に届けさせた」

「ありがたいけど、そういうことはやめてほしい」とドーランは言った。「おれたちが来るまで待っててもらわないと。その子の身に何かあったら――」

「そんな心配は要らないよ」とグリソムは言った。

「ならいいけど……」とドーランは言い、そのあとはことばを濁して奥の中二階のほうに向かった。

「いずれにしろ、宣誓供述書を貸し金庫に入れたのは正解だったわね」とマイラが言った。「少なくとも、宣誓供述書を奪われるリスクはなくなった」

「来週号はどうする？」とビショップがドーランに尋ねた。

「まずはリトル・シアターの現状をコラムで知らせる。あそこはもうほんとうの意味のリトル・シアターじゃなくなってしまった。地域の人にはハードルの高いレパートリー劇団になってしまった」

「リトル・シアターのことならほかの切り口もあるんじゃない？」とマイラが自分の席から言った。「あそこは同性愛者の密会の場所になってる。知ってるでしょ？　それとか、リトル・シアターに滅茶《めちゃ》滅茶《ちゃ》にされた家庭のこととか。リトル・シアターに人生を台無しにされた人のこととか――」

「そこまで言われたら黙ってるわけにはいかない」とドーランは言った。「リトル・シアターは多くの人々を救ってきた。少佐が来てからは多くの問題が改善された」

「あらあら、そういう問題になると、急に腰が引けちゃうのね」

「リトル・シアターで何が起きているのか、おれに意見するのはやめてくれ。おれはあそこの立ち上げにも参加してる。実際、リトル・シアターがおれの住まいだった、七年も八年も――」

「わたしが言いたいのはまさにそのことよ。あなたはリトル・シアターに近すぎる。

だからどうしても腰が引けてしまう。リトル・シアターのことならわたしが書いたほうが――」

「それじゃあ、きみが書けばいい。そんなにリトル・シアターに詳しいなら」

「なあ、どっちにしろ、リトル・シアターに興味のあるやつなんていないよ」とビショップが横から言った。「それよりトップ記事にするターゲットだ。市の道路交通課のカーソンなんかどうだ？」

「カーソンなんか小物だよ――」

「そうかな？　あいつは市のトラック購入がらみで年に五万ドルも稼いでるんだぜ」

「そんなことに興味のあるやつもいないよ。市の道路関係者が不正に金を稼いでるなんていうのは今じゃ誰でも知ってることだ。むしろ真面目《まじめ》に働いてたら、みんながっかりするんじゃないか？　駄目だ、カーソンじゃ――」

「ネスター本部長は？」

「どうかな。確かにネスターはカーソンより大物で、裏社会ともつながってる。見てくれも話しぶりも農夫そのものなのに、乗りまわしてるのは高級車のデューセンバーグだ。なんとも狡猾《こうかつ》なやつだよ。でも、おれが思ってるのは〝ムッソヒトラー〟・ジャック・カーライルだ。事実を積み上げてあいつを追いつめることはできないかな」

「もちろん叩けば埃《ほこり》の出る男だよ、カーライルは。あいつを追いつめることができれば、ピューリッツァー賞も夢じゃない。それも一番注目される公益部門で」

「公益部門は雑誌を対象にしてない。それでも来週号でカーライルを叩くか。ただ、うちの雑誌の厄介なところは週刊というところだ。毎週発行しなきゃならない。月刊誌にしておけばもう少し楽だったのにな。月刊誌なら事実を集める時間がもっとあるからね。カーライルを一週間で追いつめるなんてどだい無理な話だ」

「おれもそう思う」とビショップは言った。「だから、ネスターのほうがよくないか？　あいつのことなら何から何までわかってる。このオフィスから一歩も出なくても記事が書ける」

「あなたお得意のお好みの記事がね」とマイラが茶々を入れた。

「なあ……」とビショップはマイラに言った。「追いつめなきゃならない相手はネスターだ。おれじゃない。そういう言い方はないだろ？」

「ああ——ネスターのほうがいいかもしれない……ミスター・グリソム！」ドーランは階段の手すりから身を乗り出して呼ばわった。

グリソムは階段の下までやってくると、ドーランたちを見上げた。

「広告取りができる人を誰か知りませんか？　雑誌の広告を取ってきてくれる人が要

るんです」

「紹介できるやつはいないが――」とグリソムは言った。「いや、〈クーリエ〉のジャージェスに連絡してみてはどうだ？　彼なら誰か知ってるかもしれない」

「わかりました。連絡してみます」とドーランは言い、電話をかけに階段を降りた。

「それから、内線を引いてもらえるとありがたいな。電話をかけることが多いんで」

「わかった、業者に頼んでおくよ。〈クーリエ〉の電話番号はあのカレンダーに書いてある」

ドーランは〈クーリエ〉に電話をかけ、ジャージェスを呼び出してもらい、用件を伝えた。ジャージェスは適任者を探すと約束してくれたが、そういう営業は固定給は低くてもいいから、成功報酬を高く設定してほしいと言うはずだと言い、それでもいいかと訊いてきた。ドーランはそれでかまわないと答え、いずれにしろ、人を送ってほしいと頼んで、グリソム印刷所の住所を伝えた。

「それから、きみの新聞の広告担当もひとり寄こしてくれ。おたくの新聞の半ページを使って広告を出したいんだ。おれの個人広告だ」

ジャージェスは、たぶん今日の午後には誰か見つかるはずだと言った。ドーランは礼を言って、電話を切ると、階段の下に立って呼ばわった。

「おい、エディ！　一緒にニューススタンドをまわらないか？」

「いいとも――」

「なんでも自分でやりたいのね」手すりから頭だけを出して、マイラが言った。「せいぜい無理をすればいいのよ――」

「きみは来週の婦人会のことを先方に問い合わせてくれないか？　社交界の予定表に書いてあるだろ？　今日のきみの仕事はそれだけだ。今は給料を払ってるんだから、そのことを忘れないように――」

「一時間で戻るよ」とビショップがマイラに言った。

「〈クーリエ〉の広告担当が来たら、待つように言ってくれ」とドーランは言った。

「くれぐれも無理しちゃ駄目よ」とマイラは言った。「あなたが思ってるより傷は深いかもしれないんだから――」

ドーランはそれには何も答えず、ビショップと一緒に出口に向かった。

「まずは通りの向こうで電話だ」とドーランは言った。

「ここの電話を使えばいいじゃや――」

「マイラには聞かせたくないからだ。マクゴナギル保安官に電話して、新しいバッジと拳銃《けんじゅう》を用意してもらおうと思ってる。次に襲われたときにはもう絶対にへまはしたくない――」

ハリー・カーライル医師死亡
著名臨床医の遺体
自宅浴室で発見さる
手元にリヴォルヴァー

新聞の見出しが躍っていた。

「〝手元にリヴォルヴァー――〟？」とドーランは言った。「ひどい見出しだな。〝自殺を図った〟くらいのことさえ書けないのか――」

「〝名の知れた地域の指導者として活躍している三十五歳の外科医、ハリー・カーライルがウェストン・パークにある自宅の浴室で死亡しているのが発見された〟」とビショップが読み上げた。「〝一発の銃弾が彼の右こめかみを貫通し、リヴォルヴァーが彼の右手の近くに落ちていた。カーライル医師は昨日、コルトンの新しい週刊誌からの激しい攻撃にさらされていたが、本人がその記事を読んでいたかどうかについて、彼の親しい友人たちはひとりもコメントしていない。この地域の有力な政治家である彼の兄、ジャック・カーライルもまたこの悲劇に動揺し、公式なコメントはまだ発していない――〟」

「それが全部ひとつの段落に書かれてるのか?」とドーランは尋ねた。

「いや、いくつかの段落に分かれてる。一段落に聞こえるように読んだけど」

「下手な文章だなと言おうと思ったんだが……」

そのあと次の一、二ブロックを車で進むあいだ、ふたりは無言だった。ビショップは新聞を手に持ったまま見出しを眺めていた。視線を前方に向け、車の流れを見つめながらドーランが言った。

「……オフィスに戻ったほうがよさそうだ。戻ったほうが――」

近くの駐車場に車を停めると、ふたりはそこから数軒先の印刷所まで歩いた。印刷所にはいると、正面入口をはいってすぐのところにあるグリソムのオフィスのまえで、マイラとグリソムが新聞を読んでいた。ふたりとも顔を起こした。ビショップも同じ新聞を持っているのを見て、グリソムが言った。

「大変なことになったな」

「あいつがこんなことをするとは夢にも思ってなかった、ほんとうに」とドーランは言った。

「だったらどうすると思ってたの？」とマイラが言った。

「なんなんだ、その言い方は？　こうなることは初めからわかってたなんて言いたいのか？」とドーランは声を荒らげて言った。

「こんなことになるなんてわたしだって想像もしてなかったわよ——もちろん」とマイラは言った。「でも、こういう可能性も想像しておくべきだったのかも。彼にしてみれば、こうするしかなかったんだから。大陪審に行かずにすむ方法はこれしか——」

「よし。じゃあ、あいつがこうすることはわかってたとしよう。それだったらどうなってた？　わかっていながらでもあの記事を出したかどうか」

「ええ、出したと思う」とマイラは認めて言った。

「そうとも。おれは気の毒とは思わない。偽善家ぶるつもりはない。子供の頃からあいつはずっとおれの敵だった。おれはあいつのことを心底嫌い、あいつもおれを心底嫌ってた。そもそもあいつは社会の敵《パブリック・エネミー》じゃないのか。あいつがいなくなって、この街はずいぶんよくなる……いや、そんなこともどうでもいい。おれが今心配してるのはただひとつ、この事件が雑誌に与える影響だけだ——」

「私はこの紳士のことはよく知らないが……」とグリソムが言った。「私見を言えば、最高の宣伝になるんじゃないか？　世間にはこのことをひどいと思う人もいれば、そうは思わない人もいるだろう。だけど、彼の兄貴が差し向けたごろつきに昨夜きみが襲われた件。これは誰もが思うよ、ひどいことだって。きみはそのごろつきに殺されていたかもしれないんだから」

「ええ、殺そうとしてきたのは明らかです」とドーランは言った。「あいつらがそれに失敗した最大の理由は、アイルランド人のことが全然わかってなかったからです。アイルランド人を殺そうと思ったら、頭を狙《ねら》っちゃ駄目だ」

「ちょっと思ったんだけど……」とビショップがおもむろに言った。「ジャック・カーライル本人がここにやってくることは考えられないだろうか。そのときのために少しは備えをしておいたほうが――」

「あいつがここに来るなんて本気で言ってるわけじゃないよな？」とドーランは言った。それは質問ではなく断定だった。

「来ないと決めつけられるものでもないだろう」とビショップは反論した。

「あいつは来ないよ――少なくとも今のところは。あいつからなんらかのメッセージが届くとも思えない」

「おれもそう思えたらいいんだがな」とビショップは言った。

そこにふたりの若い男がはいってきた。

「ミスター・ドーランはおられますか？」とひとりが言った。

「おれがドーランだけど。何か？」

「クックといいます」その男は言った。「〈クーリエ〉の者です。こっちはミスター・ゲージ。小紙に広告を出したがっておられるとジャーゲスから聞いたもので——」

「ああ、待ってたよ」

「ゲージは広告取りの仕事について話を聞かせてもらいにきました。ジャーゲスからそういう担当者を探してると聞いたんで。ゲージはまえはジャーゲスの下で働いてたんです」

「階上《うえ》のオフィスで話そう」とドーランは言って先に立って歩きだした。

「その頭の包帯は——」中二階にあがりながらクックが言った。「交通事故にでもあったんですか？」

「まあ、事故みたいなものだ。大げさに見えるかもしれないけれど、大したことはない。坐ってくれ——」

「近頃の自動車はもう死の罠《わな》みたいになってますよね」とクックは言った。

「確かに」とドーランは相槌《あいづち》を打った。「明日のおたくの新聞に半ページ広告を出したいんだ。めだつところに」

「それなら、第一セクションのどこでも大丈夫です、ミスター・ドーラン。ほかとの契約もあるんで、今ここで具体的にどこに掲載するか決めることはできませんが、最初の数ページのどこかには必ず掲載します」

「料金は？」

「広告デザインをレイアウトしなければなりませんか？　それとも広告文だけですか？」

「広告文だけだ」

「だったら二百ドルになります。明日の掲載をご希望でしたら、今日の午後三時までに原稿をお持ちください。原稿はもうあるんですか？」

「まだだ。でも、そんなに時間はかからないと思う。三時までには届けるよ。領収書はもらえるかな？」ドーランはそう言って、丸めた札束を取り出し二百ドルを数えて渡した。

クックは領収書を書き、料金を受け取った。

「〝この領収書は、コルトン・クーリエ社が以下の者に対して、指定する広告スペースを提供することを義務づけるものではない〟」ドーランは領収書の一番下に書かれている小さな但《ただ》し書きを声に出して読んだ。「〝弊社の方針や理想に反すると判断した場合、弊社は広告文を拒否する権利を有する〟」

「――ただの形式的なものです」とクックは説明した。

「今回のはおれ個人の広告だから問題なさそうだけど」とドーランは言った。「この但し書きに照らすと、うちの雑誌の広告は載せてもらえそうにないね」

「おたくの雑誌に広告なんて要らないでしょう」とクックは言った。「今朝はどこに行っても『コスモポライト』の話題で持ち切りでした――」

「ほんとうに？　評判は？　いいか悪いか、どっちだった？」

「賛否両論といったところですね。でも、みんなが話題にしてるんだから、そんなことはどうでもいいじゃないですか……じゃあ、ゲージ、またあとで。ありがとうございました、ミスター・ドーラン」そう言うと、彼は階段を降りていった。

ドーランはゲージのほうを向いて尋ねた。

「広告取りの経験は？」

「大学を卒業してからずっとそれです。もう四年になります。以前はジャーゲスの下で働いていたんだけれど――」

「何かあったのか？」

「いや、逆です。何もなかったんです。あまりに契約が取れなかったので、半年まえに一時解雇になったんです。でも、推薦状なら何通か持ってきてます」そう言って、内ポケットに手を伸ばした。

「いや、それはいい。もちろんわかってると思うが、うちは〈クーリエ〉ほど高い給料は払えない。あっちではいくらもらっていた？」

「週に二十ドルです」

「二十ドル！　なんとけちな会社だな。それであそこは倒産しないんだな。てっきり六十ドルか七十ドルはもらってると思ってたよ――」

「それだけもらってる人もいると思います。ただ、ぼくはちがっただけで」

「ここではいくら欲しい？」

「わかりません、ミスター・ドーラン。でも、固定給でいくらかいただいて、それ以外は営業実績に応じて歩合でいただけるとありがたいです」

「おい、マイク！」ビショップが階下《した》から呼ばわった。「サンドウィッチを買いにいくけど、おまえも食べるか？」

「ああ、ふたつ。ふたつ買ってきてくれ」ドーランは手すりから身を乗り出して返事をした。

「何がいい？」

「なんでもいい——さて、ゲージ、きみは自信はあるか？『コスモポライト』に広告を載せたがる広告主を見つけてくる自信はあるか？」

「とにかくがんばってみます」とゲージは言って笑みを浮かべた。

「なんだかあまり自信満々には聞こえないが——」

「ぼくは『ローヴァー・ボーイズ（二十世紀初めにアメリカで人気を博した児童向けシリーズ小説）』に出てくるようなセールスマンじゃないんで、ミスター・ドーラン。もっとも、あの本に出てくる、魔法のようなセールステクニックなんて最初から信じてないけど。でも、必ず報酬に見合うだけの仕事はします」

「ああ、きみのそのことばを信じよう。それはそうと昼食は？」

「いえ、まだです、社長」

「ここでは気楽にして、おれのことはマイクって呼んでくれ。きみのファーストネームは？」

「セシルです」

「わかった、セシル。昼食がまだならまずは外で食べてきてくれ。そのあと歩合を決めよう。今すぐ決めてもいいんだが、そういう知識がまるでないんで決められない。

その手のことは素人《しろうと》でね――いや、固定給もまだだったね。〈クーリエ〉からは週に二十ドルもらってたんだよな。うちからはいくらほしい？」

「あなたの言い値でかまわない」

「十五ドルじゃどうだ？」

「かまいません。たくさん契約を取れるようにがんばります――」

「頼んだよ。契約を取れない場合、一週間で馘ってこともあるからな。いいね？　それじゃあ、この五ドルは前払いだ――」

「ありがとうございます」ゲージは礼を言い、金を受け取って立ち上がった。「三十分で戻ります……」


その夜、ドーランは四十五分のあいだにアナシン錠を五錠も飲んだ。ハンマーで殴られつづけているような頭痛がなかなか治まってくれなかった。

「行ったり来たりするのをやめて、椅子《いす》に坐《すわ》って、自分の力ではどうにもならないことを考えるのをやめたら、頭痛も治るんじゃないかしら」とマイラが言った。「カーライルはもう死んだのよ」

「あいつのことを気にしてるんじゃない」とドーランは言った。

「じゃあ、何を気にしてるの？」

「気にしてることなんて何もない」

「『ニュー・マシズ』誌（一九二六年にニューヨークで創刊されたマルクス主義を標榜する雑誌）の記事をそんなに気にするなんて思わなかった」とマイラは言った。「あの記事をあなたに見せたのは、変なことが起こるのは、この街だけじゃないってことをわかってほしかっただけなのに――」

「おれが気にしてるのはそんなことでもない」とドーランは言った。「確かにあの記事を読んで腹が立ったよ。毎日毎日腹の立つことばかりだ。だからもっと多くの読者に読んでもらえる雑誌を発行したいんだ。全国規模の。そうすれば、こういった悲しい事件を世間にもっと知らしめて、この世界を変えることができる。この記事のドロシー・シャーウッド（一九三五年、貧困のために二歳の息子を川で溺死させ、ニューヨーク州で初めて第一級殺人で有罪となった女性）には、二歳の息子を殺す正当な権利があった。彼女の息子には自尊心や幸福を手にするチャンスはなかった。腹いっぱい美味《うま》いものを食べるチャンスもなかった。そんなチャンスは万にひとつもなかった。彼女にはそうした厳然とした事実がわかっていた。だから、彼女は正しいことをしたんだよ。彼女は息子を産んだことを息子に恨まれたくなかった。死んだおれのおふくろがおれにそう思われてたみたいに。息子にはそんな恨みを抱いて大きくなってほしくなかった。おれは親父《おやじ》のことも恨んでる。あいつらはいったいなんの権利があって、このおれをこの世に送り出したんだ？　ろくに面倒をみる気もないのに。そんな親の子供はビルボードの陰や薄暗い路地で人生を学ぶしかない。あのクソ親ども——」

「マイク！」とマイラは語気を荒らげ、立ち上がるとドーランに近づいた。

「おれはひたすら感情的になって親を罵《ののし》ってる。きみはそう思ったのか？　そうだとしたら、お嬢さん、きみはまちがってる。自分が何を言ってるのか、おれにはちゃんとわかってる。ドロシー・シャーウッドの気持ちも手に取るようにわかる。この国は彼女の息子に何を与えた？　この国は貧しい子供たちにそもそも何を教えた？　食料の施しを受ける貧乏人の列に並ぶことか？　腹に榴散弾《りゅうさんだん》の弾丸《たま》をぶち込まれに戦地に赴くことか？　息子を殺したのは彼女だけの責任か？　どうして陪審員はそもそもこういう状況を生み出した人間を電気椅子に送ろうと思わないんだ？　そうしたほうがよほど理に適《かな》ってるのに——」

「すばらしい。あなたの内側に抱えてるそのパワー、そのエネルギー」とマイラは彼をじっと見すえて低い声で言った。「マイケル・ドーラン、あなたっていつか大物になる人よ！　それもものすごい大物に——」

ノックの音がした。

「はいってくれ！」とドーランは肩越しに怒鳴った。

ユリシーズだった。

「あなたに面会したいという男の人が来てます」

「用件は？」

「わかりません、ミスター・マイク。訊いたんだけれど、個人的なことだと言われたんで」

「どういう男だ？」

「外見はすごく変わってます。すごく背が低くて、ひげを生やしていて、外国人じゃないかな――」

「用件は言わなかったんだな」

「そう。あなたは留守なんじゃないかって言ったんだけど。そう言ったほうがいいような気がして――」

「わかった、通してくれ、ユリシーズ」

「ちょっと待って、ユリシーズ」とマイラが横から異議を唱えた。「いい？　マイク、こんなことをしちゃいけないことぐらいあなたにもわかってるわよね？　いい？　わたしたちは今、すこぶる安全な状況にいるというわけじゃないのよ。それぐらいあなたにも――」

「いいから、連れてきてくれ、ユリシーズ」とドーランは言った。

ユリシーズは首を振りながら不承不承部屋を出ていった。

「わたしの言うことを聞いておけばよかったって後悔する日がきっと来るわよ」とマイラは言った。

ドーランはマイラにただ笑みを向けると、ネクタイを本棚の上に放り、コートを椅子の背もたれに掛けて机のところまで行き、六連発の拳銃（その日の夕方、マクゴナギルから新たにもらった拳銃）をズボンの尻《しり》ポケットの上のホルスターから取り出して、机の上に置いた。その上に新聞紙をかぶせて拳銃を隠すと、椅子を机の近くに引き寄せ、万一の場合には椅子に坐ったまま、銃に手が届くよう準備した……そして、ユリシーズが見知らぬ男を部屋に連れてくると、いかにもくつろいでいるふうを装《よそお》った。

その男はどう見ても外国人のようだった。身なりはみすぼらしく、とても小柄で、体重も軽そうだ。イタリア人だろうか？　不安そうにしていたが、すでに誰も信用できなくなっているドーランには、それが演技かどうかはわからなかった。

「こちらがミスター・ドーラン」とユリシーズはぶっきらぼうに言うと、ゆっくりとまたドアに向かった。部屋を出るべきかどうか決めかねているようだった。ドーランは首を振って部屋から出るように合図した。見知らぬ男はユリシーズが部屋を出ていくのを無言で見送った。

「ミスター・ドーラン……」ようやく口を開いた。「どうか私を助けてください」ドーランはその男が完璧《かんぺき》な英語を話すのに驚いた。その外見からひどい訛《なま》りを予想していたのだ。

「おかけください」とドーランは言いながら男を近くから観察した。

「バグリオラといいます」と彼は言った。椅子には腰かけず、帽子を弄《もてあそ》びながら用心深くマイラを見ていた。「床屋をやってます――」

「こちらは、ミス・バーノフスキー。私の秘書です。さあ、坐ってください」

バグリオラは頭を軽く縦に振ってマイラに会釈《えしゃく》すると、椅子の座面の端に浅く腰かけた。マイラは本棚のまえに進み、本棚に片肘《かたひじ》をついて男の少しうしろに立つと、彼の一挙手一投足に眼を光らせた。敵意もあらわに。バグリオラはそんなマイラの存在が気になるようで、用心深げに何度もうしろを振り返った。

「気楽にしてください、ミスター・バグリオラ」とドーランは言った。「誰もあなたに危害を加えたりしませんから。で、用件というのは？」

「では、話させていただきます」バグリオラはいくらかは安心した様子で、ドーランに向かって話しはじめた。「警察や新聞社にも相談したんですが、誰も助けてくれませんでした。今日、あるお客さんのひげを剃《そ》ってたら、そのお客さんが別のお客さんと、あなたの雑誌のこととか、あなたが正義のために勇気をもって闘ってることとか話してたんです――」

「警察が助けてくれなかったというのはどういう意味です？」

「これまでに二回、数人の男に無理やり河川敷に連れていかれて、鞭《むち》で叩かれました。こないだは木に縛りつけられて――」

「なんですって？」とドーランは思わず訊き返した。「その数人の男というのは？」

「誰なのかはわかりません。全員がローブをまとっていて、フードで顔を隠してたんで。そいつらは人の体にタールを塗って羽根をくっつけるんです（タール羽の刑。開拓時代のアメリカでおこなわれていた私刑）」

「なんだって！」ドーランは思わず大声をあげた。「そいつらはクルセイダーズ（十字軍兵士）だ！」

バグリオラは黙ってうなずき、感情のこもらない笑みを薄く浮かべ、椅子から立ち上がると、上着を脱いだ。それから、ネクタイをはずし、シャツのボタンもはずした。

「嘘《うそ》だと思うなら」そう言ってシャツも脱いだ。

「これを見てください」

「これはひどい！」ドーランは驚いて言った。「マイラ、来てくれ。これを見てくれ——」

バグリオラの背中には、鞭打ちによる無数のみみずばれと傷痕《きずあと》ができていた。

「赦《ゆる》せない！　指まではいりそうな深い傷まである」とドーランは言った。「こんな傷を見たのは初めてだ。生きてるだけで奇跡じゃないか——何度でも言うよ。こんなにひどい傷を見たのは生まれて初めてだ」

「この偉大で自由な国で何が起きているのか。あなたは全然わかってない」とマイラがぼそっと言った。

「早く医者に診てもらったほうがいい」とドーランはバグリオラに言った。「傷口から黴菌《ばいきん》がはいったら大変だ」

「医者には何度か診てもらってます。今夜は医者に頼んで包帯をはずしてもらったんです。あなたに見てもらおうと思って」バグリオラは落ち着いて言うと、シャツの袖《そで》に腕を通した。

「赦せない！」とドーランは繰り返した。「警察にはなんて言われたんです？」

「何もできないと言われました。その男たちを特定できないかぎり、警察としては動けないと。もちろん特定なんてできません。彼らは全員フードをかぶってたんですから。それにやつらはいつも集団で行動します。なんとも勇ましいことに」バグリオラはそう言い、肩をすくめ、シャツのボタンをかけた。

「何か——飲みものでもどうです？」とドーランは言った。

「いいえ、結構です」とバグリオラは答え、笑みを浮かべて続けた。「私の望みは正義です——」

「いや、驚いた」とドーランはひとりごとのように言った。あまりにひどい傷にまだ気持ちが動揺していた。

「そんなに驚かないでください」とバグリオラは生真面目な声音で続けた。「ここに来たのは私だけですが、犠牲者はほかにも大勢います——」

「あなたがされたようなことをほかの人もやられてる？」

「ええ、珍しいことでもなんでもないです。被害者は何十人もいます。それでもあまり知られてはいません。新聞が報道しないから。このことを知ってる人間は警察にも新聞社にもいると思います。こんな大事件を警察も新聞社も知らないわけがない」

「外国人なのに英語がお上手ね」とマイラが言った。

「あなたも」とバグリオラは笑みを浮かべて言った。

「わたしは外国人じゃないわ——」

「私も外国人じゃありません。私はこの国で生まれたんです。少し興奮しすぎたりすると、文法をまちがえることもあるけれど。普通に普通の英語を話してます。いいですか——私はアメリカ人なんです」そう言って彼は上着を手に取って襟を見せた。その襟には赤、白、青の殊勲十字章がとめられていた。

「アルゴンヌ（フランス東北部の地域。第一次世界大戦末期のドイツ軍とアメリカ軍の激戦地）で、第一軍として戦ったんです」と彼は言った。

「もちろん」とドーランは言った。「あなたは立派なアメリカ人だ。それでもたとえこのことを私が記事にしても、誰も信じてくれないんじゃないだろうか。いや、殊勲十字章の話はでっち上げだなんて言うやつも出てきそうだ。そんなふうに言って、この大事件を茶化そうとするやつが——」

「でも、事実よ。誰の眼にも明らかなことよ」とマイラは言った。

「もちろん、事実だ。でも、今の状況じゃ誰も信じてくれないだろう……ミスター・バグリオラ、申しわけない、話の腰を折ってしまって。続けてください。やつらはどうしてあなたを鞭で叩《たた》いたりしたんです？」

「不道徳だということで——」そこで彼はことばを切り、少し気まずそうにマイラを見やった。

「わたしのことは気にしないで、話を続けて、ミスター・バグリオラ」とマイラは言った。

「私が妹や義理の妹や娘たちと寝てるなんて言うんです――」

「どうしてそんなことを？」

「簡単なことです、ミスター・ドーラン。私たちは大家族です。でも、家はとても狭い。お金があれば、もっと大きな家に住んで、みんなが自分の部屋を持つこともできるでしょうけど――」

「でも、不道徳な真似《まね》などあなたはしてない」

「もちろんです。冗談じゃない」とバグリオラは語気を強めて言った。「私は不道徳な人間じゃありません。信じてください」

「信じます」とマイラが横から言った。「でも、どうして？　どうしてやつらはあなたに目をつけたんです？」

「それがわからないんです」とバグリオラは言った。「私を調べてください。私は子供たちをちゃんと学校にかよわせています。自分で言うのもなんだが、床屋の腕も悪くない。敬虔《けいけん》なクリスチャンです。月々の支払いもきちんとしてます。まあ、すべての請求書の期日には間に合わせられていないけれど、払えるものは毎月必ず払ってます。だからどうして目をつけられたのか、ほんとうにわからないんです。もしかしたら近所の人が――」

「誰かがあなたに仕返しをしようとした？」

「仕返し？　誰かの恨みを買うようなことは――」

「鞭で打つのにあいつらには理由なんて要らないのよ」とマイラは言った。「鞭打ちたいから打つのよ――」

「鞭で打たれた人は大勢います。そのせいで体が不自由になった人もいます。首を吊《つ》られた人も――」

「なんだって？」ドーランは驚き、思わず訊き返した。

「死にはしませんでしたけど」とバグリオラは言った。「やつらは思い知らせようとしたんでしょう。命に別状はありませんでしたが、麻痺《まひ》が一生残ることになりました。神経を傷つけられてしまったみたいで――」

「こうしよう――その人のところに連れていってくれませんか？」

「もちろん。いつでもかまいません」

「だったら今すぐ――」

「ちょっと待って、マイク。そんなに急ぐ必要があることかしら？　世界が今夜終わるわけじゃないのよ」

「こんなにひどい話は初めてだ」とドーランは言った。彼の薄い唇が怒りに色をなくしていた。「その人が何をしたかなど関係ない。相手が誰であれ、クソ野郎集団に人を吊るす権利などない。やってるのはひとつの集団なんですか、バグリオラ？」

「みんな黒いローブと黒いフードをかぶってます。そういう集団がいくつもあります。でも、みんな同じ組織に属してるんです――」

「前代未聞《みもん》の最低最悪な話だ」とドーランはネクタイをしめながら言った。「そんなことをして何が愉しいんだ！」

「それでもやっぱりあなたを止めないわけにはいかない」そう言って、マイラは彼のまえに立ちはだかった。「だいたい今さらこんな話に驚くなんて、あなた、どれほど世間知らずだったの？　いい、マイク？　わたしはわたしなりにこれまであれこれ世間を見てきた。だから断言するわ。これもまた古き良きアメリカ主義のほんのひとつのエピソードなのよ。この国にはこんなエピソードが充満してる。いい、マイク？　あなたひとりでアメリカというシステムと闘えるわけがないでしょ？　感情的にならずに、落ち着いて行動しないと。ショックを受けるたびにエネルギーを消耗してちゃ

身が持たないでしょ？」もっと理性的になって」そう言うと、マイラはバグリオラの
ほうを見た。彼女の声は冷たく、顔には最初の敵意が戻っていた。「あなたが言った
ことは事実かもしれないとはわたしも思う」

「事実です。そんなこと、あなたにもわかってるはずです」とバグリオラは言った。

「おれは信じるよ」とドーランは言った。「おれだって噂

でならあいつらのことは聞いてる。でも、こんなに具体的に聞いたのは初めてだ」

マイラは机のところまで行き、拳銃の上の新聞紙を取った。バグリオラはそんなマ
イラの動きを眼で追った。その青白い顔にどんな感情も浮かべることなく。マイラは
拳銃を手に取ると、ドーランのところに行き、彼の尻ポケットの上のホルスターを手
に取ってストラップをはずし、ホルスターに銃を収めた。そして、バグリオラに顔を
向けて言った。

「ミスター・バグリオラ……わたしもあなたを信じたいと思ってる。でも、わたした
ちは今とても危険な状態にいる。だから用心に越したことはないのよ。もしこれが罠
か何かだったら、そのことがわかった瞬間、彼は迷わずあなたを撃つでしょう。その
ことは忘れないで」

「心配しすぎだよ、マイラ」とドーランは言った。「ミスター・バグリオラ、さあ、

行きましょう――」

「出かけるまえに……」とマイラはバグリオラに言った。「あなたの床屋の店舗と自宅の住所を教えてくれる？」

「床屋の住所はノース・ラスクーセス通り一〇三八番地。自宅はその隣りで一〇四〇番地です」

「ありがとう」マイラは両方の住所を書きとめると言った。「マイク、二時間経《た》ってもあなたから連絡がなかったら、マクゴナギル保安官に連絡して、この住所に行ってもらう。彼を無事に家に帰してね、ミスター・バグリオラ」

「エディに電話して彼を煩《わずら》わせるような真似はしないでくれな」とドーランは言った。「あいつのところは子供の具合が悪いんだ。今後エディにはたっぷり残業してもらうことになるだろうから、今夜くらいはのんびり過ごさせてやりたい」

「あなた、よくわかったわね」とマイラはきっぱりと言った。「これからエディに電話しようと思ってたところよ。わたしは階下《した》に行って、アーンストのドイツ製の拳銃を借りて待機してる。何か気になるのよ。あなたってほんとうに救いようのない石頭ね――つくづくそう思うわ――」

「さあ、行こう、バグリオラ」そう言って、ドーランは部屋を出た。「彼女はなんでもドラマティックに考えるのが好きでね……」

一時間半後、ドーランが家に戻ると、マイラだけでなくビショップも彼を待っていた。

「マイラに呼び出されたんだろ？　すまん、エディ」とドーランは言い、そのあと続けてマイラに嫌味を込めて言った。「おれの言ったとおりだっただろ？　あんまり利口ぶらないことだ。こうして無事に帰ってきた。何も起こらなかった。そんなことは最初からわかってた」

「結果オーライね」とマイラは言った。「もう少しでマクゴナギルに連絡して、あなたのあとを追ってもらうところだった――」

「バグリオラのことはもうマイラから聞いたんだな？」とドーランはビショップに言った。

「ああ。で、体が麻痺した男には会えたのか？」

「ああ、会えた。バグリオラは手ひどく鞭打たれた別の黒人のところにも連れていってくれた。全部クルセイダーズの仕業だ。まだ新聞社にいる頃、トマスにあいつらのことを記事にするように言ったことがあるんだ。あのとき記事にしていれば、こんなことにはならなかったかもしれない」

「おれの見るところ、そのバグリオラというやつはさしずめ被害者の全権大使だな——」

「おまえには面白可笑《おか》しく見えるのかもしれないが、エディ、おまえにもおれが見たものを見せたいよ。ほんとうにひどかった。人間のすることじゃない」

「おまえのことばを疑おうとは思わない」とビショップは言った。「だけど、ひどいことはほかにも山ほどある。おまえは戦争を経験してる。戦争もひどいことじゃなかったのか？　この世のすべてがひどいことと言ってもいいくらいだ、ちがうか？　なのに、おまえはこの問題に関してはことさら熱くなってる。ちがうか？　こういうことには自分の身の丈に応じた対応をしないと」

「なるほど、そういうことか」とドーランは言った。「今のことばでよくわかったよ。マイラに吹き込まれたんだな？　この女はおれのやることなすことすべてがまちがってると思ってるんだよ」

「マイラはそんなこと思ってないよ」とビショップは言った。

「この女はおれのやることにはなんでも嚙《か》みつくのが好きなのさ。嚙みついて、怒鳴って、喧嘩《けんか》を吹っかけるのが——」

「おまえは筋金入りの馬鹿《ばか》野郎だな。それもこれもすべてはマイラがおまえを愛してるからじゃないか」

「エディ!」マイラが大声をあげた。

「おれは真実を言ったまでだ」とビショップは冷静な声音で続けた。「そろそろ誰かがこの馬鹿野郎にほんとうのことを言ってやらないと」

「話を戻そう」ややあって、ドーランが言った。「今夜おれは何を見たのか。言うまでもない。さらにもうひとつおれにはわかってることがある。それは、世界の何者もおれがこの件を追及することを邪魔できないということだ。たとえそのためにこの命を落とすことになっても!」

「わかった」とビショップは言った。「そこまで言うならもう止めない。むしろ力になりたいと思うよ。おれたちだって世の中をよくしたい。だけど、いいか、怒りに任せた正義感だけで、あとさき考えずに頭から突っ込んでいくような真似はよせ。たった一晩で世界を変えられるなんて夢を見るのはよせ」

「変えられないか? 思いっきり頭から突っ込めばいくらかは――」

「ネスターの件はどうする? カーライルは? まずはあのふたりを追及するんじゃなかったのか?」

「あのふたりならあとでたっぷり時間をかけて追いつめればいい。向こうから転がり込んできたにしろ、今夜の情報は大きすぎる。ここまで具体的な情報は初めてだ。ク《K》ー・ク《K》ラックス・ク《K》ランのことは忘れちゃいないだろうな?」

「忘れるわけがないだろうが。いいから坐れ。帽子を取れ」

「あいつらが――」ドーランは椅子にも坐らず帽子も取らず続けた。「――ＫＫＫかどうかはわからない。着てるものが黒いところはＫＫＫとはちがう。それに自分たちのことをクルセイダーズと呼んでる。それでも、ＫＫＫに刺激されたやつらであることはまちがいない。メンバーがどれくらいいるかはわからない――何千といるのかもしれない。いずれにしろ、彼らの秘密主義は徹底していて、謎《なぞ》に包まれている。だからあいつらのことが新聞に載ることもない。あいつらは夜中に罪のない人を無理やり連れ出して、鞭打ち、タールを塗りたくって羽根をくっつける。ＫＫＫのように。そして、やつらの旗に服従のキスをさせる。そうとも、やつらはバグリオラを鞭打ったあと、あいつらの旗にキスさせたんだ。バグリオラは勲章までもらった戦争の英雄なんだぞ。あいつらよりはるかに立派なアメリカ人だ。ベッドに横になっていたトローブリッジはもう二度と体を動かすことができないんだ――気の毒に。怒りしか湧《わ》いてこない。怒りで血管が切れそうだ――」

「ああ、よくわかったよ」とビショップは言った。「だけど、大人しくつきあってお
まえの話を聞いたんだから、今度はおれの話を聞け。ずっとまえからおまえに言いた
かったことだ。こういう問題に関しておまえが頭から湯気を立てるほど腹を立てるの
はもっともなことだ。正直、おれだって腸《はらわた》が煮えくり返ってる。マイラもそうだ。で
もな、コルトンで起きてることは、アメリカのすべての街で起きてることだ。汚職に
収賄《しゅうわい》に偏見に差別に見せかけの愛国心、そんなものはどこの街にもごろごろしてる。
コルトンはそういう腐りきったアメリカの代表格みたいな街かもしれない。だけど、
おまえがこのクランだかクルセイダーズだかなんだかの悪行をやめさせたとしても、
このコルトンでやめさせたとしても――」
「ああ、おれはこんなことは絶対終わらせてやる――」
「まったく、ちょっとくらい黙っていられないのか？　話の腰を折らないでくれ。あ
いつらの問題をコルトンで解決したとしよう。でも、この国のほかの街はどうなる？
そもそも問題の核心を解決しないかぎり、この街の平和は長くは続かない。個別にひ
とつ解決しても、来月にはまた同じ問題が起こる。おれの言いたいことはわかるよ
な？」
「はっきり言うよ。まるでわからない。おまえが何を言ってるのかおれにはさっぱり

わからない」

「だったら言い方を変えよう。マルクスを知ってるか？」

「もちろん。マルクスもエンゲルスもレーニンも名前ぐらい知ってるよ。それがどうした？」

「彼らについて何を知ってる？」

「いや、正直に言って詳しくは知らない。そいつらがこの問題とどういう関係があるんだ？」

ビショップはマイラを見やって言った。

「なあ、すごくないか？　きみは信じられるか？」

「全然——」とマイラは言った。

「おい、いったいなんのことだ？」とドーランは怒って言った。

「おまえに訊《き》いたのはおまえには彼らについて学ぶ必要があるからだ」とビショップは言った。「彼らもおまえと同じ考えだった。はるか昔におまえの怒りを予見してた」

「だからなんなんだ——？」

「どうやったらおまえにわからせられるか。うまく説明できる自信はないが、いずれにしろ、おまえが考えているようなことをやろうとしたら、まずその方法を学ぶ必要がある。組織も要る。そういうものがなければ一塁ベースにもたどりつけない。そういうものがなければ、おまえはただの熱心な労働者にすぎない。おまえも共産主義がどういうものかは知ってるよな？」

「ああ、詳しくはないがな」

「しょっちゅうおれのことを共産主義者《コミュニスト》呼ばわりしてるのに？」

「悪く取らないでくれ、エディ。ふざけて言ってるだけだ」

「謝ることはない」とビショップは言った。「おれはそう呼ばれることをむしろ誇りに思ってるんだから。それに〝ふざけて言ってる〟というのはわかるよ。たいていの人にとってコミュニストなど冗談みたいなものだ。だけど、いいか、おまえはおれなんかよりずっとずっとコミュニストだよ――」

「冗談じゃない」とドーランは言った。「おれはコミュニストなんかじゃない――」

「いや、おまえは筋金入りのコミュニストで、それを知らないのはおまえだけだ。おまえは市の行政のあり方が大嫌いで、リトル・シアターの今の運営方法が大嫌いで、ラジオから流れるくだらない広告が大嫌いだ。情に訴えて金をせがむ聖職者も。おまえは今の体制そのものが大嫌いなんだよ。だろ？　少なくともおれはおまえにそういう話を何百回と聞かされてる」

「まあ」とドーランは帽子を取って言った。「こういう議論は朝までもできそうだ。確かに、もしかしたらおれはコミュニストなのかもしれない。そうだったとしても自分じゃわからないが。おれが大嫌いなものをあれこれ並べてくれたが、そのとおりだよ、おれはそういうものが大嫌いだ。だけど、大嫌いなものはほかにもある。いくらでも。たとえば、父の日や母の日の商戦がおれは大嫌いだ。それでも何にも増して嫌いなのが、黒いローブとフードをまとって、無実の人々を河川敷に連れ出し、鞭打ち、終生残る怪我《けが》をさせ、あいつらの旗にキスをさせるやつらだ。確かにおれはもっと学ばなきゃならない。こういうことをやろうと思ったら組織も必要になるだろう。たぶん、そういうことを教えてくれる人もおれには必要なんだろう。でも、今はそういう準備をしてる時間がない。今のおれにとって重要なのは、クルセイダーズを止めることだけだ。たとえこれがおれの最後の仕事になったとしても、これだけは絶対にやり遂げる――」

「そういうことをやってせいぜい稼ぐといい」とビショップは皮肉を言った。

「なあ、死人にポケットは要らない。あの世に金を持っていくことはできない」とドーランは言った。「エディ、聞いてくれ、こんな気持ちになったのは生まれて初めてなんだよ。これまで神経を逆撫《さかな》でされる事件はいくらもあった。で、その都度対処してきた。でも、正直に言うよ、いつもどこか片手間だった。全力では立ち向かってこなかった。エネルギーを温存させてた――でもって、温存させたそのエネルギーの大半を女に注ぎ込んでいた。女にエネルギーを使ってもいいことなんて何もないのに。おれが美人に弱いことはみんなが知ってる。でも、いくら美人とつき合っても、おれの中の何かを突然目覚めさせてくれるようなすばらしい出来事は一度も起きなかった。でもな、いつものようにベッドにはいった馬鹿な男が、次の日の朝には賢い男になって眼が覚めることだってないわけじゃない。夜と朝のあいだに何が起きたのか。それは自分でもわからない。わかるのはただおれは変わったということだ。そういうことがおれの身に起きたんだ。何をすればいいのかはまだわからない。どこから手をつければいいのかさえわからない――でも、始めなきゃならないことだけはわかってる。おまえの共産主義も理論もルールもどうでもいい。ティモシー・アダムソンはリトル・シアターのことでおれに助けを求めてきた。今夜はバグリオラがおれに助けを求めてきた。そんなふうに誰かがおれに助けを求めてくるかぎり、おれにはわかるんだよ、自分が正しい方向に向かってることが。こういうことには、ルールに則《のっと》ってマニュアルや科学的な戦術を駆使して対処すべきだとおまえは思ってるかもしれないが、おれはそうは思わない。もう議論はなしだ。左寄りのアドヴァイスも要らない――今からはおまえたちふたりにはおれがやりたいと思う方法で、おれがやりたいと思うことをやってもらう。それが嫌なら、さよならだ。おれは本気だぜ。明日の朝一番に〝クルセイダーズ〟と呼ばれるやつらの調査を始める。それ以外のことはどうでもいい――おまえたちには今すぐ決心してほしい。イエスかノーか」

ビショップは唇を噛んでマイラを見やった。マイラの表情からは何も読み取ることができなかった。

「なあ、マイラ」ビショップはややあって口を開いた。「こいつのやり方が正しいとは思えない。それでもこいつについていくしかなさそうだ」

「わたしの答はイエスよ」とマイラはかすれた声で言った。

「よかろう」とビショップはドーランに言った。「おまえは絶対にまちがってるけど、おまえは石頭のアイルランド人だ。こうと決めたらてこでも動かない。イエス・キリストが直々におまえを百万年かけて説得しようとしても無理だろう。おれたちはおまえについていく。それはおれたちがおまえを心から愛してるからだ。奇跡が起きて、おれたちが無事にこの問題を解決できたら、おまえのどこがまちがってたか、時間をかけてとくと教えてやるよ」

「ああ、そのときは頼む……」とドーランは言った。「でも、今はこの部屋から出ていって、おれを眠らせてくれ。頭が首の上で爆発しそうなほど痛くて――」

ビショップとマイラは立ち上がった。ビショップは机から帽子を取ると、おやすみも言わずゆっくりと部屋を出た。マイラは本棚に向かい、その上に置いたコートを取り、ゆっくりと着た。彼女も何も言わなかった。ナイトテーブルの上にある小さな目覚まし時計がたてるカチカチという音だけが部屋に響いた……ドアのところで、マイラはドーランを振り返った。やはり何も言わず、笑みも浮かべず――ただ彼を見つめた。そうして部屋を出ていった。マイラがビショップのあとに続いて階段を降りる音が聞こえた。

ベッドにはいってからドーランは、マイラがここに泊まると駄々をこねず、素直に部屋を出ていったのは今夜が初めてなのに気づいた。もっとも、気づいただけで、それをどう解釈すればいいのかはわからなかったが……

3

次の朝、ドーランは一階のバスルームでシャワーを浴びた（二階のバスルームはまだ壊れたままだ。オーナーのミセス・ラトクリフが修理費を出すことを頑として拒否しているのだ）。頭に巻いた包帯を濡《ぬ》らさないように注意して、体を洗ったり軽く叩《たた》いたりした。いきなりバスルームのドアが乱暴に開けられた音がした。ドーランは同居人の誰かがはいってきたのだろうと思い、気にせず体を洗いつづけた。洗面台でひげを剃《そ》っていたエルバートが悲鳴をあげるまでは。

ドーランはシャワーカーテンの隙間《すきま》から顔を出して外の様子をうかがった。バスルームのドアのまえにエイプリルの夫、ロイ・メネフィが立っていた。顔は真っ赤で、その手には拳銃《けんじゅう》があった。

「出てこい」と彼はドーランに言った。

「今、出るよ」ドーランは湯を止め、シャワーカーテンを開き、バスタブの中に立ったまま言った。「いったいどうしたんだ？」

「エイプリルはどこだ？」

「エイプリルがどこにいるかなんて知らないよ。どうしておれに訊《き》く？」

「嘘《うそ》をつくな、ドーラン――エイプリルはどこにいる⁉」

「嘘じゃない。エイプリルがどこにいるかなんて知らない。ほんとうだ。そもそもう何日も会ってない」

「おまえなんかぶっ殺してやる、この嘘つき野郎――」

ドーランはもう少しで笑いそうになった。メネフィが――あの大人しいメネフィが――拳銃を持って立っているのだ。エルバートは腕を曲げて顔に剃刀《かみそり》をあてたまま、恐怖に凍りついている。あまりの恐怖に動くことすらできなくなっている。それまた笑えた……

「ちょっと待て、ロイ」とドーランは口を利《き》くのに必要な筋肉以外はできるだけ動かさないようにして言った。「おれはほんとうにきみの奥さんがどこにいるか知らない。この一週間、とことん忙しくてね。だからもちろんエイプリルにも会ってない。連絡も取ってない。だろ、エルバート？　きみはここでエイプリルを見かけたか？」

「いや――」とエルバートはなんとか口を開いて言った。

「ほんとうだって。神に誓ってもいい、ロイ――」

「ここじゃなければ、エイプリルはどこに泊まったんだ？」とメネフィは言った。

「昨夜帰ってこなかったんだ――」

「どこにいるかは知らないが、ここにはいない。信じられないなら、階段をあがっておれの部屋を見てくるといい。エイプリルはここには泊まってない。この家にいる誰に訊いてくれてもいい。みんな同じことを言うだろうよ。さあ、銃をおろしてくれ、ロイ――今度ばかりはきみは完全に勘ちがいしてる」

メネフィは少しためらったものの、銃を下げて、ポケットにしまった。精神的にかなり参っているようだった。顔は真っ赤で、頻繁にまばたきを繰り返している。必死に涙をこらえようとしているのだろう。ドーランはバスタブから出ると、体にタオルを巻いて言った。

「エルバート、少しふたりだけにしてくれないか？」

エルバートは黙ってうなずき、浴室から出ていった。手にはまだ剃刀を握っていた。

「さあ、ロイ」ドーランは便器の蓋《ふた》を閉めて言った。「ここに坐《すわ》れよ――」

メネフィは便器のところまで行って腰をおろした。唇がピクピクと痙攣《けいれん》していた。

「どうしてエイプリルがここにいると思ったんだ？」とドーランは尋ねた。

「エイプリルがいなくなって、彼女が昔、おまえに熱をあげてたことを思い出したんだ――それもこれもみんなリトル・シアターのせいだ。だからここ数ヵ月、彼女をリトル・シアターから遠ざけようとしてたんだけれど」

「リトル・シアターがすべて悪いわけじゃないよ」とドーランは脚をタオルで拭《ふ》きながら言った。「エイプリルにもやはり責任はあるんじゃないか？　いや、もちろんエイプリルに悪気はないのさ――でも、彼女は、そう、つい男に気のあるようなそぶりをすることがあるだろ？　それはきみも知ってるだろ？――」

「ああ、エイプリルがこの街のみんなと寝てたことは知ってるよ。そんなことは。みんな結婚したあと知ったことだが」

「いや、それは――」

「エイプリルを庇《かば》う必要はないから、ドーラン。きみだって寝てただろ？　きみらのことはよく知ってる」

「結婚してからはそんなことは金輪際してないよ」

「婚約したあともおまえたちは関係を続けてた。同じことだ」

「全然ちがうよ。いいか、ロイ。短気は損気だ。銃なんか持ち歩いてると碌《ろく》なことにならないぞ――」

「昨夜彼女と一緒だった男は絶対に殺してやる」とロイは妙に落ち着いた声で言った。「殺してどうなる？　一生後悔することになるだけだ。いや、絞首刑《こうしゅけい》になるかもしれない。きみは役立たずの能なしじゃない。きみには社会的地位もある。女のためなんかに人生を棒に振るなよ」

「おれを動かしてるのはエイプリルじゃない。女じゃない」

「プライドか？」

「たぶん。疑って悪かったな。リトル・シアターに行ってみる」ロイは立ち上がった。

「あんたが浮気相手じゃないなら、相手はリトル・シアターの誰かにちがいない。絶対に捜し出してやる」そう言って出ていった。

ドーランはロイがバスルームから出ていくのを無言で見送ると、ローブを羽織り、赤いスリッパを足に突っかけ、バスルームを出て居間まで走った。そして、窓越しにメネフィがパッカード・クーペに乗り込んで急発進で走り去るのを確認すると、今度は二階の居間に行って、リトル・シアターに電話をかけた。舞台裏の誰かが電話に出た。オフィスにまわしてくれと頼んで少し待つと、デイヴィッドが電話口に出てきた。

「マイク・ドーランだ、デイヴィッド」と彼は言った。「わかった……受け取ったか？……大金を貸してくれてありがとう。ああ、アーリーンに小切手を渡しておいたんだ。金があるうちに返しておきたかったんでね。それより、デイヴィッド、よく聞いてくれ。ロイ・メネフィがさっきまでここにいたんだが、エイプリルを捜してる。銃を持って、殺気立ってる。そっちに向かったところだ。あの電気技師のことは絶対にしゃべるなとみんなに知らせてくれ。それから、あの電気技師にすぐに逃げるように……それはわからないが、いずれにしろ、エイプリルは昨夜家に帰らなかったみたいなんだ。メネフィは自暴自棄になってる。……ああ、わかった。近いうちにそっちにも顔を出すよ……」

電話を切ると、エルバートが近づいてきた。顔に塗ったひげ剃り用の石鹸《せっけん》はもうすっかり乾いていた。

「危ないところだった」と彼は言った。

「ああ――」

「ほんと怖かった。頭のおかしなやつは何をしでかすかわからないからね……」

ドーランはそのことばに応じることなく、階段に向かった。また頭がずきずきと痛みはじめた。

「あら――包帯をしてるから誰だかわからなかったわ」ドーランがオフィスにはいる

と、マイラが愉《たの》しそうに言った。「医者はなんて言ってるの？」

「順調に回復してるそうだ。二、三日もすれば治るって」

「やあ、ドーラン」グリソムもオフィスにやってきた。

「おはよう――」

「見て」マイラはそう言って、名簿を見せた。「新しく九人も年間契約してくれたわ。しかも向こうから電話してきてくれたの」

「カーライルの件はすごい宣伝になるって言っただろ？」とグリソムが言った。

「あと、トマスが何回か電話してきた。お午《ひる》に彼のオフィスで会いたいって。重大な用件って言ってたけど。重要な会議だそうよ――」

「重要な会議？」

「それしか言わなかったけど、あなたにどうしてもその会議に出席してほしいみたい。あなたの利益にもなるって言ってた」

「トマスと遊んでる時間はないんだがな」とドーランは顔をしかめて言った。「どういう会議なんだろう？」

「会いにいくだけなら問題ないんじゃないの？」

「そうだな、行ってみるか」とドーランは言って、電話の近くに坐ると、郡庁舎に電話をかけ、保安官事務所につなぐように頼んだ。しばらくすると、マクゴナギル保安官が電話口に出た。ドーランは重要な用件なのですぐに会えるかと尋ねた。マクゴナギルはドーランが郡庁舎に来るのは得策とは言えないから、夜会えないかと提案してきた。

「だったら、今すぐこっちに来られないかな?」とドーランは言った。「迷惑をかけるつもりはないよ、バド、もちろん——だけど、緊急の用件なんだ。五分ですむ——」

マクゴナギルは、わかった、すぐに行くと応じてくれた。

「六丁目通り。ターミナル通りを少し過ぎたところにあるグリソム印刷会社だ……ありがとう、バド」

ドーランは受話器を置くと、立ち上がってマイラに言った。

「年間契約者が少しでも増えたのはいいことだ」そのあと出社してきたビショップに言った。「おはよう、エディ。子供の具合は?」

「快方に向かってる。ありがとう——」

「よかった。ちょっと外に出て、コーヒーを飲んでくる。マクゴナギルが来るまでには戻る」

ドーランはドラッグストアにはいった。十冊以上の『コスモポライト』が棚に並んでいるのを見て嬉《うれ》しくなった。ソーダ・ファウンテンの近くに坐り、コーヒーを注文した。コーヒーを飲んで心を落ち着かせると、道路を渡ってオフィスに戻った。コーヒーを注文した。年間購読の申し込みがさらに二件増えたとマイラが言った……

その十分後、マクゴナギル保安官が正面玄関からはいってきて、まずグリソムに話しかけた。グリソムは中二階を指差し、自分もあがってきて、マイラの横に坐ると、なにやら彼女と話しはじめた。

「わざわざ足を運んでもらってすまない、バド」とドーランは言った。

「いや、かまわないよ、マイク」とマクゴナギルは言いつつもどこか警戒したような声音だった。「調子はどうだ、エディ？」

「ありがとう、元気だ、バド」とビショップは答えた。「さあ、坐ってくれ」

「昨夜、すごいことがわかったんだ」とドーランが言った。「それであんたなら力になってくれるかもしれないと思って。この街でおれを助けてくれるのはあんたと警察署長のエメットだけだからな。で、まずはあんたに聞いてもらおうと思ったんだ」

「それはいいが、なんの話だ？」

「クルセイダーズの噂《うわさ》を聞いたことはないか？」

「なんだって？　ないよ。いったい何者だ？」

「バド、あんただってやつらのことは聞いたことがあるはずだ」とドーランは落ち着いた声で言った。「あんたは時々、そうやって眼を細めて鼻の先を見るような眼つきをするけど、それだけでもう心の内はばれてる。なあ、やつらはいったい何者なんだ？」

「おいおい、マイク、そんなことのためにおれを呼んだのか？」

「〝そんなことのため〟？　それだけで充分だろうが」

「知らない。クルセイダーズなんぞ聞いたことも――」

「エプワースリーグ（社会奉仕や宣教活動をおこなうキリスト教メソジスト派の若い信者の団体）みたいな団体だ――ちがいはほとんどない」とビショップが皮肉を込めて言った。

「バド……」とドーランは言って身を乗り出した。「無駄な駆け引きはやめよう。あんたはやつらのことをよく知ってるはずだ。あんたが知らないわけがない」

「いつ彼らのことを嗅《か》ぎつけた？」

「昨夜、というか、日付が今日に変わった頃だ」

「なるほど。わかったのはつい昨日の夜中だったわけだ。だったら、おれがまだ知らない可能性だってあるとは思わないのか？」

「ああ、思わない。おれは昨夜、トローブリッジという男に会った。彼の奥さんがクルセイダーズのことはあんたに直接話したって言ってた」

「トローブリッジの奥さん？　そもそもそんな名前のやつなど知らないよ」

「いや、知ってるはずだ。吊《つ》るされて、全身麻痺《まひ》になった男の奥さんだ――」

「ほんとうに思い出せない」とマクゴナギルは言って首を振った。「その女性にはもしかしたら会ったことがあるかもしれないが、ほんとうに覚えてない。仕事柄、いろんな人間に会わなきゃならないんでな。言うまでもないが」

「いい加減にしろよ、バド。あんたがクルセイダーズを知ってることはもうわかってるんだ――あんたにはそのことをおれがもう知ってることもわかってる。どうしてとぼけるんだ？　怖いのか？」

「おまえさんは何か勘ちがいしてる、マイク。おれが怖がる？　知ってることがあればなんでも話すよ――」

「ほんとうにそうなんだな？　命を賭《か》けてそう言えるんだな？」

「ちょっと待て、マイク」そう言って、マクゴナギルは立ち上がった。その表情は暗かった。「今のは言いすぎだ。おれはおまえさんが好きだ。おまえさんはいいやつだよ。だけど、おれに何かを無理強いできると思ってるなら、それは大まちがいだ

「――」

「正直に話してくれないなら、無理強いでも嫌がらせでもなんでもするぞ。あんたのいかつい顔も、あんたの拳銃に刻まれてる切込みの数も怖くない。だいたいあんた、上位者ぶれる立場か？　あんたの咽喉元《のどもと》を狙《ねら》ってるやつらがうじゃうじゃいるのに。正直に話してくれないなら、あんたを狼《おおかみ》の群れの中にでも放り込む。せいぜいやつらになぶられるといい。おれは本気だからな」

マクゴナギルは中二階を見まわし、手すり越しに階下《した》の様子もうかがってから言った。

「階下《した》に行こう」

「そのほうがよさそうだ」とドーランは言うと、先に立って歩きはじめた。

階段を降りると、洗面所のほうに向かった。

「あまり詳しいことは話せない。それはほんとうによく知らないからだ」とマクゴナギルは言った。「いいか、ここだけの話だ。おれ自身は、おまえさんが何かしてくれることを心から願ってる。だけど、あとひと月もすれば、やつらはこの国を牛耳るところまで行きかねない。やつらはＫＫＫより性質《たち》が悪い」

「ＫＫＫより性質が悪い？　ありえない。あんたもメンバーなのか？」

「ちがうよ、もちろん。誘われたこともない」

「メンバーを誰か知ってるか？」

「サム・レンは絶対にメンバーだろう。おれの部下のサム・レンだ——保安官補の。クレンショーもそうだろう。クレンショーはおそらく幹部のひとりだろう」

「マーヴィン・クレンショーが——？」

「ああ——」

「なんてことだ。〈コルトン・ナショナル〉の副代表までそうなのか。この街の有力者のひとりだ。商工会議所の会頭も務めて——」

「それでも同じことだ。マーヴィン・クレンショーがクルセイダーズの幹部なのは変わらない。ただ、言っておくと、今おれが話したことはおれが直接つかんだ情報じゃない。あくまで伝聞だ——」

「わかった。でも、心配はしないでくれ。今度ばかりは早まった行動はしない。それに、何があろうと、あんたを巻き込むような真似《まね》は絶対にしないよ。気をつける」

「ああ、どれだけ気をつけようと、気をつけすぎることはないからな。やつらに比べれば、おまえさんがこれまで追及してきた相手なんぞ幼稚園児みたいなもんだ。おれがこれまでやつらに関する苦情に応じられなかったのはそのせいだ。とてもおれの手には負えない——」

「ただ、バド、ひとつだけ頼みがある——この頼みを聞いてくれたら、もうこれ以上あんたを煩《わずら》わせない。やつらの次の集会はいつどこでおこなわれるのか、サムから訊き出してくれないか——」

「それは無理だよ、マイク。やつらの秘密主義は徹底してる。それにサムに疑われるような真似は——」

「訊き出す方法は任せる。経験豊富な捜査官としてできないことじゃないだろ？　それにあんたはサムの上司なんだし」

「おまえさんは知らないだろうが、最近、サムは態度ががらりと変わった。急に偉そうになって、まわりにもいばり散らしてる——」

「サムはもうあんたを尊敬してない。あいつはあんたの後釜《あとがま》を狙ってるのさ」

「わかってる——」

「これでおれを手助けする理由がひとつ増えたんじゃないか？　次の集会の日時と場所を突き止めてくれれば、おれがやつらをぶっつぶす。それだけは約束する」

「わかった。なんとかやってみよう。だけど、頼むから——」

「あんたを巻き込んだりは絶対しない。バド、あんたには感謝しかない。ありがとう」

マクゴナギルは黙ってうなずき、印刷所を出ていった。ドーランは二階にあがった。

「保安官、なんだか煮え切らない態度だったな」とビショップが言った。

「実際、詳しいことは知らないんじゃないかな――」

「知ってるに決まってる。バド自身メンバーなんじゃないか――」

「いや、それはないだろう。できるだけのことをすると約束してくれた――」

「ほんとうに？　あいつは実は気が弱い。人を撃つだけの度胸はあっても、こういう問題になるとからきしだ。あいつはタマなしだ。たとえ自分の家族のためでも争いごとは避けるんじゃないか――」

「今からトマスに会ってくる」とドーランはビショップのことばをさえぎって言い、階段を降りはじめた。

「……ランチは一緒に食べたい？」とマイラが言った。

「何時に戻れるかわからない」とドーランは答えて繰り返した。「トマスに会ってくる――」

ドーランはトマスのオフィスにはいった。トマスはいなかった。彼の秘書は、ミスター・トマスは階上《うえ》の会議室で開かれている会議に出席中だが、あなたが来たことを知らせればすぐに降りてくると言った。ドーランは秘書のことばを無視して、トマスのオフィスを出ると、まず社会部に向かった。見慣れたメールボックスのまえに立つと、ノスタルジアの小さな波が打ち寄せてきた。振り向いて、そこで初めてざわめきが意識された——タイプライターの音、テレタイプの音、記者が動きまわる音、椅子《いす》が床をこする音。昔と少しも変わらない。聞き慣れていたはずの音がやけに大きく聞こえるのは、ここを離れてすでに数週間が過ぎているからだろう……

気づくと、いっとき感じたノスタルジアは消えていた。その場に佇《たたず》み、彼はせめてノスタルジアが戻ってきてくれたら、と思った。かすかなノスタルジアの小波《さざなみ》ではなく、大波となって戻ってきてくれたら、と。ノスタルジアの大波が洪水のように押し寄せ、心と体に流れ込み、ざわめきが耳に鳴り響き、心も体もノスタルジアでいっぱいになったら、ここでもう一度働きたいと思うのではないか？　〝一度新聞記者になったら、死ぬまで新聞記者〟。いつも聞かされていたことだ。鼻をくすぐるインクのにおい。最新ニュースを発表するときの興奮にまつわる名言のあれこれ。何度も聞かされた。が、今のドーランにはそういうことばにはなんの意味もないことがよくわかる。残念ながら。そうした名言は新聞記者になって最初に覚えることだが、今はただのたわごとにすぎないことがよくわかる。何人かの記者が彼を見ていた。編集担当の年配の記者たちも見ていた。が、会釈《えしゃく》するなり手を振るなりして、彼の存在をきちんと認める者もいなければ、彼の存在をほかの誰かに教える者もいなかった。ただのひとりも。

ドーランは社会部を出ると、階段を降りて会議室に向かった。おれは二度と戻ることのない橋を渡ろうとしている。それが——

嬉しい
悲しい
嬉しい
悲しい
嬉しい

悲しい　嬉しい　悲しい　嬉しい　悲しい　嬉しい　悲しい　嬉しい　悲しい
嬉しい　悲しい　嬉しい　悲しい　嬉しい悲しい嬉しい悲しい嬉しい悲しい嬉しい悲しい嬉しい悲しい嬉しい悲しい嬉しい悲しい

どちらが自分のほんとうの気持ちなのだろう？

会議室のドアを開けて、中にはいった。

六人の男がテーブルを囲んでいた。彼に気づくと、会話を中断して、全員が彼のほうに顔を向けた。ドーランは六人全員を知っていた。テーブルの上座にトマス、大手の朝刊紙〈インデックス〉のマステンバウム社長、〈クーリエ〉のハヴェトリー社長、夕刊紙〈スター〉のリドル財務部長、同社の編集長、サンドリッチ、最後は〈タイムズ・ガゼット〉のバリガー社会部長。

「さあ、はいってくれ、ドーラン」そう言うとトマスは立ち上がり、テーブルの上座、彼の隣りの革製の椅子に坐るよう身振りで示した。「来てくれて嬉しいよ。こちらの紳士たちのことは知ってるな？」

「ええ。お久しぶりです」そう言ってドーランは会釈した。

「坐ってくれ。その頭はどうした？」

「これ？――ちょっとした事故です――」

「それは災難だったな。とにかく坐ってくれ」トマスは坐るよう再度促した。「みなさんに集まっていただいた理由を私からドーランに説明してもいいですかな？」

何人かがうなるような声をあげて同意した。

「ドーラン……」とトマスは言った。「このような会議を開くのはまったく異例のことだが、各新聞社の代表に集まってもらったのは、われわれには共通の目的があるからだ。その目的とは、われわれの権利を守るために闘うこと、つまり、発行部数の減少を食い止めることだ。今日きみに来てもらったのは、われわれの決意をきみに伝えるとともに、われわれのほうからある提案をしたいと思っているからだ――」

ドーランは何も言わず、トマスが話を続けるのを待った。

「われわれ四社は二千五百ドルずつ、きみに支払うことで合意した――合計で一万ドル――さらにきみが好きな新聞社で働けるように手配もする。どの大都市でもかまわない。ただし、コルトンからは少なくとも千六百キロ以上離れた都市にかぎる。これはもちろん、もしきみが『コスモポライト』の発行をあきらめて、ここではもう雑誌を発行しないという合意書に署名してくれればの話だ」

「どうしてそんな提案を？」とドーランは尋ねた。

「正直に話そう。きみの雑誌には扱える案件が無尽蔵にある。一方、そういう題材はわれわれのような新聞社では取り上げることも、仄《ほの》めかすこともできない。予期せぬ結果を招きかねないからだ。そういう題材は、題材となった相手を破滅させることもある。同時に大衆受けすることも。ハリー・カーライル医師の自殺がそのいい例だ」

「あれは自殺だったんですか？」

「もちろん自殺だ！」

「それは知らなかったな。新聞記事からいろいろと想像はしたけれど。でも、どの新聞にも自殺とは書かれていなかった。どの新聞も彼が亡《な》くなり、近くに拳銃が落ちていたとしか書いてなかった」

「あてこすりはやめろ、ドーラン。われわれは、新聞社たるもの何をどのような手法で市民に伝えるかについて議論するためにこうして集まったわけじゃない。それでも、『コスモポライト』がカーライル医師の死に責任があるという事実は変わらない。加えて、あの記事はある種の人々に――無知蒙昧《もうまい》な人々に――『コスモポライト』は恐れを知らない雑誌だなどという印象を与える結果にもなった」

「いいですか……」とドーランは笑みを浮かべて、出席者全員に話しかけた。「みなさんは敗北を認めたのと変わらないことに気づいていないんですか？　新聞でも定期刊行物でも、真実を伝えさえすれば、この街でも必ず成功するということをあなた方は認めながら、それにまだ気づいてないんですか？」

「ドーラン、そんなことはどうでもいいんだよ」とトマスは言った。「われわれはとても気前のいい提案をした。もちろん、きみがどこまでも抵抗したいというなら、別のやり方で片をつけることもできなくはないが――」

「そういう言い方から判断すると、おれがその金を受け取って、ニューヨークにでも行かないかぎり、ウィットルジーと同じ目にあうってことでしょうか？　みなさんご存知と思うけれど、この街でタブロイド紙を三ヵ月発行したら、力ずくで街から追い出されたあのウィットルジーのことです。そういうことなんですか？」

「くだらないことを言うな」とトマスは吐き捨てるように言った。「一万ドルが手にはいるだけじゃなく、おまえの好きな新聞社で働けるんだ。一万ドルあれば、借金を全部返してもかなりの額が手元に残るんじゃないのか？」

「金なら充分ある」とドーランは言った。「〈クーリエ〉の今日の夕刊に広告も出すつもりです」

「つまり、われわれの提案は断わるということか？」

「言うまでもない――ただ、ここに来られたのはよかった。あんたらは絶対に認めないだろうが、おれにとってはこれは大きな勝利を意味するんでね――」

「よかろう」とトマスは言った。「だったら、おまえが言う〝勝利〟から、なんでも好きなものを手に入れればいい。これが最後通告になるのはわかってると――」

「もしかしたら……」テーブルの反対側に坐っていたマステンバウムが言った。「金額をもう少し上げることもできなくはないが――」

「それには及びません、ミスター・マステンバウム」とトマスは答えた。「おれはみなさんよりこいつのことをよく知ってます。金額を上げても無駄です」

出席者全員がドーランに眼を向けた。トマスが言ったとおり、これが最後通告であることは彼らの眼を見れば明らかだった。そこでドーランもようやく気づいた――主要な新聞社のお偉方が集まっているところに呼び出せば、おれも萎縮《いしゅく》するのではないか。この会議の狙いはたぶんそこにあったのだろう。

「では、これで失礼します」ドーランはそう言うと、席を立って会議室をあとにした。そのまま廊下のつきあたりまで歩いた。そこでエレヴェーターを待っていると、格子《こうし》造りのエレヴェーター・ケージ越しに、男がひとり上階から階段をものすごい勢いで降りてくるのが見えた。編集部員のバセットだった。勢いよく角を曲がると、そのまま廊下を駆けていった。ちょうど会議室からトマスや他社の重役たちが出てきた。バセットは彼らに大きな身ぶりを交えてなにやら伝えた。直後、トマスとバリガー社会部長も走りだし、一段飛ばしで階段を駆けあがっていった。バセットはエレヴェーター乗り場に戻り、ドーランと一緒に階下《した》に降りた。とことん興奮していた。

「なんの騒ぎだ？」とドーランは尋ねた。

「新聞売りを掻《か》き集めるよう配達部に今すぐ言わないと。号外を出す――」

「号外？」

「ウェストン・パーク殺人事件だ。ロイ・メネフィが女房とその愛人を撃ち殺した――」

エレヴェーターが一階で停まり、バセットは勢いよく飛び出し、営業部のオフィスに駆け込んだ。

「――その頭、どうしたんです、ミスター・マイク？」昔からいるエレヴェーターボーイの黒人、エドワードが訊いてきた。

ドーランには何も答えられなかった。エドワードは怪訝《けげん》な顔で首を振りながら、正面玄関を抜け、道路に出るドーランのうしろ姿を見送った……

その日の午後、新聞でドーランが眼にしたのはふたつの個所だけだった。

ひとつは一面の見出しで、手組みの活字が躍っていた。

ウェストン・パークの御曹司
社交界にデビューしたばかりの妻とその愛人を射殺

ロイ・メネフィ
ダウンタウンのホテルで
妻のコフリン・メネフィと
リトル・シアターの電気技師エミル・ヴィデオを射殺

ドーランは見出しだけ見て、記事は読まなかった。もうひとつ見たのは、彼が契約した個人広告だった。それは第十ページの下の段に掲載され、広いスペースに大きな活字で印刷されていた。

債権者のみなさんへ（金額の多寡《たか》は問いません）

最近、かなりの額の収入がありましたので、これまでのすべての借金を返済したいと存じます。昔の債権でもかまいません。商品の提供でも金銭の貸し付けでも、私になんらかの貸し付けがある方は、明日の午後三時に六丁目通り八一二番地までお越しください。全額返済いたします。

マイケル・ドーラン
〈タイムズ・ガゼット〉紙の元スポーツ担当記者）
現在は『コスモポライト』誌の発行者・編集者

『コスモポライト』

（真実を、すべての真実を、真実だけを）


借金生活の長かったドーランはこのような広告を出せる日を夢見てきた。借金については強迫観念さえ抱いていた。

それでも、返済にともなう爽快感《そうかい》などあっというまに消え失《う》せた。

仕事を早く終えると、ドーランは車を海へ走らせた。何時間もドライヴした。が、何をして何を見たのか、まったく覚えていなかった。夕食を食べたかさえ覚えていなかった。家に帰ると、ビショップとマイラが待っていた。

「ずっと待ってたのよ」とマイラが言った。

「悪かった。ドライヴしてたんだ」

「そういうことをするなと言っても無駄だろうから、よけいなことは言わないが」とビショップが言った。「トマスの用件はなんだったんだ？　それをおれたちに教えるのがさきだろうが」

ドーランはふたりにトマスたちから提案があったことを伝えた。ビショップは驚かなかった。

「おまえへの餞別《せんべつ》ってわけだ」と彼は言った。「そこまでやってくるとはな」

「これ自体がいい記事になりそうね」とマイラが言った。

「『コスモポライト』のせいであいつらの発行部数が落ちたわけでもないのに」とドーランは言った。「それでも、おれたちの存在が脅威だということだけはわかったみたいだな」

「それはちがうな」とビショップが首を振って言った。「あいつらが気にしているのは発行部数が落ちることじゃない――世間体だよ。世間体を傷つけられることをなにより怖《おそ》れてるのさ。それと読者が気づいちまうことだ。これまであいつらに騙《だま》されてきたことに」

「たぶんそういうことなんだろう……それよりメネフィはとんでもないことをしでか

したな」

「ああ——」

「でも、どうしてエイプリルを撃ったんだ？　エイプリルがああいう性格だってことはあいつも知ってたのに。今朝もそう言っていたのに——」

「今朝メネフィに会ったの？」とマイラが尋ねた。

「メネフィがエイプリルを捜しにきたんだ。銃を持って。あいつはエイプリルがここに泊まったと思ってたようだ」

「メネフィが来たことなんてあなたは何も言わなかった——」

「忘れてただけだ」とドーランはマイラのほうを向いて苛立《いらだ》たしげに言った。「おれの身に起こったことは全部きみに報告しなきゃいけないのか？　ほんとに忘れてたんだよ」

「はいはい、忘れてたのね」とマイラは言った。

「……それにしてもメネフィはとんでもないことをしでかしたもんだ」とドーランは誰に言うでもなく繰り返した。「何もかも手に入れてたのに——地位も金も評判も——なのに一瞬の衝動ですべてを失ってしまった。エイプリルの親父《おやじ》さんは、エイプリルとおれを結婚させなかったことを今頃悔やんでるんじゃないか？」

「いや、おまえから見れば結婚しなくてよかったんだよ……」とビショップが言った。

「おまえとエイプリル。うまく行くわけがない」

「それでもだ。試しに結婚してみたかった」

「ねえ、マイク、行ったり来たりするのをやめて坐ったら！」とマイラが言った……

ノックの音がした。

「どうぞ」とドーランが応じた。

エルバートとアーンストだった。

「邪魔してすまん」とエルバートが言った。「友達が来てるとは思わなかったんで――」

「遠慮は要らない。はいってくれ」

「家のことはどうする？　もう決めたのか？」とエルバートは言った。

「どの家だ？　この家か？　何をどうするって？」

「おれたちはすぐ引っ越さないといけない。ユリシーズから聞いただろ？」

「今日はまだユリシーズには会ってない」とドーランは言った。

「わたしは会ったわ」とマイラが言った。「引っ越しのことはわたしにも話してくれた。あなたに言うのを忘れてた。いい、あなたもすぐに引っ越さないと――」

「どうして？」

「ミセス・ラトクリフがこの物件をもう売っちまったんだよ。だからおれたちは今すぐにも出ていかなきゃならないんだ」とエルバートが言った。「実際には明日。ここはガソリンスタンドになる」

「この家をすぐに取り壊したいんだとさ」とアーンストが言った。

「だったら今夜引っ越したってかまわない」とドーランは言った。「引っ越しの荷物なんてないに等しいから」

「トミーとユリシーズとで今日の午後、新しい家を探しにいったんだ」とエルバートが言った。「で、シカモア通りにいい物件を見つけた——間取りはここととほとんど変わらない。あんたがよければ、あんたの荷物も一緒に運んであげるよ。あんたは今忙しいだろうから——」

「新しい家は見なくていい」とドーランは言った。「みんながよければ、おれもそこでかまわない」

「よかった。じゃあ、おれたちと一緒に引っ越してくれるんだな？」

「もちろんだ。みんなと一緒に引っ越すよ」

「よかった。みんなそのことばを聞きたかったんだ。じゃあ、またあとで——朝になったら。もう少し細かいことも話し合いたい――」

「わかった――」

ふたりは軽く会釈して部屋を出ると、ドアを閉めた。

「――〝細かいこと〟？」マイラがぶっきらぼうに言った。「どういう意味かはもちろんあなたもわかってるのよね？　家賃のことよね。もう少し大人になったら？　あの寄生虫たちはいい加減貧民街に放り出してもいいんじゃない？　彼らがもともといた場所に」

「貧民街もそんなに悪いところじゃない」とドーランはマイラの物言いにいささか苛立って言った。「貧民街のことはよくわかってる。おれも貧民街の出《で》だから――だけど、どうしてきみはあいつらのことを悪く言う？　あいつらはとんでもない才能の持ち主だ。天才と言ってもいい」

「真面目《まじめ》に言ってるの？」マイラは唇を歪《ゆが》めて言った。「あの人たちははったりで生きていこうとしてるだけよ。ボヘミアンのふりをしてるだけよ。そういうのはもう流行《はや》らない。知らないの？」

「ふたりともいい加減にしてくれ」とビショップが大声で言った。「マイク、広告の営業に雇ったゲージだが、すごくいい仕事をしてくれてる。今日の午後だけで、二件の広告契約を結んできた」

「そいつは幸先《さいさき》がいい。ふたりに訊きたいんだけど、おれがメネフィの事件に巻き込まれる可能性はあるんだろうか？　聴取とか裁判とかに呼び出されると思うか？」

「さあ、そこのところはなんとも言えないな——」

「冗談じゃない。こんなときに裁判なんて」

またノックの音がした。

「どうぞ」とドーランがまた応じた。

ユリシーズだった。が、廊下に立ったまま中にはいろうとはせず、ドーランに外に出るよう身振りで示した。ドーランは部屋を出て居間に行き、ドアを閉めた。

「外に車が停まっていて、男の人があなたに会いたがってます」とユリシーズは言った。

「男？　誰だ？」

「バドと言えばわかるって——」

「ああ——わかった」ドーランはそう言うと、階段に向かった。

うしろでドアの開く音がした。

「マイク！」とビショップが声をかけた。「どこに行く？」

ドーランは振り返り、ビショップが立っているところまで戻って言った。

「バドが会いにきてる。会ってくるけど、何か問題でも？」

「バド・マクゴナギル本人であることはまちがいないんだな？」

「頼むからマイラと一緒にここで待っててくれ。少しはおれの好きにさせてくれ」

ドーランは階段を降りて外に出た。バド・マクゴナギルはヘッドライトを消して郡保安官事務所の車の中で待っていた。

「おまえさんの部屋にはあがりたくなかったんでね」とマクゴナギルは言った。「これからは細心の注意を払わないと。クルセイダーズが集まる場所がわかった。今夜だ——」

「今夜？」

「ああ。集会みたいなものを開くようだ。古い飛行場を知ってるか？　貯水池の近くの飛行場だ」

「知ってる。川沿いの平地を越えたところだろ？」

「そうだ。やつらは真夜中にそこに集まる。それと、そうそう……」彼はそう言って新聞紙に包んだものを掲げて見せた。「これを使え——」

「それはなんだ？」

「制服みたいなもんだ。これがないとやつらには近づけない」

「どこでそれを仕入れた？　あんたはメンバーじゃないのに」

「おれはメンバーじゃない。これはサム・レンのものだ。今日の午後、サムに受刑者を何人か刑務所に移送させたんだが、そのあいだにマスターキーを使って、あいつのロッカーから手に入れた。だから明日の朝一番に返してくれ。あいつが出勤するまえにあいつのロッカーに戻しておけば、あいつも気がつかないだろう」

「ありがとう、バド」とドーランは言って包みを受け取った。「ほんとうにありがとう。今夜これを使ったら明日の朝一番に返しにいくよ」

「来る必要はない。明日の朝、出勤するときにここに寄るから、そのときに返してくれればいい。これくらいのリスクなら冒せる――」

「ありがとう、バド。助かる」

「気にするな」とマクゴナギルは言って車のエンジンをかけた。「ただし汚さないでくれよな。それから、マイク――銃は持っていったほうがいい。もちろん、おまえさんならなんとかやれるだろうが――念には念を入れて悪いことはない」

「わかった。ありがとう、バド」

マクゴナギルが車で走り去ると、ドーランは荷物を持って二階に戻った。

「なんなんだ、それは？」とビショップが尋ねた。

「新調したスーツだ」とドーランは言って包みを開けた。

「保安官はいつから仕立て屋を始めたの？」とマイラが言った。

「彼が仕立て屋を始めてくれてほんとうに助かった」

ドーランは包みの中から黒いローブとフードを取り出した。

「おいおい！」とビショップが言った。

「いったいなんなの、それは？」とマイラも驚いた声をあげた。

ドーランはローブを掲げた。やたらと丈のあるローブで、やたらとゆったりしており、大人の男でもふたりで着られそうなほど幅があった。その正面にはアルファベットの〝C〟の文字が古い書体で書かれていた。文字の色は白で、真ん中に赤い矢が描かれている。フードは二枚の黒い布をただ縫い合わせただけのもので、両眼が来るところに穴があけられ、穴のまわりには縁取りが施されていた。額の部分に古い書体の〝C〟が小さく書かれている。

「もうわかるだろ？」とドーランは言った。

「クルセイダーズの制服だ」とビショップが言った。「そんなものをどうするつもりだ？」

「着るんだよ。これを着て今夜の集会に行く――」

「頭がおかしくなったの、マイク？」とマイラが言った。

「この安っぽい生地を見ろよ」とドーランはふたりにローブを示して言った。「こんなものを売りつけて大儲《おおもう》けしてるやつがどこかにいるわけだ」

「いずれにしろ、マクゴナギルはやっぱり知ってたんだな」とビショップが言った。

「彼はおれたちの味方だ」とドーランは言った。「親身になって手助けしてくれてる――」

「あなたが殺される手助けを？」

マイラのそのことばにビショップはマイラを見やった。ふたりはいっとき顔を見合わせた。自分たちが同じことを考えているのがマイラにもビショップにもわかった。ドーランに今夜の集会に行くなと言っても無駄だということだ。ドーランは石頭のアイルランド人で、こうと決めたらてこでも動かない。雨が降ろうと槍《やり》が降ろうと行くだろう。ふたりの心はドーランにも読めた。

「無駄だよ」と彼はふたりの思いを声にして言った。「無駄な努力はやめてくれ。おれはあの豚野郎どもを追及する。そう言っただろ？　おれは本気だ。おれは行く――」

「となると、おれたちにできることは」とビショップは言った。「おまえが生きて帰ることを祈ることしかなくなるが――」

「ああ、そのとおりだ」とドーランは言った……


車はほとんど通っていなかった。川沿いの平地を二キロ近く過ぎ、古い貯水池に向かう道路にはいるまでは。その道路はとても狭く、路面は薄い砕石で覆《おお》われているだけで、ひどい凸凹《でこぼこ》道だった。以前は州北部の主要幹線路――貨物の輸送路――として大いに利用されていたのだが、それは快適なハイウェーとスピードの出る車が登場するまえの時代のことで、今でもこの道路を使っているのは、辺鄙《へんぴ》なところに住む少数の農民とクルセイダーズぐらいのものだろう。

ドーランは道路の左側に充分なスペースを空け、まえの車とも充分な車間距離を取った。こんなところで事故を起こすわけにはいかない。フェンダーを少しへこませただけでも命取りになりかねない。誰とも話したくもなければ、誰にも見られたくもなかった。トレンチコートの襟を帽子のへりまで引っぱり上げ、帽子も目深《まぶか》にかぶっていた。そもそも運転中の誰かに気づかれる可能性は千にひとつもなかったが、その程度のリスクも冒したくなかった。やがてまえを走る車列のスピードが落ちはじめた。

渋滞しているのが遠くに見えた。ローズボウル終了後のアロヨ・セコ・ハイウェーと変わらないほどの渋滞だ。こんな道路なのに。車をゆっくり安全に走らせることにだけ集中した。安全運転に集中していれば、目的地に着いたら何をすればいいのか考えずにすむ。目的の場所がどこであれ。何をすればいいのか。それさえまだわかっていなかった。

とはいえ、それを考えずにいるのはむずかしかった。わからないことだらけだが、危険なことだけはわかっている。心臓はずっと早鐘を打ちつづけている。息すら自然にできていない。神経が昂《たかぶ》っていた。ただ、うしろに何百台もの車が続いているのは嬉しかった。戻りたいと思ったとしても、もうUターンして戻ることはできない。もちろん戻るつもりなどないが。それでもうしろに車が続いているのはありがたかった。引き返したくても引き返せないのは。

まえの車のスピードが徐々に遅くなり、しばらくすると、道路の右側に寄せて停車する車が増えはじめ、右車線をすんなり走るのがむずかしくなってきた。会員証を見せろと言われたら？　不意にそんな不安に襲われた（そのときまでそんなことなど考えもしなかったので、よけいに不安になった）。そのせいで渋滞しはじめたのではないか。この渋滞の車列の先頭では誰かが車を停めて会員証を見せろと言っているのではないか。そう思えば思うほどそれが事実のように思えた。マクゴナギルにサム・レンの会員証も頼めばよかったと、後知恵ながら悔やまれた。そう思うそばから、そんなものがあっても役に立たないだろうと思い直した。会員証を確かめる係のやつはきっとサム・レンを知っている。だから、おれがサム・レンでないことはすぐにばれてしまうだろう。マクゴナギルがおれをはめたのなら、そもそもやつらにはおれが来ることがわかっている。マイク・ドーラン——身長一八〇センチ、黒髪、車は古いシヴォレー・ロードスター。そういう男がクルセイダーズの秘密を暴《あば》くために集会に向かっている。そいつを捜せ。すべての車を停めろ。ほんとうにマクゴナギルがおれをはめようとしていたのなら……ばかばかしい、バドはそんなやつじゃない、とドーランの顕在意識は言っていた。このまぬけ、騙されるな、マクゴナギルのことを信用しすぎるな、と潜在意識は言っていた。おいおい、バドは友達だ。彼の選挙でも協力したし、彼の息子が大学の奨学金をもらえるようにもしてやったし、全米代表に選ばれるように宣伝もした。スポーツ代理人のクリスティ・ウォルシュや、スポーツライター界のグラント・ライスや、コラムニストのビル・コルムやそのほか——要はスポーツ界の重鎮たち——にも手紙を書いた。バドは正直で誠実な男だ、と紹介した。それでもだ。信用しすぎないほうがいい。潜在意識はそう繰り返していた。車をどこかに停めて、今の状況を整理すべきだと。

「それは悪くない考えだ」思わずことばが口をついて出た。

そのときには駐車できそうなスペースを何個所かすでに通り過ぎてしまっていた。車を停めようとして迷ううちにさらに何個所か通り過ぎた。それでも次の駐車スペースを見つけると、大きくハンドルを切ってそこに乗り入れ、エンジンを切るまえにライトを消した。

道路とは反対側のドアから外に出た。車が広場に次々と停まっているのが前方に見えた。闇《やみ》に眼が慣れてくると（月は出ていなかった）車を停めたほかの男たちがそれぞれの車の脇《わき》ですばやくローブを身に着けているのがわかった。それを見て、ドーランはもう少しで歓声をあげそうになった。会員証は要らなかった。急いで包みを開け、ローブで体を覆い、フードをかぶり、両眼の位置を合わせた。単純なつくりの二枚の布をまとっただけで、気分がすっかり変わるのがわかった。その発見に驚いた。ローブとフードを身につけただけで、早鐘を打っていた鼓動が正常に戻り、呼吸も楽になった。これでもう誰にも気づかれないと思うと安心できた。フードの下で思わず笑みまでこぼれた。なんとすばらしい。そう思ってようやく理解できた。だからやつらはローブを身にまとい、闇の中で行動しているのだ。こうしていれば、わが身は絶対に安全だから。

道路の端を歩いて原っぱに向かった……

遮蔽物《しゃへいぶつ》も何もない広い原っぱの真ん中に、黒いローブをまとった集団が見えた。数百人はいそうだったが、夜の闇の中、はっきりとはわからない。そこは第一次世界大戦中に使われていた古い飛行場で、使われなくなってすでに長い時間が経《た》っている。大きな格納庫がひとつ残っていた。壁の隙間《すきま》と入口から光が漏れていた……ドーランはゆっくりとその格納庫に向かった。

正面の扉は開いていた。中をのぞくと、最初に見当をつけたとおり、ローブをまとった人間が数百人はいるように見えた。ひとつの壁ぎわに、粗雑な造りのステージのようなものが設《しつら》えられ、十脚から十五脚ほどの椅子がステージ上に並べられていた。葬儀場でよく見かけるような椅子だ。

ドーランは中にははいらず、正面入口のまえを通り過ぎ、格納庫の角を曲がった。そこは駐車場で、格納庫に添って三十五台から四十台ほどの車が整然と停められていた――いずれも高級なセダンやオープンカーやクーペで、たぶん幹部たちの車だろう。それら高級車の列のまえを進んだ……格納庫の裏手に滑走路跡に続く道があり、そこにローブをまとったふたりの男が立っていた。駐車場係だろう。幹部用に確保されている駐車スペースに一般メンバーの車がはいってこないよう交通整理をしているのだ。この組織は〝平等〟を謳《うた》いながら、メンバー間には公然とした差別があるらしい。皮肉なことに。彼はローブの下からメモ用紙と鉛筆を取り出し、高級車のプレートナンバーを書き写しはじめた。暗くて手元さえよく見えなかったが、大きなメモ用紙だったので大きな字で書けた。正確さを心がけて書き写した。

……背後から笛の音がした。振り返ると、外にいた者たちがみな格納庫の正面入口に向かって歩きはじめていた。腕時計を見た。あと数分で夜中の十二時。ほかのメンバーと一緒に彼も歩きはじめた。プレートナンバーという大きな収穫に興奮しながら。その番号を調べれば、クルセイダーズの幹部を何人かはまちがいなく炙《あぶ》り出せる。

格納庫の中はすでに混み合っていた。ドーランのあとからも、ローブをまとったメンバーが広い正面入口から次々と格納庫にはいってきていた。ドーランは奥へ押され、気づくと格納庫の中央近くにまで人の波に押し流されていた。ステージがほぼ正面に見えた。ステージにはすでに七人の男があがっており、集団を睥睨《へいげい》していた。おそらく幹部だろう。見ていると、新たにひとり階段をあがり、ステージ上にいるのは八人になった。その八人もステージの下にひしめく数百人の男たちとまったく同じローブとフードを身につけていたが、フードの額の部分に小さな白い階級章があった。ギリシャ文字のようにも見えるが、ドーランのところからではなんと書いてあるかわからない。

ステージ上の幹部たちはしばらくのあいだ互いになにやら小声で話し合っていた。が、それも会場の端から甲高い笛の音が響くまでのことだった。八人の中のひとりの手の合図とともに、正面入口の大きな扉が閉められた。地面をこする大きな音がした。数百人の男たちの会話がぴたりとやんだ。さきほど手で合図した幹部は一歩まえに進むと、会場にいるメンバーに顔を向け、腕を斜め上に突き上げ、ヒトラー式の敬礼をした。会場は死んだように静まり返った。幹部は斜め上に上げた腕をさらに頭上近くまで上げたところで一度止め、そのあと指揮棒のようにすばやく振りおろし、腕の動きに合わせて頭を垂れた――

『わが祖国、汝《なんじ》の祖国（アメリカ合衆国の愛国歌。旋律はイギリス国歌『ゴッド・セイヴ・ザ・キング』と同じ）』

全員が歌いはじめた。

すばらしい自由の大地

汝の大地　我は歌う
我は愛す　汝の岩とせせらぎを
汝の森　神殿の建つ丘を
あらゆる山の中腹から
自由を鳴らせ！

歌声は大きな感情の波に乗って盛り上がったあと消えた。

すべてのメンバーがステージ上の幹部たちに注目していた。別の幹部が一歩まえに出て、ヒトラー式の敬礼をすると、頭をまえに突き出し、そのあと一礼した。ドーランのまわりの者たちも頭を下げた。彼も慌《あわ》ててそれに倣《なら》った。が、あまり深くは下げず、上目づかいにステージ上の動きを追った……幹部たちも全員頭を下げていた。

「おお！　神よ、われらが天なる父よ」

まえに出てきた幹部——司祭、あるいは祈禱師《きとうし》といったところか——が言った。

「あなたの恩寵《おんちょう》が今夜この集会に参じた者たちにありますように。ここに集うクルセイダーズ――紅海を越え、あなたの神殿を冒瀆《ぼうとく》した異教徒に戦いを挑んだ中世の巡礼者に因《ちな》む気高い名を拝した者たち――のことを常に御心《みこころ》にお刻みください。あなたの敵の心を震え上がらせられる力と勇気をどうかわれらにお与えください。アーメン」

司祭役、あるいは祈禱師役の幹部はそう唱えると、顔を起こしてうしろにさがった。全員が音をたてて吐息を洩《も》らした。ドーランのほうはフードの下で笑みを洩らした。どれくらいのメンバーが司祭、あるいは祈禱師のまちがいに気づいただろう？（十字軍が渡ったのは紅海ではなく黒海）。次に、最初に合図した幹部、つまり進行役らしい者がまたまえに出てきて、直立したままじっと動かず、クルセイダーズの動きが完全に止まるのを待った。それを見届けると、顔を起こし、大きな声で言った。

「休め！」

進行役の大きな声は格納庫の隅々にまで響き渡り、薄いトタン板に反響してさらに大きな声になった。

「クルセイダーズよ」と彼は言った。「今夜、この偉大な組織の七回目の集会を開催する。日々、われわれはなんとしても正さなければならない問題に出くわし、日々成果を挙げている。日々われわれの隊列はわれわれのもとに参じる雄々しいアメリカ人でより大きなものになっている。それは誰もが現在の法執行制度に飽き飽きし、うんざりしているからだ。日常生活において、法律や法廷では規制することのできない局面に日々遭遇しているからだ。アメリカ人のためのアメリカを！

「アメリカ人のためのアメリカを！」参加者たちは大声で唱和した。

幹部はまたヒトラー式の敬礼をした。

そのあと、ステージ上の別の幹部から渡された一枚の紙を眼のまえで広げ、また呼びかけた。

「クルセイダーズよ！　第七号通達。ゼラーワイン醸造所への不買運動をただちに実行することを命じる。事由。当委員会の委員が先日、オットー・ヘンリーを上院議員にするための支援を要請するべく、ミスター・ゼラーワインに面会し、千名から成る彼の会社の従業員からの支援、並びに選挙資金の提供を要請したところ、ミスター・ゼラーワインはこれを拒絶したばかりでなく、委員会の委員に身体的な危害を加えようとさえした。現在はアメリカに帰化しているものの、ミスター・ゼラーワインは外国の生まれである。よって畢竟《ひっきょう》、彼にとってのよい政府とは反米政府のことである。充分な理由と根拠によって、以下の店舗および事務所に対しても同様の無期限不買運動を命じる。エンディコット通り一二五番地の〈ミッドウェイ・マーケット〉、六丁目通り四一五番地の〈モスマンズ・レストラン〉、南通りの〈グレイソン・ドライ・グッズ・ストア〉——」

彼はそこでことばを切った。別の幹部が彼に近づき、耳元でなにやら囁《ささや》いた。「たった今、報告があった……」彼は聴衆のほうを向いて言った。「クルセイダーズの三名のメンバーが〈グレイソン〉で従業員として働いているようだ。これら三名の諸君は職務内容、給与、家族構成、預貯金額を報告書にまとめて、委員会に提出されたい。委員会はこれら三名がわれわれの大義を正しく理解する店舗で就業できるよう手配する。不買運動をおこなう店舗のリストは、本集会終了後に公開する。全員それら店舗の名称と住所を暗記してほしい。また、いかなる形のビジネスであれ、不買運動対象者とは関わることを禁ずる。これに反した場合、重い処罰の対象となる。ただし、〈グレイソン〉で働いている三名については、委員会から追って通知があるまで勤務を続けても差しつかえないものとする。

さて、次は——エイブラハム・ワシントン！」彼は大声で叫び、ステージのすぐ下を見下ろした。

なにやら動きがあり、足を引きずるような鈍い音のあと、泣き叫ぶ男の声が聞こえた。そのあとすぐに五十がらみの黒人が姿を現わし、ふたりのクルセイダーズに半ば引きずられるようにして、ステージの階段をあがった。ふたりのクルセイダーズはステージ上に黒人をあげると、その黒人ひとりを残してステージを降りた。ステージにあげられた黒人男性は、何百名ものローブをかぶった男たちの群れを見て、うめき声をあげた。さらに何か言ったが、なんと言ったのかは聞き取れなかった。

進行役の幹部が彼を見て言った。

「エイブラハム・ワシントン！　おまえは郡が現在おこなっている救済制度を繰り返し非難しているそうだな。おまえは体制破壊を企《たくら》んで――」

「ご主人さま、ご主人さま」と黒人は言った。「本気じゃなかったんです、ご主人さま。神に誓って言います、ほんとです、本気で言ったんじゃないんです。おれはただ――」

「おまえは近所の黒人たちの不安を煽《あお》り、彼らにも抗議するように扇動した。〝われわれクルセイダーズはすべてを目撃し、すべてを知っている〟。おまえはアメリカ史に燦然《さんぜん》と輝くふたりの偉大なアメリカ人の名前をたまさかいただいている。よってわれわれは今からこのふたりの偉大なアメリカ人を敬う方法をおまえに教示する――」

「ご主人さま、ご主人さま――」

「黒人は分限を学ばねばならない。今回の教えは命に関わるものではないが、今後もそのへらず口を閉じなかった場合には、この格納庫の梁《はり》に吊《つ》るされると思え。タール羽の刑だ！」と進行役は叫んだ。

「異議なし！」群衆は口々にそう叫び、拍手した。

ふたりのクルセイダーズが階段をあがり、さらにもうひとり続いた。最初のふたりは、取っ手の部分に厚い布を巻いた洗濯用の大きな桶《おけ》を運んでいた。その桶には熱したタールが入れられており、厚い布を巻いているのは火傷《やけど》をしないためだろう。桶は底の部分が何かで黒ずんでいた。三人目の男は大きな頭陀袋《ずだぶくろ》と水性塗料用の刷毛《はけ》を持っていた。三人はステージ中央まで行って立ち止まった。

「こいつの服を脱がせろ」と幹部が命じた。

エイブラハム・ワシントンは抵抗もせず、ただ首をめぐらせ、うめき声をあげた。

「このクソ野郎どもを今ここで撃ち殺してやりたい」とドーランは拳銃《けんじゅう》の感触を確かめながら心の中でつぶやいた。「六人ぐらい選んで――」

タールを入れた洗濯桶と羽根を持ってステージにあがった三人のクルセイダーズは、黒人の服と靴、さらに靴下も脱がせた。黒い肌の下で、筋肉が震え、痙攣《けいれん》しているのがドーランのところからでも見て取れた。

幹部はまたヒトラー式の敬礼をした。ひとりのクルセイダーズがタールを入れた洗濯桶に刷毛を突っ込み、黒人の体にタールを塗りはじめた。黒人は首をめぐらせ、うめき声をあげてはいたものの、悲鳴はあげなかった。タールを塗りおえると、ふたりのクルセイダーズが大きな頭陀袋に手を入れ、羽根をつかんで黒人に投げつけた。羽根がシャワーのように黒人に浴びせられた。彼の黒い体が徐々に見えなくなり、人間の肉体の均整美も消え、黒人はどんどんグロテスクな鳥の姿に近づいていった。ひとりの幹部が立ち上がった。止《とど》めの一撃を加えようというのだろう。その幹部は刷毛をタールに突っ込むと、黒人の顔にタールを塗りたくった。そして、両手いっぱいに抱えた羽根を黒人の顔になすりつけると言った。

「連れていけ」

三人のクルセイダーズは、エイブラハム・ワシントンを無理やり振り向かせ、階段を歩かせた。ほかのクルセイダーズが洗濯桶と刷毛を持ってあとに続いた。聴衆は歓喜の声をあげ、盛大に拍手した……そのあと会場がまた静かになると、進行役がステージのまえに出て叫んだ。

「アメリカ人のためのアメリカを！」

「アメリカ人のためのアメリカを！」全員が唱和した。

ドーランは口を真一文字に結び、どんなことばも発しなかった。

「次はアーノルド・スミス！」と進行役が呼ばわった。

アーノルド・スミスと思《おぼ》しい男が三人の警備役に囲まれ、ステージにあがった。歳《とし》は四十くらい、安物の服を着ているが、ハンサムな男だった。が、今は不機嫌きわまりない顔をしていた。

「みんなと向き合え！」と進行役が命じた。

アーノルド・スミスは体の向きを変えて聴衆と向き合った。ドーランは彼の表情を読もうとしたが、深くは読み取れなかった。陰気で不機嫌な仮面をかぶっていることしかわからなかった。

「おまえは日頃の品行に関して委員会から三回も警告を受けている」と進行役は言った。「おまえの評判はすこぶる悪く――」

「みなさん」とアーノルド・スミスは聴衆に向かって落ち着いた声で言った。「彼の言うことはまちがってる――」

「黙れ！」と進行役は怒鳴り声をあげた。

「どういう裁定がくだされるにしろ」とアーノルド・スミスは進行役に言った。その声音は相変わらず落ち着いていた。「何があったのか説明させてほしい。紳士諸君」

と彼は聴衆に呼びかけた。「ある女性を妊娠させてしまったことは認める。だから中絶費用も払った。そういう経験のある者はここにも少なくないと思う。ただ、みんなとちがうのはその女性の兄がたまたま――」

警備役のひとりが彼を押さえつけ、平手打ちした。アーノルド・スミスに逃げる気配はなかったが、それでも警備役は彼を押さえつづけた。

「この男は……」と進行役が言った。「ベイショア地区のすべての若い女性にとって危険な存在となっている。この男には、行動を改めるよう、女性には近づかないよう三度も警告した。そのたびこの男は警告を無視した。クルセイダーズよ、われわれはこのような事態に対処するためにこそ組織されたと言っても過言ではない。法律はこの男に何もできない。不道徳という罪をこの男がどれほど犯しても。よって、われわれはこの男に教訓を与えなければならない――」

「異議なし、異議なし！」と聴衆は口々に叫んだ。

幹部のひとりが手で合図をすると、ほかのふたりの幹部がすぐにステージのまえに出てきた。ひとりは小さな黒い鞄《かばん》を持っており、その鞄を開けると、エーテルの缶を取り出して布に液を垂らした。さらにふたりの幹部が小さなテーブルを運んできた。アーノルド・スミスはそのテーブルのほうに引きずっていかれた。そこで悟ったのだろう、とてつもない恐怖に襲われたのだろう、アーノルド・スミスは警備役の手をいきなり振り払い、体の自由を取り戻した。恐怖で引《ひ》き攣《つ》った顔でまわりを見まわした。躊躇《ちゅうちょ》しているようだった。が、その次の刹那《せつな》、いきなりステージから聴衆の中に飛び降りた。

いっときステージのそばが騒がしくなった。

「何も問題はない」進行役が両手をまえに出して上下させ、落ち着くよう身振りで示した。「なんの問題もない。ここに連れてきてくれ」

数人のクルセイダーズに腕をつかまれ、アーノルド・スミスはまたステージに戻された。そして、テーブルの上に仰向《あおむ》けに寝かされ、押さえつけられた。幹部のひとりが彼の鼻を布で覆い、布にエーテルを垂らしはじめた……アーノルド・スミスの体はほんの二、三分でぴくりともしなくなった。彼を押さえつけていたクルセイダーズはテーブルを離れると、階段を降りてもとの場所に戻った。

「さて、紳士諸君。われらが地域社会のモラルの脅威となった男の末路をともに見届けようではないか」とエーテルを垂らした幹部が言った。「厳罰だ。言うまでもない。が、われらが家を守るためには避けては通れないことだ。われわれの姉妹を守るためには——」

幹部は小さな鞄を持った別の幹部に向かってうなずき、合図した。ステージ上の全員がテーブルのまわりを囲い、聴衆からはテーブルが見えないようにした。取り囲んだ背中の向こうに、幹部が手を動かしているのが見えた……天井の照明が外科用メスに反射するのも……

ドーランにはひとりごとをつぶやくことも、考えることもできなかった。今や彼の脳はただの冷たい細胞の塊と化していた。阻止することはできない。そんなことをするのは自殺行為だ。ドーランは少しずつ正面入口の近くに移動した。一度に一歩、ほかのクルセイダーズに悟られないよう注意しながら。彼の動きに気をとめる者はいなかった。誰もがステージ上の惨劇に眼を釘《くぎ》づけにされていた。

ビショップは唇を噛《か》んで首を振りながら言った。

「『わが祖国、汝の祖国』だと? よくもまあぬけぬけと……信じられない。だけど、これは記事にはできないな、マイク。誰も信じない——」

「いや、誰もが信じるさ、アーノルド・スミスという証拠を示すことができれば」

「どうやって捜すんだ? 電話帳でか? やつらがそのスミスとやらを病院に送るようなリスクを冒すとも思えない」

「絶対に捜し出す。ベイショア地区を隅から隅までしらみつぶしにしてやる。名前はわかってるんだから。絶対に――」

「信じられない」ビショップは繰り返し、ため息をつき、手で顔をこすった。「よくあいつらを――あのサディストどもを――撃ち殺さなかったな。〝われらが〟資本主義の世界じゃ、人はみんなそんなふうになっちまう。資本主義は人を豚野郎に変える。おれの眼の黒いうちに理想の世界が実現されることはないだろうが、それでも世界を変える活動が動きはじめてることだけでもわかれば、笑って死ねるんだが――」

「これを見てびっくりしてくれ」とドーランは言って一枚のリストをビショップに渡した。

ビショップはリストにある名前と住所を見て顔を起こした。

「これはなんだ？」

「クルセイダーズの幹部のリストだ――」

「どうやって手に入れた？」

「やつらがお偉方を特別扱いしてたおかげだ。格納庫の脇に幹部専用の駐車スペースがあって、高級車が何台も並んでた。そのプレートナンバーを書き写して、今朝一番に警察に行って、その番号から車の持ち主を調べたんだ。それがこのリストだ――」

ビショップはこれ以上ない驚き顔で言った。

「やったな、この野郎！」

「まあ、とにかく最後までリストを見てくれ——」

ビショップはリストを最後まで読んで息を呑《の》んだ。

「まるで政府職員名簿か、紳士録みたいだな——」

「活字にしたら、かなりの衝撃になると思わないか？」

「言うまでもない。とんでもない衝撃になる。空襲と同じくらいの——これぐらいのことは期待して行ったのか？」

「いや、何も考えてなかった。正直なところ、明確な目的があったわけじゃない。それでも今朝起きて、この発見の大きさに改めて自分でも驚いたよ。どこかに隠しておいてくれ。おれはアーノルド・スミスを捜しにいく」

「一緒に行こうか？」

「いや、ひとりで大丈夫だ」

「わかった。もうこういうことでおまえと議論しようとは思わないが、実のところ、おまえにもわかってるはずだ。おれたちは今きわめて危険な状況にいる。カーライルのこともあるし——」

「カーライルの心配は要らないよ。とりあえず今のところは」

「それでも電話してくれ。おまえの居場所だけでもわかるように」

「必ず電話する。マイラが来たら、社交欄の記事をまとめるよう言っといてくれ。予定より二、三日早く新しい号を発行することになりそうだから」

「わかった。そうそう、頭はどうした？　包帯はもう取ったのか？」

「今朝、医者がはずしてくれた」

「なんかターバンを巻いてないと逆に変な感じがするよ」

「おれも同じだ。なんだか裸にされた気分になってる。リトル・シアターの記事もマイラに任せよう。覚えてるだろ、このあいだ話してた件だ——」

「メネフィの話も入れるか？」

「ああ、入れよう。それから、ティム・アダムソンの話も入れたい。あの気の毒なやつの話も。じゃあ、出かけてくる」

「借金取りはどうする？　昨日新聞広告を出してたのを忘れたのか？」

「遅くならずに戻るよ。借金だけは返しておきたいからな」

ドーランは階段を降りて通りに出た。車に乗り込もうとすると、グリソムが「おはよう」と声をかけてきた。ドーランは手を振り、車のエンジンをかけると、ブロックの真ん中でUターンしてベイショア地区に向かった。

ベイショア地区は中産階級の住民が多く暮らしている一帯で、ふたつの大きな家具工場が地域住民の暮らしを支えている。高架橋を渡り、坂をくだって平らな埋め立て地に向かうと、家具工場のにおいがしてきた。

最初の工場に車を停めて労務管理事務所に向かった。管理事務所では〈タイムズ・ガゼット〉の記者だと名乗り、アーノルド・スミスがここで働いているかどうか尋ねた。従業員名簿を確認した担当者は、あいにくアーノルド・スミスという従業員はおらず、過去二年間そういう名の人物が働いた記録もないと言った。ドーランは礼を言って、もうひとつの工場に向かった。

そちらの労務管理担当者は、アーノルド・スミスという男が半年まえに採用されているが、もう解雇されていると言った。アーノルド・スミスの人相風体を教えてくれるよう頼むと、担当者は鉛筆を嚙みながら、簡単に説明してくれた。

「私が捜しているアーノルド・スミスにまちがいなさそうだ」とドーランは言った。「住所を教えてもらえないかな？」

労務管理担当者はカードを見ながら、好奇心を隠そうともせず言った。

「ペリー通り三一五番地。スミスにどんな用があるんだね？」

「大金を相続することになったんだ。ペリー通り三一五番地だね。ありがとう」

ペリー通り三一五番地まで車を走らせると、そこには小さな平屋が建っていた。玄関のドアをノックすると、六十がらみの女性が出てきた。

「すみません」とドーランは言った。「ミスター・アーノルド・スミスという人の住まいはこちらですか？」

「ええ」と年配の女性は答えた。「アーノルドはわたしの息子ですが。何か？」

「私が捜しているミスター・アーノルド・スミスとあなたの息子さんが同一人物かどうか、まだはっきりしないところがあるんですが」とドーランは言った。「それでも少しお邪魔させてもらえませんか？　お手数をかけますが」

「どうぞどうぞ。はいってください」そう言うと、ミセス・スミスはドアを大きく開けた。

ドーランは狭い玄関ホールにはいった。

「ドーランと申します」と彼は言った。「ご本人に会えますか？」

「今は留守にしてます。ご用件は？」とミセス・スミスは訊《き》いてきた。いささか不安げな表情が浮かんでいた。

「少しお話ししたいだけです。伺いたいことがあるんです——」

「ひょっとして昨夜息子に電話をかけてきたのはあなたですか？ 仕事を紹介するという電話でしたが」

「ええ、そのことでお会いしたかったんです」とドーランは平静を装《よそお》って答えた。

「それはどういう仕事なんですか？ それより息子は今どこです？」とミセス・スミスは落ち着かなげに訊いてきた。

「息子さんの写真を見せてもらえますか？」

「息子に何かあったんですか……？」

「いえいえ、心配しないでください、ミセス・スミス」とドーランは言って特別保安官補のバッジを見せた。「私は保安官事務所の者ですが、息子さんがトラブルに巻き込まれたわけじゃありません。ただ、写真を見せてほしいだけです。私が捜してるアーノルド・スミスがあなたの息子さんじゃない可能性もあるんで――」

ミセス・スミスは立ったまま、ドーランをじっと見つめた。額には深い皺《しわ》が刻まれていた。しばらく考えてから、別の部屋に行った。ドーランは煙草《たばこ》に火をつけた。水を入れたボウルに手を突っ込んだみたいに、手のひらが汗でびっしょりになっていた……ミセス・スミスが部屋から出てきて、ドーランに一枚の写真を渡した。

ドーランはその写真をとくと見た。

「これがミスター・アーノルド・スミスですか？」

「ええ、わたしの息子です」

「ご面倒をおかけして、申しわけありませんでした、ミセス・スミス」そう言ってドーランは写真を返した。「息子さんは私が捜してる男性ではありませんでした。お手間を取らせてすみませんでした……」

ドーランは外に出た。年老いた母親に嘘《うそ》をついたのは正しいことだったのかどうか、思いあぐねながら。

車に乗ると、また高架橋を渡った。途中でドラッグストアに寄り、コーラを買って、事務所に電話を入れた。ビショップが出て、オックス・ネルソン警部補がドーランに会いにきた以外、変わったことはないと言った。そうそう、と言って彼は続けた——ミセス・マースデンから速達が届いてる、借金を返してくれてありがとうだって。　消印はロスアンジェルス。ああ、マイラはここにいる。一緒に記事を書いてる。そう言ったあと訊いてきた——アーノルド・スミスは見つかったのか？

ドーランはまだ見つかっていないと答えた。——母親は見つけたけど、長い話になりそうだから、帰ったら話すよ。そう言って、ドーランは電話を切り、今度は市警本部のネルソン警部補にかけた。ネルソンは、折り返し電話に対する礼を述べたあと、大切な話があるので署に来てくれないかと言った。そう言ったあと、あまり待ってはいられないとつけ加えた。いささか横柄《おうへい》な口調で。ドーランはすぐ行くと答えた。

「いいか、マイク、頼むよ。少しは頭を使え。まだオムツをしてるわけじゃないんだから」ネルソンはそう言うと、机の椅子《いす》から立ち上がってドーランを見た。

「〝どうやって見つけた？〟とドーランは訊いた。

「〝どうやって見つけた〟だと？　なあ、おれは赤狩り班のチーフだ。そんなおれにそんなことを訊くのか？」

「こんなのはでたらめだ」とドーランは言った。「誰から聞いた？」

「おれに質問をするなよ。誰から聞こうとおまえには関係のないことだ。いいか、エディ・ビショップとあの女はくそコミュニストのカップルだ。このことはあいつらにきちんと話したほうがいい。何もしないつもりなら、風紀紊乱《びんらん》容疑であいつらをしょっぴく。そのあとこの街から追放する」

「あんたにはさっき〝少しは頭を使え〟と言われたが、そのことば、そっくりそのままあんたに返すよ。なあ、エディ・ビショップとは十五年のつきあいだ。警察担当の記者をしていた頃から何も変わってない。それはあんただってわかってるだろ？　なのに、なんでいきなりアカ呼ばわりするんだ？」

「おまえのほうこそおれの質問に答えろ」とネルソンは言った。「おまえはあのバーノフスキーって女の何を知ってる？　何も知らないんじゃないのか？　あの女はどこからともなくひょっこりこの街にやってきて、おまえのところで働きはじめた。おまえはほんとうにまぬけだな。あの女は過激なチラシをばら撒《ま》いて刑務所《ムショ》にぶち込まれたことがあるような女だ。モスクワから直接指示を受けて活動してる女だ。そういうことはもちろん本人からは聞かされてないと思うがな」

「あんたに訊いてるのは、どうして急にエディ・ビショップに白羽の矢が立ったのかということだ」とドーランは繰り返した。

「おまえの馬鹿《ばか》げた質問に答える義理はおれにはない」とネルソンは言った。「おれはおまえが何をすべきか教えてやってるだけだ。なあ、マイク、おれはおまえが好きだ。ここにいるお巡《まわ》りはみんなそうだよ。だから言ってるんだ。おまえにこうして話してるのは、おまえの友達のあのふたりにはおれから話すより、おまえから話したほうがいいと思ったからだ――」

「あんたは一時間まえにおれのオフィスにやってきた。どうしてそのとき言わなかった？」
「その理由は今言っただろうが」とネルソンは怒りもあらわに言った。「さっきから
それをおまえに説明してやってるんだろうが。あいつらはおまえの友達だと思うから
だろうが」
「わかった、わかった、オックス――あのふたりにはおれから話すよ。そのことにど
れほどの意味があるのかはわからないけど。とにかく話すよ。今度はおれの頼みを聞
いてくれ。いったい誰の差し金だ？」
「それは言えないよ、マイク。言えるのは出所《でどころ》はかなり高いところだっていうことだ
けだ」
「命令なのか？」
「ちがうよ。命令だったら笑って無視するだけだ。これは命令なんてものじゃない
――」
「カーライルか？」
「誰もそんなことは言ってない――」
「あいつは警察にも顔が利《き》くってことか。知らなかったよ。エメット署長はカーライ
ルを心底嫌ってると思ってたよ――」

「誰もそんなことは言ってない――」

「わかった」そう言うと、ドーランは苦笑してゆっくりと椅子を引いた。が、立ち上がったときにはもう笑みは消えていた。「よく聞け、オックス」と彼は言った。「おまえはこれまでおれが会ったやつの中で最低最悪のクソ野郎だ」

ネルソンは眼をしばたたき、何かを言おうと唇を動かし、笑みを浮かべた。いつでも嘲《あざけ》りの笑みに変わりそうな半笑いだった。

「はっきり言うよ……」とドーランは言って繰り返した。「あんたはどこまでも腐りきったクソ野郎だ」

ドーランはそう言ってネルソンに背を向けると、オフィスを出た。

オフィスに戻ると、バド・マクゴナギルが彼を待っていた。

「やあ、バド」

「話がある」とマクゴナギルは言った。

「ここでいいのか？　それとも階下《した》のほうがいいか？」

「ここでいい」とマクゴナギルはぶっきらぼうに答えた。「ペリー通りの年配の女性に何をした？」

「〝何をした〟？　どういう意味だ？」

「とぼけるな――ドーランとかいう特別保安官補がやってきたという通報がその年配の女性からあったんだよ。たまたまおれが電話に出たからいいようなものの。息子に何かあったんじゃないかって泣いてた。昨夜、息子に誰かから電話があった。息子は仕事を紹介すると言われて家を出た。それっきり帰ってこない。いったいどういうことなんだ？」

「おれが知ってることもあんたとさして変わらない。ミセス・スミスのところに行ったのは、彼女の息子を捜してるからだ。特別保安官補のバッジを見せたのは、そうでもしなけりゃ、息子の写真を見せてもらえそうになかったからだ」

「わかったかい、バド？」とビショップがマクゴナギルに皮肉たっぷりに言った。

ドーランは黙っているようビショップとマイラに身振りで示した。

「どうして写真が要った？」

「本人かどうか確かめるためだ。おれが知ってるアーノルド・スミスかどうか確かめたかったんだ」

「本人だったのか？」

「ああ、本人だった。だけど、母親には言わなかった。怖がらせるだけだと思ったんで」

「おかげで母親は充分怖がってる。そのアーノルドがどうしたんだ？　そいつは何者なんだ？　失踪《しっそう》届けが出された以上、こっちはそいつを捜さなきゃならない」

「こっちも同じだ。でも、体がよくなるまでは行方不明のままじゃないかな。アーノルドはゆうべクルセイダーズに手術された」

「今どこにいる？」

「こっちも知りたいよ」とドーランは言った。

「どんな手術をされたんだ？」

「下半身を手術された」

「嘘だろ？」とマクゴナギルは眼をみはって言った。

「相手はクルセイダーズだ。あの高貴なクルセイダーズだ――」

「『わが祖国、汝の祖国』」ビショップが小さな声で口ずさんだ。

「なんてこった！」とマクゴナギルは言った。「ミセス・スミスが言ってたのはそういうことだったのか。おまえさんが彼女の家を出たあとすぐ、誰かから彼女の家に電話がかかってきたんだ。そいつはゆうべ仕事の話を持ちかけた者だと名乗ったあと、こう言ったそうだ――アーノルドは南米のどこかに赴任することになったのだが、急なことだったので電話する時間がなかった、それでも経由地のニューオーリンズに着いたら手紙を書くだろうと。それで母親はいっぺんで不安になった。息子から電話で〝行ってくるよ〟のひとこともないのは、どう考えてもおかしいと思った」

「母親には知る由《よし》もないことだが」とドーランは言った。「あんたにもおれにもわかる。その電話の意味ぐらいあんたにもわかるだろ？　まちがいない、アーノルド・スミスはもう死んでる――」

「いや、まだ生きてる可能性は充分ある。ひどい事件であることに変わりないが」とマクゴナギルは言った。「そういう手術で死ぬやつもいれば――」

「死なないやつもいる」とドーランはおもむろに言った。「そう、死なないやつもいる。だけど、アーノルド・スミスはもう死んでるよ。それは神が小さな青いリンゴをつくったのと同じくらい確かなことだ。アーノルド・スミスはもう死んでる」

「断言は……」とマクゴナギルは言った。

「いや、バド、もうできることは何もないよ。できるのは彼の幸運を祈ることぐらいだ」とドーランは言った。「だから、誰かが偶然彼の遺体を見つけるまでは心配してもしかたがない。バド、あんたはいつもおれに誠実に接してくれてる。そのことにはほんとうに感謝してる。だから、あんたには絶対迷惑がかからないようにやるよ。実際、この件がおれをどこに連れていこうとしてるのかはおれにもわからない。それでも最後までやり遂げる。何があっても全力で――」

マクゴナギルはひとことも発することなくオフィスを出ると、階段を降りた。ドーランは彼が玄関のドアから道路へと出ていくのを見届けると、手すりの上から身を乗り出し、階下《した》を見下ろして呼ばわった。

「グリソム！　明日の朝一番に印刷作業員を集めてくれないか！」

その日の午後三時、ドーランの債権者たちがひとりかふたりづれ、さもなければ三人づれで請求額を受け取りにやってきた。彼らはドーランの成功を祝福し、新聞に広告を出したことはすばらしいアイディアだったと口々に言った。ドーランのほうはどこか拍子抜けした思いだった。ずっと昔からこの瞬間を心待ちにしていたのに。借金を実際に返す瞬間より前日新聞広告を出したときのほうがわくわくしていた。借金取りがみな帰るとマイラが言った。

「見積もりが甘かったみたいね。まだ五千ドル以上残ってる」

「いや、見積もりどおりだ」とドーランは言って残った金を集めると、ポケットに突っ込んだ。「じゃあ、行こうか――」

「何を言ってるの？　明日の朝一番に印刷を始めたいなら、早く編集を終わらせないと——」

「三十分もあればすむ。さあ、行こう——」

「行くってどこに？」

「急いでくれ。おれたちは結婚するんだ。おれはきみと結婚する——」

「マイク！」とビショップが横から大きな声をあげた。「いかれちまったか？」

「さあ、早く……」とドーランはマイラを急《せ》かした。

ノックの音に、ドーランは読んでいた校正刷りを置くと、ベッドを出てドアに向かった。ユリシーズだった。

「邪魔をしてすみません、ミスター・マイク」と彼は言った。「でも、おれたちは明日引っ越すことになってるんで——」

「おまえが金の無心をするときにはいつも顔に書いてある。いくら要るんだ、ユリシーズ？」

「ええっと——引っ越し業者はトラック二台で二十ドルと言ったんですけど、トラックは四台要るんじゃないかと思うんで——」

ドーランは五十ドル札を取り出してユリシーズに渡した。

「これは引っ越しの費用だからな──女に使うんじゃないぞ」

「わかってますよ。おれたち、いい家を見つけました、ミスター・マイク。まだ見ていませんよね？」

「ああ、見てない。でも、アーンストが今夜説明してくれた」

「あなたには一番いい部屋を空けてあります。おれがこの目で確認しました。荷物はおれが運びますね。とても忙しそうだから──」

「ああ、ありがとう。もういいかな？」

「はい、おやすみなさい」とユリシーズは言って部屋を出ていきかけ、ドアのところで立ち止まって言った。「明日の夜には快適に過ごせるよう、新しい部屋をちゃんと整えておきます。愉《たの》しみにしててください、ミスター・マイク。でも、明日の晩の今頃には、この古い家はもうなくなってるんですね。今日の夕方には家のうしろの部分を壊しはじめてました」

ドーランは校正刷りに戻った。が、ほどなく今度はビショップとマイラがやってきた。

「こちらはマイケル・ドーランの第二夫人であらせられます……」そう言うと、ビシヨップはマイラの手を取り、マイクのほうに差し出した。「ご主人さまの寝室に無事にお連れいたしました。ご夫人のお腹《なか》はハムのサンドウィッチと麦芽入りミルクでいっぱいでございます――この腐れ大富豪！」

「この記事は問題ないと思うけど……」とドーランは校正刷りを指して言った。「どう思う？」

「すばらしい出来だよ」とビショップは言った。「もっとも、この記事を上手に書く必要なんてないけどな。こんな大スクープはめったにない。どんな書き方をしても大丈夫だ。それよりミセス・スミスから何か連絡はあったか？」

「少しまえに電話したけど、新しい情報は何もないって。やっぱりあいつは殺されたんだよ。おれたちがこの記事を発表したあと、遺体が発見されるんじゃないかな――」

「焼かれていなければ」とマイラが言った。

「それも考えた。でも、その選択肢はすぐに除外した。あいつらもそこまではしない。殺すだけで充分だったはずだ」

「焼いても焼かなくても人殺しに変わりはないわ」とマイラは言った。

「いずれにしろ、これでついにジャック・カーライルを追いつめることになる。こんな嬉《うれ》しいことはない。トマスもだ。あいつもメンバーだったなんて夢にも思わなかったよ——」

「クレンショーも。商工会議所の元会頭」

「それでもやっぱりカーライルの尻尾《しっぽ》を捕まえたことが一番嬉しいな。ネルソンのことを思うとなおさら——」

「ネルソン？　あいつがどうした？」

「実は、今夜おまえにも来てもらったのは……」とドーランは言った。「……そのためだ。今朝、ネルソンに言われたんだ、この街から出ていくようおまえたちに伝えろって」

「おれが街から追い出される？」とビショップは訊き返した。

「おまえたちふたりだ」

「ネルソンの話というのはそのことだったのか？」

「ああ、そうだ。おまえたちはすぐにこの街から出ていかないといけないそうだ、さもないと——」

「ただのはったりだよ——」

「いや、はったりじゃない。あいつは本気だ。ネルソンは誰かから命令を受けてる。

それはただの上司の命令じゃない。ジャック・カーライルからの命令だ。カーライルの報復が始まったということだ――」

「どうしてもっと早く言ってくれなかったの？」とマイラは訊いた。

「悪い知らせを急ぐことはない。そう思って、できるだけ先延ばしにしてたんだ――」

「どうしてわたしと結婚したのかやっとわかったわ」とマイラは言った。

「いいから坐《すわ》れよ。そういう話はあとにしてくれ」とドーランは言った。

「だからわたしと結婚したのね？　そうなのね？」

「まあ――」

「それが理由なのね？」

「悪く取らないでくれ」とドーランは言って説明のことばを探した。

「この豚野郎」マイラはそう言うなり、ドーランの顔を思いきり平手打ちした。

ドーランは何も言わなかった。何も言わず、その場に突っ立ってただマイラを見つめた。マイラはもう一度ドーランの顔を平手打ちした――最初よりも少し強く。やめさせようと、ビショップがマイラの腰のあたりにタックルした。その勢いのままふたりはベッドに倒れ込んだ。

「いい加減にしてくれ！」とビショップは怒鳴った。

ドーランは少しも動かず、ビショップに声をかけた。

「エディ」

ビショップはベッドから起き上がった。マイラのほうはベッドにうつぶせになって泣きはじめた。

「エディ」とドーランは繰り返し、丸めた札束をポケットから取り出した。「五千ドルある。これで家族と一緒に街を出て——」

ビショップは笑みを浮かべた。その笑みを広げると、最後には大きな声で笑いはじめた。

「嫌だね」そう言って、首を振った。

「受け取ってくれ」ドーランは丸めた札束を差し出した。

「嫌だ——」

ドーランは札束をビショップの上着のポケットに押し込んで言った。

「少しは頭を使え」

「おれは出ていかない」ビショップはそう言うと、ポケットから札束を取り出した。

「こんなものは要らない。引っ込めないなら、窓からばら撒くぞ。嘘じゃない。本気だ」

マイラはもう泣くのをやめていた。上体を起こして、ベッドに坐っていた。

「待てよ、エディ。その金はおまえの子供たちのためのものだ。いろいろと物入りなんじゃないのか？　その金は子供たちのために使ってくれ。薬代とか治療費とかに」

ビショップは札束を握って振りかざしていた手を脇《わき》におろした。

「おれは出ていかない」頑固にそう繰り返した。

「それでもこの金だけは持って帰ってくれ。奥さんに渡してくれ。これは奥さんの金だ――」

「わかった――でも、おれは出ていかない」

「この大馬鹿野郎」

電話が鳴る音が聞こえた。

「おれが出ようか？」とビショップが尋ねた。

ドーランはうなずいた。ビショップは部屋を出た。

「いい加減ベッドから起きてくれ。猿芝居はやめてくれ」とドーランはマイラに言った。「頼むから。きみを怒らせるつもりはなかった。ただ、きみを助けたかっただけだ――」

「今あなたのことを考えてたんだけど」とマイラは言った。「ちょっと手を見せてくれる？」

ドーランはマイラのところに行き、両手を差し出した。マイラは両手をひっくり返して手のひらを見た。そのあとドーランを見上げると、笑みを浮かべた。その眼にまた涙があふれた。

「なんだ？」戸惑いながらドーランは尋ねた。

「イエス・キリストが十字架に磔《はりつけ》にされたときの釘の傷痕《きずあと》でもあるんじゃないかと思って」とマイラは言った。

ビショップが興奮して戻ってきた。

「もう少しでおまえはいないって居留守を使うところだった。彼女から電話だ」

「誰から？」

「ミセス・スミスだ。おまえと話したいって」

ドーランは部屋を飛び出した。

「どうしてきみはあいつにやさしくしてやれないんだ？」ドーランがいなくなると、ビショップはマイラに言った。「人間、自分を一生ごまかしつづけることはできない。あの石頭のアイルランド人は、稀《まれ》に見る大馬鹿野郎だけど、きみのことを心から愛してる――」

「彼の愛情の示し方はすごく特異だけど」とマイラは言った。

「ああ、確かに。それでもなんとかやってはいけるだろ？」

「そうね――」

「おれはおまえたちの頭をぶん殴るべきなんだろうが――」

ドーランが慌《あわ》てて部屋に戻ってきて、眼を輝かせて言った。

「アーノルド・スミスが家に帰ってきた。ひょっこり帰ってきたそうだ。これで証拠がそろう。アーノルドは絶対に証言してくれるはずだ。これからアーノルドと話してくる――」

「みんなで行こう」とビショップが言った。「おれたち三人で――」

「行くか？」とドーランはマイラに訊いた。

「もちろん」そう言うと、マイラは立ち上がった。

「よし」とビショップは言った。「さあ、行くぞ――」

その記事が載った『コスモポライト』が街に出まわったのは午後も遅い時間だった。名前と証拠も詳細に記されていた。ドーランはあえて雑誌の発売を午後四時すぎまで待ったのだった。最終稿が勝手に書き換えられるリスクを避けるために、編集と印刷スタッフ全員が帰宅したのを確認してから発売したのだった。

クルセイダーズの幹部は
街の権力者たちだった！
ジャック・カーライルとクレンショー
フードをかぶった秘密結社を率いて
ベイショア地区の男性の身体《からだ》の一部を切断
この秘密組織の全貌《ぜんぼう》は
『コスモポライト』誌で
只今《ただいま》絶賛発売中！

宣伝ポスターが街じゅうに貼《は》られた。

ドーランは三つのラジオ局と交渉した。十五分の放送料金を払って、五分の放送枠を確保しようとしたのだ。が、放送内容を伝えると、どこのラジオ局からも拒否された。ドーランは憤《いきどお》りに体が震えた。これは街じゅうの誰もが知るべき事実ではないのか！　どのみち、この事実は午後六時をまわる頃には街じゅうの誰もが知るところとなった。人々は街角でこの事実を語り合い、電話で伝え合った。マスコミのテレタイプの音もやむことがなかった……どこかのギャングがアーノルド・スミスの身体の一部を切断したといったニュースでも、スクープ記事になっただろう。が、この秘密集団の幹部たちの名前が報じられると、幹部たちの名前が一ページ全面に二段組みで掲載されると、街じゅうの誰もが震撼《しんかん》した。ドーランはただひとつの暴露記事で文字どおり街をひっくり返したのだ。

裏口から物音がした。そのときオフィスにいたのはドーランだけだった。階下《した》に降りて確かめると、マクゴナギルが立っていた。

「今すぐここを出ろ」と彼は言った。「郡庁舎から直接来た。ペントランド判事は大陪審を特別招集した。陪審員はもう郡庁舎に向かってる――」

「そいつはいい」とドーランは言った。「彼らに真相を話せば――」

「それは明日の朝まで待つことだ」とマクゴナギルは言った。「今はどこかに隠れるんだ。今すぐ。身をひそめて証拠をそろえる時間を稼げ――」

「証拠ならもうそろってる。すべて雑誌に書いたとおりだ。それにスミスには見張りもつけてある――必要ならいつでも彼と連絡が取れる。こっちは準備万端だ――」

「マイク、よく聞くんだ。おれがおまえさんに知らせようと思って、郡庁舎をこっそり抜け出してきたのは、今頃はもうおまえさんに召喚状が出されてるからだ――だから、今夜は郡庁舎には絶対近づくな。何が起こるかわからない――」

「なあ、バド――」

「おまえさんが頑固な大馬鹿野郎なのはわかってる。だけど、今夜だけは身を隠すんだ。明日の朝まで待つんだ。朝になったら、おれに電話してくれ。そうすれば、仲間と一緒におまえさんを警護できる。本人はまだよくわかっていないようだが、おまえさんはこの街の超弩級《ちょうどきゅう》の秘密を白日の下にさらしたんだ。その結果、思いもよらない大物たちまで事件に巻き込まれた――裁判官や下院議員まで。とにかくここはすぐに出ろ――」

「わかった」ドーランもようやく納得した。「ここからは出ていくが、おれは家に帰る。誰かがおれに手出しをしてきても黙ってやられるつもりはない。銃の撃ち方も忘れちゃいない――」

「おまえさんがどこに行こうがかまわない――とにかくここを出ろ。やつらが最初に来るのがここだ——」

「わかった、バド。ありがとう。さあ、もう行ってくれ」

「約束してくれ。今すぐにここを出るんだぞ」

「コートを取ってきたらすぐ——」

「明日の朝一番におれに電話をくれるな?」

「それも約束する」

「この馬鹿たれ、なんで笑ってる? おれが冗談を言ってるとでも思ってるのか? カーライルは雑誌になんと書かれようと気にしやしない。おまえさんの口をふさぐことさえできれば。そんなこともわからないのか? おまえさんがいなくなれば、雑誌の記事など笑い飛ばせる——」

「いや、あいつにしても笑い飛ばすことはできないよ——」

「もう行くぞ、マイク、これ以上ここにはいられない」

「わかった、バド。行ってくれ。あんたが冗談を言ってるとは思ってないよ、もちろん。コートを取ってきたら、すぐここを出る。グリソムとビショップとマイラと七時にここで会うことになってたんだが、今すぐここを——」

「じゃあ——」

「じゃあ」

ドーランはマクゴナギルが裏口から出るのを見届けてから、二階にコートを取りにいった。事務所に戻ると、明かりをつけて新しい家に電話した。ユリシーズが電話に出て、ミス・マイラはここにいると言った。

「もしもし、ハニー」とドーランは言った。「マクゴナギルがさっきオフィスに来て、郡庁舎の今の様子を教えてくれた。かなりナーヴァスになってた。大陪審が特別招集されて、クルセイダーズを調査することになったらしい。でも、今日のところはまだおれには郡庁舎に近づいてほしくないそうだ……明日の朝まで待てと言われた。ボディガードをつけて行ったほうがいいとも。きみはどう思う？――一躍有名人だ……おいおい、きみはバドより心配性なんだな。おれは少しも怖くない。むしろこの瞬間をずっと待ってた。そうそう、エディとグリソムに連絡を取って、こっちには来ないように伝えてくれないか？　それじゃ新しい家で待っててくれ。新居は気に入ったかな？……それはよかった……もちろん、すぐここを出るよ。じゃあ、あとで、ハニー――」

ドーランは受話器を置くと、オフィスの明かりを消して、階段を降り、正面の入口に向かった。一階の天井の明かりも消して、正面の入口を出かかったところで、気が変わった。正面の入口のドアを閉め、念のため裏口に行った。

裏口を出ると、ドアを閉め、路地を歩いて駐車場に向かった。真っ暗な路地の角で、コーヒー店の裏のゴミ置き場からはみ出していた小さな箱につまずいてよろけた。何かをつかんでバランスを取ったものの、つかんだのは蓋《ふた》のない大きなゴミの缶のへりだった。オレンジの皮やコーヒーの出しがらの酸《す》っぱい腐臭がした。

「くそ」思わず悪態が口をついた。つまずいたことより、蓋のないゴミの缶をつかんだことが腹立たしかった。コーヒーの出しがら……「笑える」と彼はひとりごとを言った。が、背後から何かがこすれるような音がしたとたん、途方もない恐怖――これまでの人生で感じたこともない恐怖――に襲われた。動物の本能的な狂気じみた恐怖。走ろうとして脚を動かすまえに、帽子のつばのうしろに何かが触れた。その瞬間わかった。途方もない恐怖には正当な理由のあったことが。早鐘を打つ心臓の一鼓動ほどの余裕もなく、自らの死がすぐそこにあることが。路地の出口に小さな光が見えた。〝安全〟を意味するその小さな光が何百キロも先にあるように思えた。恐怖の叫び声をあげようとした。が、息が咽喉《のど》を通って叫び声になるまえに、轟音《ごうおん》に鼓膜が破れた。路地の先の小さな赤い光が轟音を響かせ、猛スピードで彼に迫っていた。その光を止めることはできない。その光こそ死そのものなのだから。ふと頭に浮かんだ――あの日マイラがどこかでコーヒーを飲んでいたら……

頭のてっぺんが吹き飛ばされた。ドーランはまえのめりに倒れ、顔からゴミの缶に突っ込んだ。反射的に指で鼻をつまもうとしていた。

解説

杉江松恋

われわれが読まされているのはホレス・マッコイの暗い内側なのだ。

マッコイの長篇を読むと、私は必ず違和を感じる。語られる内容やキャラクターが必要とする小説の形式がはっきりしているにも拘《かか》わらず、それに収まらないものが溢《あふ》れ出してきている感覚とでも言えばいいだろうか。その正体はおそらく作家の自我である。本来は物語の基盤中に潜んでいるべきものが殻を破って溢れ出し、逆に小説全体を覆《おお》ってしまっている。この作家が持つ創作への思念を包含するだけの形式を小説は持たなかったのである。だからこそさまざまに解釈され、熱狂的に支持する読者も現れた。

『屍衣《しい》にポケットはない』は一九三七年にロンドンのアーサー・バーカー社から刊行されたマッコイの第二長篇である。アメリカ作家であるのになぜ最初の出版がイギリスなのかと言えば、買い手がつかなかったからだ。

一九四五年にフランスのガリマール社が、ミステリー叢書《そうしょ》〈セリ・ノワール〉を発刊する。求められていたのはアメリカ型の犯罪小説で、最初に刊行された四冊はピーター・チェイニーの『この男危険につき』（一九三六年。論創社）と他一冊、ジェイムズ・ハドリー・チェイス『ミス・ブランディッシの蘭《らん》』（一九三九年。創元推理文庫）、そしてマッコイの『屍衣にポケットはない』だった。チェイニーとチェイスはアメリカ型犯罪小説に倣《なら》った作風のイギリス作家だったので、マッコイこそが同叢書に初めて収録されたアメリカ人作家だったということになる。

フランス語に翻訳された『屍衣にポケットはない』はプロレタリア文学、あるいは実存主義文学の作品として熱狂的な支持を受けた。ヘミングウェイやフォークナーと並ぶアメリカ作家としてマッコイを評価する声もあったという。この海外での反響が本国の出版界を驚かせ、一九四八年になってようやく、ニューヨークのニュー・アメリカン・ライブラリーから本書が刊行されることになった。

急いで書いてしまえば、小説の中にそうした要素は含まれるものの、『屍衣にポケットはない』はプロレタリア文学や実存主義文学として書かれた作品ではない。主人公は地方新聞で記者として働くマイク・ドーランという青年だ。マイクは地元社会の不正を告発する原稿を書くものの、次々に没にされる。政財界の顔色ばかり窺《うかが》っている新聞社にはいられないと辞表を叩《たた》きつけ、自ら『コスモポライト』という雑誌を創刊するのである。同誌は新聞が採り上げない醜聞を次々に記事にしていくが、それを看過できない勢力からの圧力がかかる。

　マイクには確《かく》とした政治思想がなく、ただ不正は許せないという激しい怒りだけがある。彼に近い人間でさえその激情をしばしば持て余すほどで、現実に存在したらさぞ面倒だろうと思わせる。小説の後半、同僚のビショップにおまえのやっていることは共産主義者のそれなんだ、と指摘されて驚く場面がある。貧困者から奪って富裕層に還元する地方ボスを批判する社会改革者としての行動は、たしかにそう見られても仕方ないものだ。しかしマイクには、そうした指摘はつまらないレッテル貼《は》りにしか見えないらしい。ただ、怒り、怒り、怒り、それだけだ。自分を焼き尽くすほどの怒りが裡《うち》にあり、それを表出しなければマイク・ドーランという男は生きていけないのである。果たしてこういう無垢《むく》な精神が社会に存在を許されるものだろうか。その危うさを描く小説で、噴出するマイクの怒りが物語に凄《すさ》まじい速度を与えている。

　発表から八十年余も経《た》つ小説であるにも拘わらず、作品の中に現代と通底するものが感じられるのは、主人公の感情を幾分かは読者も共有できるからだろう。どこかで誰かがうまいことをやっている、という見えない存在への対陰謀論的な反感は、おそらくどの時代にも存在する普遍的なものである。SNS普及以降は、それまでは不可視領域にあったことまでが見えるようになり、怒りを掻《か》き立てられる機会は増大している。いつの間にか本作は、そうした時代感覚にも合った物語になっていた。マイクは、誰もが胸の内にしまっている感情を躊躇《ためら》いなく表出する、デフォルメされた登場人物だが、その気分はむしろ現代の世情にこそ適合しているように見える。

マイクが共産主義者と無関係であると主張するのは、時代性の故《ゆえ》でもある。米国版が刊行された一九四八年には、すでに米国下院に非米活動委員会が設置され、いわゆる「赤狩り」が始まっている。本作は一九三七年の英国版の刊行時にも見えない検閲とも言うべき版元からの意向表明があり、改稿を余儀なくされていた。それをさらに修正したわけである。細部にちぐはぐな部分があるのはそのためで、マイクの秘書を務めるマイラ・バーノフスキーは、原型作品では明らかな共産主義者として描かれていた。それを修正し、紋切り型のニンフォマニア的人格を被《かぶ》せたため、マイクを誘惑して判断を誤らせる〈運命の女《ファム・ファタル》〉に見えるものの、実際にはそれほどの行動を取らないという奇妙なキャラクターになってしまっている。後述するように、マッコイ作品の女性キャラクターには、主人公の人格を写す鏡のような意味合いがあり、修正の結果ではあるがマイラには歪《ゆが》みが生じたため、マイクの像はいささか乱反射している。

それが小説の味にもなっているのだが。

マッコイ作品の文学史的位置づけを行った歴史的評論であるトマス・スチュラーク「ホレス・マッコイの客観的抒情性《じょじょう》」（『ミステリマガジン』一九八〇年十一月号掲載）によれば、本作は一九三五年から三六年にかけて発作的に書かれたという。この時期のマッコイは一九三五年に発表した第一長篇『彼らは廃馬を撃つ』（白水uブックス）が好評を博し、映画会社と脚本執筆の契約を結んで上り坂にあった。高級雑誌〈エスクワイア〉一九三五年十二月号にマッコイは「グランドスタンド・コンプレックス」（『ミステリマガジン』二〇二〇年五月号掲載）という短篇を発表している。長篇が評判になり、依頼が来たのだろう。それまでの媒体はすべて〈ブラック・マスク〉などのパルプ雑誌だったので、原稿料が比べものにならないくらい高く、マッコイは大いに喜んだ。

『屍衣にポケットはない』の主人公であるマイクには、作者の来し方がかなり投影されている部分がある。スチュラークは、マッコイが本作を半自伝的小説と言ったと書いているが、傍証は確かに多い。マッコイは一八九七年四月十四日にテネシー州ペグラムで生まれ、ナッシュヴィルで教育を受けた後に、一九一九年から三〇年にかけてテキサス州で「ダラス・ジャーナル」のスポーツ記者として勤務している。その時期にはダラス・リトル・シアターの旗揚げにも尽力し、自ら俳優として舞台にも立った。この実績は、作中のマイク・ドーランとほぼ一致している。本作がマッコイの六長篇中唯一《ゆいいつ》の三人称小説であるのは、自身の輪郭を描くのが一人称では困難だったからではないかと思われる。

別掲の著作リストをご覧いただきたい。マッコイは一九三一年の初頭に十年以上勤めた「ダラス・ジャーナル」を辞め、ハリウッドに赴いて俳優、あるいは脚本家として名を挙げるための奮闘を開始した。しかし、一九二九年に始まった世界大恐慌の時代である。新参者に職はなく、マッコイは映画業界入りを算段しながら並行してパルプ雑誌を舞台として短篇小説を発表し続ける。もちろん金のためだろう。無数に濫作された中には、未完ではあるが第一長篇『彼らは廃馬を撃つ』の原型となる短篇があった。短篇は一九三二年八月には書かれており、マッコイはそれを元に一九三三年十一月までに長篇の第一稿を完成させ、一九三五年にサイモン&シュスター社からの刊行にこぎつけた。脱稿時期にこだわるのは、ジェイムズ・M・ケインが一九三四年に発表した第一長篇『郵便配達は二度ベルを鳴らす』(新潮文庫他)と並べて言及されることをマッコイが嫌い、ハードボイルドという言葉で自作を売らないように、とわざわざサイモン&シュスター社に申し入れるほどだったからだ。本人の中には、自分は独立して一家を為《な》す作家だという思いがあったのだろう。〈ブラック・マスク〉編集長であったジョセフ・T・ショーは、自誌を支えた立役者の一人としてマッコイの名を挙げつつも、「あまりにも洗練されすぎた作法《ライティング》」（小鷹信光『パパイラスの舟』。早川書房）とその作風に留保印をつけている。パルプ雑誌の作法にはついになじまないまま、妥協して作品を発表し続けた作家と見ていたのだ。

金のために通俗犯罪小説を書き始めたという点は、レイモンド・チャンドラーと共通している。チャンドラーはパルプ雑誌の世界にひとまず自らを沈殿させ、その作法の中に自分の求める文学的挑戦の余地があることを見出《みいだ》して、一連のフィリップ・マーロウ作品を書いた。対してマッコイは、一時の身の置き所にしか過ぎないものとパルプ雑誌を見ていた形跡がある。それが両者の作家的資質の違いとなって現れているのだ。チャンドラーが作品で融合させたものが、マッコイの場合は乖離《かいり》している。通俗な題材と崇高な精神が共に描きこまれているのは同じなのだが、完全に融合していないために、後者はいつも唐突に顕《あらわ》れるのである。しかし、そのちぐはぐさが魅力でもある。醜悪な現実が描かれる中に、内面と対話する言葉や人間の原点を求める視線が突如割り込んでくる。出会いがしらの詩情としか言いようのないものがこの作家にはあるのだ。

もう一つの特徴は、映画からの影響だろう。マッコイが切望した映画界入りは皮肉なことに、ハリウッドに絶望した男女を主人公とする『彼らは廃馬を撃つ』の成功によって実現した。脚本家として契約し、一九三〇年代から四〇年代にかけて多くの作品を手がけることになるのである。そもそも『彼らは廃馬を撃つ』自体が非常に映画的な構成を持つ作品で、作品の主部となる主人公の過去は、中途に彼を裁く法廷の判決主文が細片化され挿入される形で綴《つづ》られていく。その判決文が大活字で記されるのは本のデザインを担当したフィリップ・ヴァン・ドーレン・スターンの思いつきだが、原型の短篇段階で、回想の最も重要な場面は法廷における刑の宣告に挿入されることになっていた。過去と現在をカットバックさせる着想は初めから存在していたわけである。本書にも、主人公の思考が映像のテロップ風に表記される箇所がある。そうした技法がもたらす効果を、この作家は熟知していた。ストップモーションやズーム／ワイドの技巧など、注意深く見ていくと明らかに映像を意識したと思われる箇所が各作品にある。本書の掉尾《ちょうび》を飾る場面の視覚的な鮮やかさをお読みいただければ、これが映像文化を経た書き手の作品であることを納得いただけるはずである。

映画業界入りしたマッコイだが、一九四〇年代後半になると脚本の執筆数が目に見えて減少する。一九三八年に発表した第三長篇 *I Should Have Stayed Home* は少なくとも商業的には失敗作に終わり、映画脚本以外に生きる道はなくなっていた。創作者としては袋小路に追い込まれていたマッコイに第二次世界大戦終了後、突如大西洋の向こうでの名声が伝わってきたのである。それに発奮して書き上げたのが、後にジェイムズ・キャグニー主演で映画化される第四長篇『明日に別れの接吻《せっぷん》を』（一九四八年。ハヤカワ・ミステリ文庫）だ。この作品でマッコイは作家として再び注目を浴びることになるのだが、同時に脚本の注文もまた増加してしまい、体調を崩して一九五五年に亡《な》くなってしまう。

『明日に別れの接吻を』の主人公は、刑務所を脱獄し、以降も強盗を働きながら逮捕されず、逆に警視を脅迫するなどして町に居座るという凶漢だ。彼は社会の貧困が犯罪を生み出すという見方を軽蔑《けいべつ》している。自分は好んで犯罪者になったのだと嘯《うそぶ》き、高い知能の持ち主であり、学歴の裏付けもあるということを誇りにしている。そもそも最初に明かされるラルフ・コッターという名前も偽りで、本名は最後までわからないままなのである。この自覚的犯罪者がどのような末路を迎えるかという物語だが、一見破綻《はたん》したかのように思われる不思議な構成をしている。主人公には脱獄を手助けしてくれたホリデイという情婦がいる。誘われれば誰とでもベッドを共にするニンフォマニアだ。主人公の心を惹《ひ》きつける別の女性が途中で登場する。富豪の娘であるマーガレット・ドブスンで、主人公は彼女をものにする機会があるのに手を出さず、却って遠ざける。女性の親族に起因する体験がそうさせていること、彼に強い子宮回帰願望があること、がその挿話によって語られるのだ。犯罪小説としての『明日に別れの接吻を』はこの挿話があるためにバランスを崩しているが、主人公の物語はそれなしには完結しえない。形式よりも作家の思念が優先されているのだ。

ニンフォマニアのホリデイと純潔なままに放置されるマーガレット・ドブスンという組み合わせは、『屍衣にポケットはない』におけるマイラやエイプリルとリリアンの人物配置を思わせる。話を展開させるために主人公が形式的な婚姻届を出しに行くという展開まで同じだ。長篇執筆においてプロットにバリエーションを持たせるという考えは、マッコイにおいてそれほど重要なものではなかったのだろう。それよりは、主人公を通じて自分の思念を表現することのほうに重みがあった。また、行動がたびたび主人公の思考や、自分が何のためにそんなことをするのかという弁明によって中断されるという特徴も両作に共通している。プロットを前に進ませるという観点で言えば無駄でしかないそうした内的言語は、マッコイにとってはむしろ重要なものだった。主人公に語らせるために書いているのだから当然である。彼の作品は、主人公が内面と対話することによって自意識のありようをとらえることから始まり、それをいかに客観的な表現で書けるか、その結果自己と現実との間にどのような対立関係があるかを浮かび上がらせられるかという実験の場だったと言える。そこから読み取れるものをトマス・スチュラークは客観的抒情性《オブジェクティヴ・リリシズム》と呼んだ。

興味を惹かれるのは、そうした男性主人公の内観が、女性の登場人物を共鳴板か鏡のようにして行われることだ。先に『屍衣にポケットはない』のマイラが主人公にとっての〈運命の女〉に見えてそうではないことを書いたが、各作品にそうした女性キャラクターが配置されている。〈運命の女〉プロットとマッコイ作品が一線を画すのは、主人公は自滅するのであって女性によって人生を変えられるのではないということだ。例外は『彼らは廃馬を撃つ』で、この作品はロバートがパートナーのグロリアによって破滅させられる物語とも見えるが、実はそうではない。『彼らは廃馬を撃つ』の真の主人公はグロリアで、ロバートは彼女が内観の結果発見した人生の意味を代弁し、意図を完結させるための操り人形に過ぎないのである。彼のほうが共鳴板であり、鏡なのだ。その意味では、作品として特異である。

マッコイの主人公は自己を語らない。いや、語り過ぎるほどだが、真意は決して明らかにされないのである。しばしば動機が不明だと批判されるのはそのためだが、主人公たちが何を考えているかは行動そのもの、あるいは誰かとの関係において表現されているのであり、読み取るのに手間がかかるだけなのだ。自身の内面をそうした形で延長し、作品全体に広げてしまっている主人公というのは不思議に感じられる。どの作品を読んでも、結局主人公の心に分け入り、その中を遊弋《ゆうよく》しているだけなのではないか、としばしば思うのである。それはたぶん、ホレス・マッコイという人の内面を覗《のぞ》き見していることにもなるのだろう。

半自伝的小説と呼んだという『屍衣にポケットはない』を彩《いろど》るものは、主人公マイク・ドーランの止めどもない怒りと、社会に対する底知れぬ絶望だ。淋《さび》しかったのかい、と作者に呼びかけたい気持ちにさせられる。胸を焼き尽くすような気持ちを抱えながら、誰ともわかりあうことなくひたすら前に突き進むしかなかった孤独な心。それを書いた小説だ。

（令和五年十二月、書評家）

ホレス・マッコイ著作リスト

【長篇小説】

They Shoot Horses, Don't They?（1935）『彼らは廃馬を撃つ』常盤新平訳／角川文庫→王国社→白水uブックス

No Pockets in a Shroud（1937）※本書

I Should Have Stayed Home（1938）

Kiss Tomorrow Goodbye（1948）『明日に別れの接吻《せっぷん》を』小林宏明訳／『ミステリマガジン』一九八〇年十一～十二月号掲載→ハヤカワ・ミステリ文庫（『明日に別れのキスを』を改題）

Scalpel（1952）

Corruption City（1959）※未完（匿名《とくめい》作家による補綴《ほてつ》）

【中短篇小説】

“The Devil Man”（*Black Mask*, December 1927）※ヒルトン・R・グリア編のアンソロジー *Best Short Stories from the Southwest*（1928）所収

“Dirty Work”*（*Black Mask*, September 1929）

“Hell's Stepsons”*（*Black Mask*, October 1929）

“Renegades of the Rio”*（*Black Mask*, December 1929）

“The Little Black Book”*（*Black Mask*, January 1930）「黒い手帳」村山汎訳／小鷹信光編『ブラック・マスクの英雄たち』（国書刊行会）所収

“Frost Rides Alone”*（*Black Mask*, March 1930）

“Somewhere in Mexico”*（*Black Mask*, July 1930）

“The Gun-Runners”*（*Black Mask*, August 1930）

“The Mailed Fist”*（*Black Mask*, December 1930）

“Killer's Killer”（*Detective-Dragnet Magazine*, December 1930）

“Orders to Die”（*Battle Aces*, December 1930）

“Night Club”（*Detective Action Stories*, February 1931）

“Death Alley”（*Detective-Dragnet Magazine*, March 1931）

“Headfirst into Hell”*（*Black Mask*, May 1931）

"The Sky Hellion" (*Battle Aces*, May 1931)
"A Matter of Honor" (*Man Stories*, July 1931)
"Juggernaut of Justice" (*Detective-Dragnet Magazine*, August 1931)
"The Mopper Up" (*Black Mask*, November 1931) ※ビル・プロンジーニ編のアンソロジー *The Arbor House Treasury of Detective and Mystery Stories from the Great Pulps* (1983) 所収
"Two Smart Guys" (*All-Star Detective Stories*, November 1931)
"The Trail to the Tropics"* (*Black Mask*, March 1932)
"The Golden Rule"* (*Black Mask*, June 1932)
"Murder in Error" (*Black Mask*, August 1932) 「マーダー・イン・エラー」小鷹信光訳／『ミステリマガジン』一九七二年六月号（早川書房）掲載
"Wings over Texas"* (*Black Mask*, October 1932) 「テキサスを駆ける翼」佐和誠訳／『ミステリマガジン』一九七七年十月号（早川書房）掲載
"Bombs for the General" (*Popular Fiction*, February 1932)
"Trapped by Silver" (*Nickel Detective*, August 1933)
"Flight at Sunrise"* (*Black Mask*, May 1934)
"Somebody Must Die"* (*Black Mask*, October 1934)

"The Grandstand Complex" (*Esquire*, December 1935)「グランドスタンド・コンプレックス」小泉徹訳／『ミステリマガジン』一九七三年十月号（早川書房）↓田口俊樹訳／『ミステリマガジン』二〇二〇年五月号掲載

"Death in Hollywood" (*Mystery and Detection Annual*, edited by Donald Adams 1973)「ハリウッドに死す」名和立行訳／『ＥＱ』一九七八年五月号（早川書房）掲載

（＊印は、テキサス・エア・レンジャーのジェリー・フロスト大尉《たいい》のシリーズ）

【戯曲】

I Should Have Stayed Home (1978)

【映画脚本】

Postal Inspector (1936) ※オットー・ブラワー監督、リカルド・コルテス出演、ロバート・プレズネル・シニアとの共同脚本

The Trail of the Lonesome Pine (1936) ※「丘の一本松」ヘンリー・ハサウェイ監督、シルヴィア・シドニー出演、ジョン・フォックス・ジュニア原作、グローヴァー・ジョーンズ、ハーヴェイ・Ｆ・シューとの共同脚本

Parole! (1936) ※ルー・ランダーズ監督、ヘンリー・ハンター出演、キュベック・グ

ラスモン、ジョエル・セイヤーとの共同脚本

Dangerous to Know（1938）※ロバート・フローリー監督、アンナ・メイ・ウォン出演、エドガー・ウォレス、ウィリアム・R・リプマンとの共同脚本

Hunted Men（1938）※「センチメンタルな殺人」ルイス・キング監督、リン・オーヴァーマン出演、アルバート・ダフィ、マリアン・グラント原作（劇場未公開）、ウィリアム・R・リプマンとの共同脚本

King of the Newsboys（1938）※バーナード・ヴォーハウス監督、ルー・エアーズ出演、ルイス・ヴァイツェンコルン、ペギー・トンプソン、サミュエル・オーニッツとの共同脚本

Persons in Hiding（1939）※ルイス・キング監督、リン・オーヴァーマン出演、J・エドガー・フーヴァー原作、ウィリアム・R・リプマンとの共同脚本

Television Spy（1939）※エドワード・ドミトリク監督、ウィリアム・ヘンリー出演、エンドレ・ボーム原案、リリー・ヘイワード、ウィリアム・R・リプマンとの共同脚本

Island of Lost Men（1939）※カート・ニューマン監督、アンナ・メイ・ウォン出演、ノーマン・ライリー・レイン、フランク・バトラー、ウィリアム・R・リプマンとの共同脚本

Undercover Doctor（1939）※ルイス・キング監督、ロイド・ノーラン出演、J・エドガー・フーヴァー原作、ウィリアム・R・リプマンとの共同脚本

Parole Fixer（1940）※「ならず者の紐《ひも》」ロバート・フローリー監督、ウィリアム・ヘンリー出演、J・エドガー・フーヴァー原作、ウィリアム・R・リプマンとの共同脚本

Women Without Names（1940）※ロバート・フローリー監督、エレン・ドリュー出演、アーネスト・ブース原案、ウィリアム・R・リプマンとの共同脚本

Texas Rangers Ride Again（1940）※「続・テキサス決死隊」ジェームズ・P・ホーガン監督、エレン・ドリュー出演（劇場未公開）、ウィリアム・R・リプマンとの共同脚本

Queen of the Mob（1940）※「悪の血統」ジェームズ・P・ホーガン監督、ブランチ・ユーカ出演（劇場未公開）、ウィリアム・R・リプマンとの共同脚本

Wild Geese Calling（1941）※ジョン・ブラーム監督、ヘンリー・フォンダ出演、スチュアート・エドワード・ホワイト原作、ジャック・アンドリュース、ロバート・カールソン、サム・ヘルマンとの共同脚本（ノンクレジット）

Texas（1941）※「掠奪《りゃくだつ》の街」ジョージ・マーシャル監督、ウィリアム・ホールデン出演、ルイス・メルツァー、マイケル・ブランクフォート（原作）との共同脚本

Valley of the Sun（1942）※「太陽の谷間」ジョージ・マーシャル監督、クラレンス・

パディントン・ケランド原作、ルシル・ボール出演（劇場未公開）

Gentleman Jim（1942）※「鉄腕ジム」ラオール・ウォルシュ監督、エロール・フリン出演、ヴィンセント・ローレンスとの共同脚本

You're Telling Me（1942）※チャールズ・ラモント監督、ヒュー・ハーバート出演、チャールズ・オニール、デュアン・デッカー原作、フランセス・ハイランド、ブレンダ・ワイズバーグとの共同脚本

Flight for Freedom（1943）※ロタール・メンデス監督、ロザリンド・ラッセル出演、オリヴァー・H・P・ギャレット、S・K・ローレン、ジェイン・マーフィンとの共同脚本

Appointment in Berlin（1943）※アルフレッド・E・グリーン監督、ジョージ・サンダース出演、B・P・ファインマン原案、マイケル・ホーガンとの共同脚本

There's Something about a Soldier（1943）※アルフレッド・E・グリーン監督、トム・ニール出演、バリー・トライヴァーズとの共同脚本

The Fabulous Texan（1947）※「悪名高きテキサス人」エドワード・ルドウィグ監督、ウィリアム・エリオット出演、ハル・ロング原作、ローレンス・ハザードとの共同脚本

The Fireball（1950）※テイ・ガーネット監督、ミッキー・ルーニー出演、テイ・ガー

ネットとの共同原案、ホレス・マッコイ脚本

Montana Belle（1952）※アラン・ドワン監督、ジェーン・ラッセル出演、M・コーツ・ウェブスター、ハワード・ウェルシュ原案、ノーマン・S・ホールとの共同脚本

Bronco Buster（1952）※「ロデオ・カントリー」バッド・ベティカー監督、ジョン・ランド出演、ピーター・B・カイン原案、リリー・ヘイワードとの共同脚本（劇場未公開）

The Lusty Men（1952）※「ラスティ・メン／死のロデオ」ニコラス・レイ監督、スーザン・ヘイワード出演、クロード・スタナッシュ原作、デヴィッド・ドートトとの共同脚本（劇場未公開）

The World in His Arms（1952）※「世界を彼の腕に」ラオール・ウォルシュ監督、グレゴリー・ペック出演、レックス・ビーチ原作、ボーデン・チェイスとの共同脚本

The Turning Point（1952）※「黒い街」ウィリアム・ディターレ監督、ウィリアム・ホールデン出演、ホレス・マッコイ原案、ウォーレン・ダフ脚本

Bad for Each Other（1953）※アーヴィング・ラッパー監督、チャールトン・ヘストン出演、ホレス・マッコイ原作（*Scalpel*）、アーヴィング・ウォレスとの共同脚本

Dangerous Mission（1954）※「雪原の追跡」ルイス・キング監督、ヴィクター・マチュア出演、ジェームズ・エドミストン、ホレス・マッコイ原作、W・R・バーネット、

チャールズ・ベネットとの共同脚本、別題「大追跡」

Rage at Dawn（1955）※「怒りの夜明け」ティム・フェーラン監督、ランドルフ・スコット出演、フランク・グルーバー原案

The Road to Denver（1955）※「デンヴァーの狼《おおかみ》」ジョセフ・ケイン監督、ジョン・ペイン出演、ビル・ガリック原作、アレン・リブキンとの共同脚本

Texas Lady（1955）※ティム・フェーラン監督、クローデット・コルベール出演

本書は、本邦初訳の新潮文庫オリジナル作品です。

本作品中には、今日の観点からすると差別表現ともとれる箇所がありますが、作品の時代背景に鑑み、原書に忠実な翻訳をしたことをお断りいたします。

（新潮文庫編集部）

Title：NO POCKETS IN A SHROUD
Author：Horace McCoy

屍《し》衣《い》にポケットはない

新潮文庫　マ－34－1

Published 2024 in Japan
by Shinchosha Company

令和六年二月一日発行

訳者　田《た》口《ぐち》俊《とし》樹《き》
発行者　佐藤隆信
発行所　株式会社　新潮社
郵便番号　一六二―八七一一
東京都新宿区矢来町七一
電話　編集部(〇三)三二六六―五四四〇
読者係(〇三)三二六六―五一一一
https://www.shinchosha.co.jp

価格はカバーに表示してあります。
乱丁・落丁本は、ご面倒ですが小社読者係宛ご送付ください。送料小社負担にてお取替えいたします。

印刷・株式会社三秀舎　製本・加藤製本株式会社

ISBN978-4-10-240441-6 C0197